KNAUR

Über die Autorin:
Lucia de la Vega studierte Jura an der Universität der Balearen und arbeitete danach als Rechtsanwältin in Palma de Mallorca und Felanitx, bis sie beschloss, ihre neben der Literatur größte Leidenschaft – das Tauchen – zu ihrem Hauptberuf zu machen. »Comisaria Fiol und der Tod im Tramuntana-Gebirge« ist ihr erster Kriminalroman.

LUCIA DE LA VEGA

COMISARIA FIOL

UND DER TOD IM TRAMUNTANA-GEBIRGE

EIN MALLORCA-KRIMI

KNAUR

Besuchen Sie uns im Internet:
www.knaur.de

Aus Verantwortung für die Umwelt hat sich die Verlagsgruppe Droemer Knaur zu einer nachhaltigen Buchproduktion verpflichtet. Der bewusste Umgang mit unseren Ressourcen, der Schutz unseres Klimas und der Natur gehören zu unseren obersten Unternehmenszielen. Gemeinsam mit unseren Partnern und Lieferanten setzen wir uns für eine klimaneutrale Buchproduktion ein, die den Erwerb von Klimazertifikaten zur Kompensation des CO_2-Ausstoßes einschließt.
Weitere Informationen finden Sie unter:
www.klimaneutralerverlag.de

MIX
Papier aus verantwortungsvollen Quellen
FSC www.fsc.org
FSC® C083411

Originalausgabe März 2020
Knaur Taschenbuch

Ein Imprint der Verlagsgruppe
Droemer Knaur GmbH & Co. KG, München

Redaktion Bernhard Stäber
Covergestaltung: ZERO Werbeagentur, München
Coverabbildung: PixxWerk®, München unter Verwendung von Motiven von shutterstock.com
Satz: Adobe InDesign im Verlag
Druck und Bindung CPI books GmbH, Leck, Germany
ISBN 978-3-426-52456-5

2 4 5 3 1

Für Guillem

Prolog

Sand. Ihre Finger tasteten immer tiefer in den weichen Boden. Ruckartig schlug sie die Augen auf.

Das Erste, was sie in dem frühmorgendlichen Dämmerlicht wahrnahm, war eine leuchtend rote Kinderschaukel.

Langsam drehte sie ihren vor Schmerzen pochenden Kopf zur Seite. Ein Klettergerüst, eine Rutsche und eine verlassene Bank erschienen in ihrem Blickfeld. Ein Kinderspielplatz. Was war passiert? Was tat sie hier? Wie spät war es? Ihre Gedanken überschlugen sich. Einige Sekunden lang lag sie einfach nur da, unfähig, sich zu rühren.

Dann nahm sie alle Kraft zusammen, ignorierte den Schwindel und die stechenden Schmerzen, und schaffte es, sich aufrecht hinzusetzen. Sie blickte an sich hinab und erstarrte. Ihre Jeans hing am linken Fußknöchel, an ihren nackten Oberschenkeln klebte getrocknetes Blut, und ihr schwarzer Slip lag zerrissen im Sand.

Instinktiv griff sie sich zwischen die Beine. Blut, Schleim und ein brennender Schmerz ließen sie langsam erahnen, was passiert war. Sie schluckte den anschwellenden Kloß in ihrem Hals hinunter und versuchte, sich die Geschehnisse des vergangenen Abends ins Gedächtnis zu rufen.

Harald, einer ihrer Arbeitskollegen bei der Hamburger Kriminalpolizei, hatte seine bevorstehende Pensionierung mit der ganzen Abteilung gefeiert. Sie waren bei seinem Lieblingsitaliener gewesen. Später hatte jemand vorgeschlagen, noch auf einen Drink im *Absolute* vorbeizuschauen.

Ja, sie hatte ein paar Gläser Rotwein getrunken und war ein wenig angeheitert gewesen, als sie zusammen mit ihren Kollegen den Szeneklub betrat. Aber bestimmt nicht in einem Maß, das diesen kompletten Blackout erklärte.

Sie erinnerte sich, dass fast alle auf die gut besuchte Tanzfläche stürmten. Sie selbst war mit ihrer jüngeren Kollegin Monika am Tresen geblieben und hatte den anderen belustigt zugeschaut.

Nach einer Weile suchte sie die Toiletten auf, und als sie zurückkehrte, war ihre Kollegin in ein Gespräch mit einem dunkelhaarigen Adonis vertieft. Sie hatte rasch den Rest ihres Wodka Tonics geleert und Monika zu verstehen gegeben, dass sie nach Hause ging. Dann hatte sie, ohne sich von den anderen zu verabschieden, das rappelvolle Lokal verlassen.

Draußen war ihr von einer Sekunde auf die andere schwindlig geworden. Vor ihren Augen verschwamm alles, und ihre Beine drohten wegzuknicken. Sie erinnerte sich an eine sanfte Männerstimme, an Arme, die sie stützten. Dann wurde alles schwarz.

Und nun saß sie hier halb nackt auf einem verlassenen Kinderspielplatz. Wie benommen schaute sie erneut auf den zerknüllten Slip neben ihr. Sie war vergewaltigt worden. Und sie hatte nicht die leiseste Ahnung, wer ihr das angetan hatte.

Angestrengt versuchte sie sich an den Mann, der ihr offensichtlich aus dem Lokal gefolgt sein musste, zu erinnern. Aber es war sinnlos. Er hatte sie von hinten aufgefangen, und ehe sie sich umdrehen konnte, hatte sie das Bewusstsein verloren.

Sie kannte ihren Körper gut genug, um zu wissen, dass ihr Verhalten unmöglich auf die paar Gläser Rotwein und den Wodka Tonic zurückzuführen war. Schon immer hatte sie Alkohol recht gut vertragen und kannte ihre Grenzen. Und die hatte sie am gestrigen Abend gewiss nicht überschritten. Außerdem war der Schwindel, der sie außerhalb des Lokals überkam, nicht mit dem zu vergleichen, den ein paar Drinks zu viel in ihr auslösten.

Es lag auf der Hand. So sehr sie auch versuchte, den Gedanken zu verdrängen, musste sie doch einsehen, dass ihr der dümmsten Fehler unterlaufen war, den man in einer Kneipe, Bar oder Disco begehen konnte. Wie oft hatte sie in den vergangenen Jahren von Kollegen der Streifenpolizei gehört, dass junge Frauen sogenannte K.-o.-Tropfen in Drinks gemischt bekommen hatten. Sie erschienen völlig verwahrlost auf dem Revier, behaupteten, vergewaltigt worden zu sein, und beharrten darauf, sich an absolut nichts erinnern zu können.

Genau wie die meisten ihrer Kollegen hatte sie zwar Mitleid mit den Opfern gehabt, war gleichzeitig jedoch überzeugt gewesen, dass diese Frauen wohl ein wenig zu sorglos gewesen waren. Immerhin musste in der heutigen Zeit doch jedem bewusst sein, dass Getränke in einem Nachtlokal niemals aus den Augen gelassen werden durften.

Und nun deutete alles darauf hin, dass sie selbst Opfer dieses heimtückischen, doch immer vermeidbar gedachten Verbrechens geworden war. Sie hatte die Toilette aufgesucht und währenddessen ihren Drink auf dem Tresen zurückgelassen. Gut, Monika war dortgeblieben, aber ihre Aufmerksamkeit hatte einzig und allein dem Latin Lover neben ihr gegolten. Und sie selbst war so unglaublich dumm gewesen und hatte den einsam dastehenden Rest des Longdrinks in einem Zug hinuntergekippt, bevor sie das Lokal verließ. Warum war sie nicht direkt nach Hause gegangen?

Je mehr sie nachdachte, desto klarer wurde ihre Erkenntnis darüber, den schlimmsten Fehler ihres Lebens begangen zu haben.

Sie griff nach der Handtasche, die neben ihr im Sand lag. Sie musste Hilfe rufen. Erleichtert stellte sie fest, dass ihr Handy noch da war. Das Arschloch, das sie hierhergebracht hatte, musste es wohl wirklich nur auf eine schnelle Nummer abgesehen haben. Aber sie wusste ja gar nicht, ob es schnell gegangen war. Vielleicht hatte er sie stundenlang vergewaltigt. Vielleicht hatte es sich um mehr als einen Mann gehandelt.

Ein plötzlicher Brechreiz überfiel sie, und sie konnte gerade noch den Kopf abwenden, um sich in den Sand und nicht auf ihre eigenen Beine zu übergeben. Nachdem sie nur noch Galle spuckte, kramte sie ein Papiertaschentuch aus ihrer Handtasche hervor und wischte sich notdürftig die Reste des Erbrochenen aus den Mundwinkeln.

Zögerlich schaute sie auf das Display ihres Mobiltelefons. Neun verpasste Anrufe von Andreas. Ihr Mann musste außer sich vor Sorge sein. Aber sie stutzte einen Augenblick, bevor sie auf die Rückruftaste drückte. Was sollte sie sagen? Wie sollte sie ihre Situation erklären? Sie brannte innerlich vor Wut und Scham.

Fieberhaft dachte sie nach, was als Nächstes zu tun war. Sie musste sich umgehend ins Krankenhaus begeben. Vielleicht war es für eine Blutprobe, die illegale Drogen in ihrem Körper nachwies, noch nicht zu spät. Womöglich würde eine Untersuchung auch Reste von Sperma hervorbringen. Bei dem Gedanken verkrampfte sich ihr Magen erneut. Widerwillig schluckte sie den Ekel hinunter. Es war nicht der Zeitpunkt, sich Gedanken darüber zu machen, ob sie eventuell sogar mit einer Geschlechtskrankheit infiziert worden war. Sie musste handeln, so schnell wie möglich.

Aber würde all dies überhaupt etwas nutzen? Sie wusste nur zu gut, wie die Polizei mit solchen Fällen umging. Und was sollten sie auch schon Großartiges ausrichten? Sie konnte nichts nachweisen, hatte nicht den leisesten Schimmer, wer der oder womöglich die Täter waren. Und wie würde sie vor ihren Kollegen dastehen? Wollte sie wirklich, dass ihre Geschichte die Runde machte?

Gewiss würde man Mitleid mit ihr haben oder es wenigstens vorheucheln. Aber sie wollte kein Mitleid. Schon damals, nach dem tragischen Tod ihrer Mutter, hatte sie die sorgenvollen, neugierigen Blicke ihrer Mitmenschen verabscheut. Sie wollte respektiert und geachtet werden. Lange genug hatte sie dafür gekämpft, dass ihre männlichen Kollegen ihr auf Augenhöhe begegneten und sie nicht als dummes Blondchen abstempelten.

Mit zittrigen Fingern drückte sie Andreas' Nummer. Vor ihm brauchte sie sich nicht zu verstecken, er würde wissen, was zu tun war, und sie beruhigen.

Während sie auf seine sanfte Stimme am anderen Ende der Leitung wartete, begannen die zurückgedrängten Tränen in Strömen über ihre Wangen zu laufen.

Ein Jahr später

Mallorca

Kapitel eins

Comisaria Silvia Fiol strich sich eine Haarsträhne, die sich aus ihrem hohen Pferdeschwanz gelöst hatte, hinters Ohr, während die perfekt geschminkte Maklerin über die Einzigartigkeit der völlig überteuerten Zweizimmerwohnung schwafelte.

»Also offene Küchen sind ja heutzutage super angesagt. Mir gefällt das auch viel besser. Sie lassen die ganze Wohnung viel größer erscheinen. Finden Sie nicht auch?«

Silvia sah sie genervt an und erwiderte nichts. Das war auch gar nicht nötig, denn die Blondine setzte ihren Monolog einfach fort.

Wie immer, wenn sie sich im gleichen Raum mit dieser Art von Frauen aufhielt, denen die Hitze scheinbar überhaupt nichts anzuhaben schien, empfand Silvia Abneigung und Faszination zugleich. Wie schafften sie das nur, um diese späte Tageszeit immer noch wie aus dem Ei gepellt in Erscheinung zu treten?

Sie selbst hatte einen stressigen Arbeitstag bei der Policía Nacional hinter sich und verspürte eine unbändige Lust, sich ihre für die sommerlichen Temperaturen viel zu warmen Klamotten vom Körper zu reißen und sich unter eine eiskalte Dusche zu stellen. Ein kühles Bier und die Bettlektüre einiger Polizeiberichte aus den USA lockten sie weitaus mehr, als sich ihren hart verdienten Feierabend mit dieser Barbiepuppe um die Ohren zu schlagen, die gerade dabei war, die Vorzüge der grünen Fensterläden aufzuzählen.

Es war ein Scheißtag gewesen, und die Gluthitze in der Dachwohnung brachte sie fast um den Verstand. Sie öffnete den obersten Knopf ihrer Baumwollbluse, während sie aus dem verschmutzten Fenster schaute, das eine trostlose Aussicht auf die Balkone und voll beladenen Wäscheständer der gegenüberliegenden Wohnungen freigab.

Die Besitzer machten sich nicht einmal mehr die Mühe, die Fenster zu putzen, bevor sie mit ihren minderwertigen Eigenheimen zu den sich täglich verdoppelnden Maklerbüros der Insel rannten. Wozu auch? Mit Sicherheit würde sich schon irgendein Skandinavier, Russe oder Deutscher bereit zeigen, den Preis für dieses Loch zu zahlen, um es danach kostenaufwendig zu renovieren.

Sie ermahnte sich zur Ruhe, aber ihre Gereiztheit wuchs von Sekunde zu Sekunde. Wie hatte es nur so weit kommen können, dass auf ihrer Heimatinsel derart hohe Kaufsummen inzwischen als Schnäppchen galten? Sie hatte die Meinung ihres Partners bei der Policía Nacional, Ramón Colom, immer als Rassismus allen reichen Ausländern gegenüber abgetan. Jetzt aber verstand sie, dass er mit seinen Ansichten gar nicht so falschlag.

Als die Maklerin sie heute Vormittag angerufen hatte, um ihr mitzuteilen, dass sie ein passendes Apartment gefunden hatte, galt Silvias erste Frage dem Preis des hochgepriesenen Objekts. Während die Stimme am anderen Ende der Leitung ihr die von den Besitzern verlangte Summe nannte, hatte Silvia ein lautes Lachen unterdrückt und sich eingeredet, dass es sich wohl um ein besonderes Angebot handeln musste. Schließlich hatte sie eingewilligt, sich das Apartment nach der Arbeit anzuschauen.

Jetzt aber bereute sie es, nicht längst zu Hause auf dem abgenutzten Sofa ihrer Mietwohnung zu sitzen und irgendein

Fertiggericht in sich hineinzuschaufeln. Ihr Magen knurrte, während die Maklerin mit ihren manikürten Fingern an dem rostigen Griff der Balkontür herumfummelte.

Es war zum Verrücktwerden. Einerseits war ihr seit jeher bewusst, dass Mallorca ohne den stetig wachsenden Tourismus und das daraus resultierende Interesse der Ausländer an Immobilien schlecht dastehen würde. Denn direkt oder indirekt hingen die meisten Arbeitsstellen Mallorcas mit Touristen oder Ausländern zusammen, die eine Immobilie vor Ort erworben hatten. Die Kehrseite der Medaille war jedoch, dass sich ein durchschnittlicher Mallorquiner rein gar nichts mehr leisten konnte.

Bis vor wenigen Wochen hatte Silvia sich nie wirklich mit dem Erwerb eines Eigenheims auseinandersetzen müssen, da sie relativ zufrieden mit ihrer Mietwohnung in Palmas Altstadt gewesen war. Zwar hätte ihr Apartment die eine oder andere Sanierung gut vertragen können, aber Silvia hatte sich nie beschwert, denn ihrer Meinung nach zahlte sie einen angemessenen Preis.

Vor einem Monat allerdings hatte ihr Vermieter ihr mitgeteilt, den Vertrag nicht weiter zu denselben Bedingungen zu verlängern. Sie könne gerne bleiben, aber der neue Mietpreis würde ab Oktober 950 Euro betragen.

Silvia war aus allen Wolken gefallen. Bisher hatte sie die Horrorgeschichten von Bekannten und Kollegen über sich verdoppelnde Mietpreise stets als Übertreibungen abgetan.

Nun jedoch sah sie sich selbst mit einer Realität konfrontiert, die bei vielen Mallorquinern einen Hass gegenüber wohlhabenden Ausländern auslöste, da sie bereit waren, solch überzogene Preise zu zahlen. Zwar forderte ihr Vermieter nicht die doppelte Miete, aber die Erhöhung von den monatlich 600 auf 950 Euro war in Silvias Augen für die 50 Quadratmeter, die sie behauste, eine Unverschämtheit, die sie nicht bereit war hinzunehmen.

Aus diesem Grund hatte sie vor ein paar Wochen damit begonnen, Wohnungen zu besichtigen, die zum Verkauf standen. Wenn sie schon jeden Monat einen Haufen Geld zahlen musste, um ein Dach über dem Kopf zu haben, dann wenigstens mit dem Ziel, irgendetwas ihr Eigen nennen zu können.

Doch die Hoffnung, sich mit ihrem für mallorquinische Verhältnisse doch recht hohen Gehalt jemals etwas Geeignetes leisten zu können, schwand von Maklertermin zu Maklertermin, und sie konnte die prekäre Lage, in der sich zahlreiche ihrer Landsleute befanden, immer mehr nachvollziehen.

Sie folgte der Maklerin auf den kleinen Balkon des Kaufobjekts. Die abendliche Sommerluft, die ihr entgegenschlug, war eine Wohltat im Vergleich zu dem Pizzaofen im Inneren der Dachwohnung. Nur mit halbem Ohr hörte sie dem Geschwätz der Frau zu. Für Silvia stand bereits fest, dass sie auch diese Wohnung auf ihre immer länger werdende Liste von Enttäuschungen setzen würde.

Ihre Gedanken schweiften zu dem fruchtlosen Arbeitstag ab, den sie hinter sich hatte. Was den Mord an der jungen schwedischen Mutter anging, tappten Ramón und sie immer noch komplett im Dunkeln.

Vor nunmehr drei Wochen hatte eine mallorquinische Rentnerin die Leiche einer Frau am Ufer des Repic-Strandes in Puerto de Sóller gefunden, als sie am frühen Morgen mit ihrem Hund spazieren ging. Bei der Toten handelte es sich um eine schwedische Touristin, die zum damaligen Zeitpunkt seit zwölf Tagen von ihrem Ehemann als vermisst gemeldet worden war.

Dem Gutachten des Forensikers nach zu urteilen, wies der Verwesungsgrad Charlotte Danielssons darauf hin, dass die

Frau etwa drei Tage im Mittelmeer getrieben hatte, bevor die völlig verängstigte Rentnerin sie vorfand.

Charlottes Tod war jedoch nicht durch Ertrinken eingetreten. An den Würgemalen ihres Halses konnte der Gerichtsmediziner rasch feststellen, dass die Schwedin Opfer eines Gewaltverbrechens geworden war. Aber das Meer hatte unweigerlich Fingerabdrücke und jegliche anderen Spuren, die auf den Täter hätten hinweisen können, zunichtegemacht.

Die Leiche war nur mit einer Baumwollunterhose und einem weißen Leinennachthemd bekleidet. Charlottes Ehemann sagte aus, dass weder das Nachthemd noch der Slip zu den gewohnten Kleidungsstücken seiner Frau zählten. Silvias und Ramóns Recherchen hatten ergeben, dass es sich bei dem Nachthemd um ein Modell handelte, das auf Mallorca vermehrt in den Achtzigerjahren getragen worden war. Dieser Umstand stellte die Kommissare vor ein weiteres Rätsel.

Die zweiunddreißigjährige Schwedin hatte mit ihrem Ehemann und dem vierjährigen Sohn Urlaub in einem Ferienhaus in Puerto de Sóller gemacht, als sie eines Nachmittags von einem Abstecher in den örtlichen Supermarkt nicht zurückgekehrt war. Die Angestellten konnten die Ausländerin anhand eines Fotos rasch identifizieren. Sie hatte Milch, Rotwein, Käse und Brot gekauft und auf die Mitarbeiterin, die an der Kasse saß, einen ganz normalen Eindruck gemacht.

Irgendwo auf dem Rückweg zwischen Supermarkt und Ferienhaus musste der Mörder ihr aufgelauert, sie entführt und dann tagelang an einem unbekannten Ort gefangen gehalten haben. Aber ihnen fehlte jegliche Spur, was das Motiv des Täters anging. Frederick Danielssons Aussage nach hatte seine Frau weder Feinde, noch kannte sie irgendjemanden auf der Insel.

Anfangs zogen Silvia und Ramón in Betracht, dass der Witwer selbst etwas mit der Sache zu tun haben könnte. Aber Silvia war die Sorge und Fassungslosigkeit in seinen Augen von Beginn an glaubwürdig vorgekommen. Und er machte wahrhaftig den Eindruck, am Boden zerstört zu sein, als er die Leiche seiner Frau identifizierte.

Und nun lag seit zehn Tagen die Vermisstenanzeige einer weiteren Schwedin auf dem Schreibtisch der Kommissare. Anna Alvarsson verbrachte ebenfalls die Ferien mit ihrem kleinen Sohn und ihrem Ehemann in Puerto de Sóller. Sie war von ihrer täglichen Joggingrunde nicht zurückgekehrt. Ihr Ehemann hatte seinen Urlaub verlängert und befand sich noch immer vor Ort. Olaf Alvarsson rief täglich auf dem Revier an und landete bei Silvias und Ramons Sekretärin, die ihm stets die standardisierte Antwort gab, dass die Polizei sich mit dem Fall beschäftigte und sich umgehend bei ihm melden würde, sobald Neuigkeiten vorlägen.

Aber die Kommissare hatten nicht den geringsten Anhaltspunkt, und von Tag zu Tag wuchs ihre Befürchtung, dass sie zu einem weiteren Leichenfund gerufen wurden.

Silvia hegte noch ein wenig Hoffnung, dass der Fall der zweiten Vermissten in keiner Verbindung zu dem Mord an Charlotte Danielsson stand und sie es nicht mit einem Serientäter zu tun hatten.

Vielleicht war wirklich alles nur ein Zufall, und Anna Alvarsson hatte einfach beschlossen, ihrem nach außen hin idyllisch anmutenden Familienleben ein Ende zu setzen, und war längst mit irgendeinem Liebhaber über alle Berge.

Die durchdringenden Augen der Maklerin, die wohl schon eine ganze Weile auf Silvia gerichtet waren, rissen sie aus ihrem Gedankenspiel. Die Frau hatte sie zum wiederholten Mal etwas gefragt, und Silvia hatte keine Ahnung, um was es sich handelte. Doch die Erschöpfung und Enttäuschung über diesen erneuten Fehlschlag bei ihrer Wohnungssuche machten es Comisaria Fiol unmöglich, der Maklerin mit aufgesetzter Freundlichkeit zu begegnen.

»Hören Sie, Sie wissen genauso gut wie ich, dass der Preis für diese Bude völlig abwegig ist«, sagte Silvia und strich sich mit dem Handrücken über die Stirn. »Weder ich noch irgendein Mallorquiner, der halbwegs bei Sinnen ist, wird Ihnen die Vorzüge glauben, die Sie hier herunterbeten. Also sparen Sie mir und sich selbst die Zeit und melden sich bitte nur noch, wenn Sie etwas wirklich Anständiges vorzuweisen haben. Ich bin es leid, auf meinen verdienten Feierabend verzichten zu müssen, um mir Ihr Gerede über Nord- oder Südausrichtung abscheulicher Apartments anzuhören.«

Das hatte gesessen. Die Blondine versuchte ihre Empörung über Silvias Worte herunterzuspielen und lächelte sie herablassend an. »Liebe Frau Fiol, wenn Sie sich ein bisschen mehr mit dem gegenwärtigen Immobilienmarkt beschäftigen, werden Sie schnell feststellen, dass es sich bei dieser Wohnung hier tatsächlich um ein sehr gutes Angebot handelt.«

Silvia war versucht, eine bissige Antwort zu geben, konnte den Impuls aber unterdrücken. Es reichte ihr für heute. Sie murmelte einen Abschiedsgruß, ging mit schnellen Schritten Richtung Eingangstür und schlug diese laut knallend hinter sich zu.

Kapitel zwei

Die Sonne neigte sich langsam dem Horizont entgegen und tauchte die jahrhundertealten Olivenbäume in ein warmes, rötliches Licht.

Wie so oft um diese Zeit blickte Marie zum Himmel, um die imposanten Gipfel des Tramuntana-Gebirges zu bestaunen, die einen eindrucksvollen Kontrast zu dem unter ihr liegenden Tal von Sóller boten.

Sie liebte es, während der frühen Abendstunden ihre Laufeinheiten auf dem ruhigen Bergpfad zu absolvieren, der nur einen Katzensprung von ihrem Anwesen entfernt lag. Um diese Uhrzeit legte sich eine himmlische Stille über die Olivenhaine, die nur von Schafglocken unterbrochen wurde.

Die Wandertouristen, die sogar im Hochsommer die Serra de Tramuntana aufsuchten, waren längst in ihre Hotels in Puerto de Sóller und Umgebung zurückgekehrt, und Marie konnte die mediterrane Naturkulisse des Nordwestens der Insel vollkommen ungestört genießen. Sogar von hier oben aus waren die unzähligen Orangen- und Zitronenbäume, für die das Dorf Sóller weltberühmt war, gut zu erkennen.

Noch vor einigen Jahren hätte sie sich niemals vorstellen können, dass sie einmal selbst dem besonderen Charme der Baleareninsel erliegen und sie diese als ihre neue Heimat bezeichnen würde. Sie hatte Kommentare von Bekannten, die über die Vorzüge Mallorcas berichteten, immer belächelt. In Maries Kopf hatten sich stets Bilder von betrunkenen deutschen Kegelklubmitgliedern oder pubertierenden, feiernden Briten breitgemacht, wenn sie an die Mittelmeerinsel dachte.

Es war Andreas und seinen Kindheitserinnerungen zu verdanken, dass sie diesen wundervollen Ort nun ihr Zuhause nennen konnten. Eines Abends, nach einer der zahlreichen Diskussionen, die sie nach der schrecklichen Nacht, die Maries gesamtes Leben verändert hatte, immer häufiger führten, hatte er ihr deutlich gemacht, dass es so nicht weiterginge. Sie hatte damit gerechnet, dass er sich von ihr trennen wollte. Aber er hatte vorgeschlagen, auf Mallorca noch einmal ganz von vorn anzufangen.

Marie, die sich in ihrer Wut und gleichzeitigen Lethargie seit Monaten wie eine Gefangene vorgekommen war, hatte anfangs nicht gewusst, wie sie auf seinen Vorschlag reagieren sollte. Zum damaligen Zeitpunkt war ihr alles egal gewesen. Das einzig Wichtige waren ihre tägliche Dosis Alkohol und irgendwann in einen betäubenden Schlaf zu fallen.

Als Andreas sie vor einem Jahr auf dem Kinderspielplatz aufgesammelt hatte, war sie nicht mehr dieselbe Frau gewesen, die er geheiratet hatte. Ihr Humor, ihre Energie, ihre Lebensfreude, alles war von ihr gewichen, nur um Erbitterung, Zorn und endloser Scham Platz zu machen.

Damals waren sie auf direktem Weg ins Krankenhaus gefahren. Man hatte Marie eingehend untersucht, und tatsächlich war eine hohe Dosis Gammahydroxybuttersäure – flüssiges Ecstasy – in ihrem Urin nachgewiesen worden.

Ebenso konnten leichte genitale Verletzungen festgestellt werden, die auf eine Vergewaltigung hindeuteten. Spermien jedoch fand man keine. Der oder die Täter mussten ein Kondom benutzt haben.

Einerseits war es eine Erleichterung gewesen, sich nicht mit einer möglichen Schwangerschaft oder Geschlechtskrankheiten auseinandersetzen zu müssen. Andererseits wusste Marie, dass dadurch die Chancen, den oder die Täter jemals ausfindig zu machen, gegen null gingen.

Als sie mit dem ärztlichen Gutachten das Krankenhaus verließen und Andreas direkt weiter zur Polizeiwache fahren wollte, hatte sie ihn zurückgehalten. Ihr war bewusst gewesen, dass eine Anzeige zu nichts anderem als einer Demütigung ihren Arbeitskollegen gegenüber geführt hätte.

Sie hatte absolut nichts in der Hand gehabt. Weder konnte sie sich an die Person, die sie von hinten aufgefangen hatte, erinnern, noch waren bei der Untersuchung konkrete Spuren zum Vorschein gekommen.

Zu viele Jahre lang hatte sie an ihrem Image der ehrgeizigen, kompetenten Polizistin gearbeitet, als dass sie sich nun zum Gespött ihrer Kollegen machen wollte.

Sie beschloss, den dümmsten Fehler ihres Lebens für sich zu behalten. Nur ihrer besten Freundin Lilly erzählte sie von dem Vorfall. Sie ließ sich einige Tage krankschreiben und versuchte dann, ihre Arbeit bei der Kriminalpolizei wie gewohnt wiederaufzunehmen.

Aber es gelang ihr nicht, die furchtbaren Gedanken an jene Nacht beiseitezuschieben. Wiederkehrende Albträume, die sie bis in die Gegenwart heimsuchten, gewannen an Schärfe. Ihre Konzentration während der Arbeit schweifte immer mehr ab. Sie erwischte sich sogar mehrmals bei dem Gedanken, dass es sich bei dem Täter womöglich um einen ihrer Kollegen handeln könnte. Misstrauen und ein Gefühl von Minderwertigkeit wurden zu ihren ständigen Begleitern. Wenn sie abends nach Hause kam, war ihr erster Gang zum Kühlschrank, um sich ein riesiges Glas Weißwein einzuschenken. Aber es blieb nie bei diesem einen Glas.

Während Andreas' Nachtdiensten, wenn sie allein in ihrer

hübsch eingerichteten Hamburger Altbauwohnung wie ein Tiger im Käfig hin und her schlich, gab sie sich ihren schrecklichen Fantasien hin. Mit zunehmender Häufigkeit kippte sie größere Mengen Wodka in sich hinein, um ihrem Gedankenkarussell wenigstens vorübergehend Einhalt zu gebieten.

Irgendwann konnte sie ihren ausgeprägten Kater am nächsten Morgen nicht mehr verbergen. Verstärkt reagierte sie auf das Verhalten ihrer Arbeitskollegen mit Gereiztheit und Aggression. Aus Kleinigkeiten, denen sie unter normalen Umständen keinerlei Beachtung geschenkt hätte, wurden Wutausbrüche. Wichtige Aufgaben, die ihr zugeteilt wurden, verrichtete sie nicht wie gewohnt mit Zielstrebigkeit und Perfektionismus, sondern ließ sich von ihrer Gleichgültigkeit leiten. Dementsprechend unbefriedigend waren die Resultate.

Nach gut drei Wochen rief ihr Vorgesetzter sie in sein Büro und brachte ihr ungewohntes Verhalten zur Sprache. Um ihre Haltung zu bewahren, erzählte Marie ihm, dass eine enge Freundin schwer erkrankt sei und ihr die Sache sehr naheginge. An dem Gesichtsausdruck des Polizeidirektors jedoch konnte sie deutlich erkennen, dass er an ihrer Geschichte zweifelte. Trotzdem schlug er Marie vor, sich beurlauben zu lassen. Von da an war ihr gesamtes Leben den Bach hinuntergegangen.

Anfangs hatte sie sich morgens noch dazu aufraffen können, in den Sportschützenverein zu fahren, bei dem sie seit Jahren Mitglied war. Das Schießen half ihr ein wenig, mit all der angestauten Aggression fertigzuwerden. Aber nach wenigen Wochen sah sie auch darin keine Befriedigung mehr und verließ ihre Wohnung immer seltener. Mittags trank sie ihr erstes Glas Wein, und als Andreas von der Arbeit kam, war sie meistens schon in einem derartigen Dämmerzustand, dass es ihr kaum möglich war, ein halbwegs normales Gespräch zu führen.

Ihr Ehemann war immer für sie da gewesen, hatte unmenschliche Anstrengungen vollbracht, um sie auf andere Gedanken zu bringen, ihr zuzuhören, sie zu unterstützen, ihre Aggressionen zu erdulden. Aber Marie hatte sich mehr und mehr von ihm und ihrer gesamten Umgebung abgekapselt. Irgendwann hatte sie auf Andreas' Bestehen hin einmal wöchentlich eine Psychiaterin aufgesucht, die ihr Antidepressiva verschrieb.

In Verbindung mit dem Alkohol, den sie weiterhin täglich trank, verstärkten die Tabletten ihre sedierende Wirkung. Oft kam Marie bis mittags nicht aus dem Bett. Die Gespräche, die sie mit der Ärztin führte, halfen ihr zwar kurzzeitig, aber immer wieder überfiel sie schrecklicher Selbsthass, wenn sie an die Geschehnisse der verhängnisvollen Nacht zurückdachte.

Ihre Beziehung zu Andreas entglitt ihr von Tag zu Tag mehr. Annäherungsversuche seinerseits wehrte sie vehement ab. Sie lebten nicht mehr miteinander, nur noch nebeneinander. Bis zu jenem Abend, an dem er ihr vorschlug, alles hinter sich zu lassen und ein neues Leben auf Mallorca zu beginnen.

Andreas hatte als Kind und Jugendlicher jedes Jahr die Sommerferien mit seiner damals noch intakten Familie auf der Baleareninsel verbracht. In Maries Augen idealisierte er diese Urlaube. Zu Beginn ihrer Beziehung hatte er zahlreiche Male versucht, ihr eine Reise nach Mallorca schmackhaft zu machen. Aber Marie hatte es bevorzugt, ihre arbeitsfreie Zeit in fernen, exotischen Ländern zu verbringen, als sich in einen mit Touristen überfüllten Flieger Richtung Mittelmeer zu setzen.

Vor sechs Monaten jedoch, als ihr Leben kurz davor stand, völlig aus dem Ruder zu laufen, und sie sich an rein gar nichts mehr zu erfreuen wusste, war ihr Andreas' Angebot eines Neuanfangs außerhalb Deutschlands als nicht so abwegig erschienen.

Sie hatte alles andere als euphorisch auf seinen Vorschlag reagiert, ein altes Anwesen auf Mallorca zu erstehen, um dieses in ein Landhotel umzubauen. Aber sie hatte gewusst, dass sie ihr Leben komplett verändern musste, um einen Weg aus ihrer von Tag zu Tag zunehmenden Apathie zu finden. Darüber hinaus hatte ihre Ehe auf dem Spiel gestanden. Sosehr sie sich auch seit der Vergewaltigung körperlich und seelisch von ihrem Mann distanziert hatte, so war doch noch ein kleiner Rest Zuversicht in ihr gewesen, um für die Liebe ihres Lebens einen Schritt hinaus aus ihrer Isolation zu wagen.

Andreas war es nicht schwergefallen, seiner in den vergangenen Jahren immer stressiger werdenden Arbeit den Rücken zu kehren. Er liebte die Natur und hatte ein außerordentliches Talent für alles Handwerkliche. Unzählige Male hatte er in vergangenen Jahren mit Begeisterung von den Arbeiten auf dem Bauernhof berichtet, auf dem er bis zu dem Unfall seines älteren Bruders aufgewachsen war. Marie wusste, dass er sich einzig und allein für die Chirurgie entschieden hatte, um andere Menschen vor einem Tod zu retten, wie ihn Kai erlitten hatte.

Die Begeisterung, die sie vor einem halben Jahr in seinen Augen hatte aufblitzen sehen, als er sie von seinen Plänen auf der Baleareninsel zu überzeugen versucht hatte, war so mitreißend und die Tristesse ihres damaligen Alltags so allumfassend gewesen, dass sie innerhalb weniger Stunden einwilligte, das Abenteuer eines kompletten Neuanfangs zu wagen.

Zwar vermisste Marie immer noch jeden einzelnen Tag ihre Arbeit bei der Kripo, aber trotz der anhaltenden Wehmut war sie der festen Überzeugung, die richtige Entscheidung getroffen zu haben. Seit sie die alte mallorquinische Finca bezogen und rund um die Uhr mit Bauarbeitern, Klempnern, Gärtnern und Elektrikern zu tun hatten, blieb ihr gar nicht mehr die Zeit, sich stundenlang ihren immer gleichen Horrorszenarien hinzugeben. Sie litt weiterhin vereinzelt unter Albträumen, nahm gelegentlich Beruhigungstabletten und trank mehrere Gläser Wein, bevor sie zu Bett ging, aber ihre Grundstimmung war von Woche zu Woche gestiegen, und seit einem guten Monat hatte sie endlich wieder ihr Lauftraining aufgenommen.

Ohne ihr Tempo zu verlangsamen, nahm sie die Abzweigung, die zu ihrem Anwesen führte. Bob, der Labradormischling, den sie vor drei Monaten aus einem Tierheim in Hamburg adoptiert hatten, sprang wenige Meter vor ihr die alten Steinmauern auf und ab und schnüffelte aufgeregt an jedem Strauch, der seinen Weg kreuzte.

Vollkommen außer Atem erreichte sie das Häuschen, das Andreas und sie bewohnten. Nachdem sie die Tür hinter sich verschlossen hatte, lief Bob direkt auf die überdachte Terrasse, wo seine Wasserschüssel stand. Marie zog ihre Turnschuhe aus und ging durch den schmalen Flur in Richtung Küche.

»Hallo, Schatz, ich hoffe, du bist hungrig. Ich habe uns ein typisch mallorquinisches Abendessen vorbereitet«, sagte Andreas. Er legte das Küchenmesser, mit dem er gerade Tomaten in Scheiben schnitt, beiseite, um sie zu begrüßen.

»Bist du sicher, dass du mich umarmen willst? Ich bin total verschwitzt!«, erwiderte Marie. »Selbst um diese Uhrzeit ist es noch unglaublich heiß, und ich hab mich richtig ausgepowert heute.« Sie gab ihm einen flüchtigen Kuss auf die Nasenspitze.

Andreas grinste. »Von mir aus könntest du von Kopf bis Fuß mit Schlamm bedeckt sein, ich würde dich trotzdem noch umarmen wollen.«

»Ich spring erst mal schnell unter die Dusche, und dann essen wir«, sagte Marie, während sie sich ein Glas Mineralwasser einschenkte. »Ich habe einen Bärenhunger. Was gibt es denn Leckeres?«

»Pa amb Oli«, sagte Andreas.

Marie konnte sich ein Lachen nicht verkneifen. »Vorhin hat es sich so angehört, als hättest du ein aufwendiges Gericht gekocht, und dabei gibt es nur Brot mit Schinken und Käse?«

»Ja, lach du nur. Ich steh hier schon seit zwanzig Minuten und schneide Knoblauch, Tomaten und menorquinischen Käse, röste Graubrot und richte Serrano-Schinken und Oliven her.« Mit gespielt beleidigter Miene deutete Andreas auf die verschiedenen Schalen und Teller, die auf der Küchenanrichte standen.

»Mmmhhh, das sieht ja wirklich alles köstlich aus! In zehn Minuten bin ich wieder da«, sagte Marie und ging aus der Küche.

»Okay, ich mach derweil schon mal den Rotwein auf. Möchtest du lieber einen Rioja, oder sollen wir den probieren, den wir letzte Woche auf dem Weingut in Binissalem gekauft haben?«, rief Andreas ihr hinterher.

»Ja, den aus Binissalem! Zu einem mallorquinischen Essen gehört ein mallorquinischer Wein.«

Kapitel drei

Ihre Augenlider flimmerten einige Sekunden, dann fiel auch der letzte Lebensfunke von ihr ab.

Langsam lockerte er den festen Griff um ihren Hals. Er empfand ein wenig Mitleid mit Anna. Sie hatte nichts Falsches getan.

Nicht wie ihre total hysterische Vorgängerin Charlotte, die ständig laut geschrien hatte, wenn er zu ihr in den Raum getreten war. Charlotte hatte sterben müssen, weil er ihr Gekreische und ihre Beschimpfungen nicht mehr ausgehalten hatte. Sie war es nicht wert gewesen, ihre Nächte mit ihm zu verbringen. Er hatte sich von ihrem äußeren Erscheinungsbild blenden lassen. Die perfekte Ehefrau, die liebende Mutter. Aber sie war nicht mehr als eine exzentrische Hure gewesen. Bestimmt hatte er dem kleinen Jan einen Gefallen getan, indem er seine Mutter entführte und tötete.

Anna hingegen war sanft gewesen. Sie hatte gejammert und gefleht, aber nie die Stimme gegen ihn erhoben. Sie hatte sich rasch seinen Wünschen gefügt und ihren Zweck erfüllt.

Er erhob sich und betrachtete den leblosen Körper einen Moment lang. Anna war tot, weil er ganz unverhofft auf seine Auserwählte gestoßen war. Bei ihrem Anblick hatte alles in ihm geschrien, dass er sie haben musste. Ihm blieb keine andere Wahl.

Und Anna musste schnellstmöglich weggeschafft werden, um für die Wahre und Einzige, mit der er den Rest seines Lebens verbringen wollte, Platz zu schaffen.

»Zur falschen Zeit am falschen Ort, meine Liebe«, murmelte er vor sich hin, während er die Tote an den Beinen über den lehmigen, an einigen Stellen mit Moos bewachsenen Boden der Grotte zog.

Wäre *sie* ihm nur einige Wochen früher über den Weg gelaufen, hätte er niemals auch nur einen Gedanken an Anna verschwendet. Sie würde jetzt mit ihrem Ehemann und ihrem kleinen Sohn irgendwo in Schweden im Bett liegen. Aber es war nicht mehr zu ändern, und nun bestand seine oberste Priorität darin, die Leiche auf schnellstem Weg loszuwerden.

Zwei Minuten später erreichte er den Einstieg der Grotte. Geschickt verknotete er das bereitgelegte Seil mit dem leblosen Körper und stieg die Strickleiter empor.

Oben angelangt, griff er nach dem anderen Ende des Seils, das durch einen Flaschenzug mit Annas Leichnam verbunden war, und begann mit aller Kraft, die Tote hochzuziehen.

Dank seiner täglichen Sporteinheiten, die er seit Jahren gewissenhaft absolvierte, bereitete ihm das Vorhaben keine weitere Mühe, und schon wenig später lag Anna in der Dunkelheit der sternklaren Nacht zu seinen Füßen.

Er befreite sie von dem Seil und unterdrückte den Impuls sich zu übergeben, als plötzlich ein bestialischer Gestank von der Toten ausging. Der Darm der Schlampe hatte sich entleert.

Das brauchte er nun wirklich nicht auch noch. Sie hatte sich wohl gestern den Bauch ordentlich vollgeschlagen. Er versorgte seine Gefangenen einfach zu gut. Hätte er sie die letzten Tage hungern lassen, wäre ihm diese Sauerei erspart geblieben.

In dieser Hinsicht hatte Charlotte einen wirklich saubereren Abgang hingelegt. Nun würde er den Kofferraum seines Autos noch gründlicher reinigen müssen, nachdem er sie endlich losgeworden war. Aber zunächst einmal musste er sie zu seinem Fahrzeug schaffen, das ein ganzes Stück entfernt geparkt stand.

Er hielt die Luft an, während er den Leichnam in die Schubkarre hievte, die er zuvor am Einstieg der Grotte bereitgestellt hatte. Die Karre vor sich herschiebend, lief er hastig die Lichtung hinab. Der Halbmond beleuchtete das von ihm selbst platt getretene Gestrüpp des Pfades nur spärlich. Aber er hätte selbst bei absoluter Dunkelheit den Weg zu seinem Auto gefunden. Seit seiner Kindheit hatte ihm die Grotte in den schlimmsten Stunden Schutz und Zuflucht geboten. Unzählige Male und bei jeglichen Wetterbedingungen hatte er diese Strecke bewältigt.

Als er bei dem alten Mitsubishi ankam, hielt er kurz inne und lauschte in die Stille. Aber nirgends war ein Geräusch zu vernehmen. Er öffnete die Hintertür des Jeeps und war dankbar für die zahlreichen Mülltüten, mit denen er den Kofferraum ausgelegt hatte. Sie würden die spätere Säuberung um einiges erleichtern.

Er packte die Tote an Hand- und Fußgelenken, warf sie unsanft ins Innere des Autos und knallte die Tür zu. Nachdem er die Schubkarre in einem nahe liegenden Gebüsch versteckt hatte, setzte er sich hinters Steuer des Jeeps und startete den Motor.

Zu dieser späten Stunde kreuzten nur wenige Fahrzeuge seinen Weg. Und nachdem er die Abzweigung Richtung Cala Tuent genommen hatte, kam ihm kein einziges Paar Scheinwerfer mehr entgegen. Zwar bewohnten einige Touristen und Einheimische die wenigen Ferienhäuser, die sich in der Umgebung der naturbelassenen Bucht des Tramuntana-Gebirges befanden, aber in den frühen Morgenstunden herrschte eine himmlische Ruhe. Nirgends deutete Licht auf ein menschliches Lebewesen hin.

Noch ein paar Kurven, dann würde er den Wagen abstellen und die letzten hundert Meter bis zum Strand zu Fuß zurücklegen. Denn bevor er mit dem Jeep und der toten Anna im Gepäck bis direkt zum Meeresufer am Ende des asphaltierten Weges fuhr, musste er sich vergewissern, dass sich niemand in der Bucht aufhielt.

Vor drei Wochen, als er die gleiche Aktion mit Charlotte durchgeführt hatte, war alles vollkommen reibungslos verlaufen. Aber nun war es Hochsommer, und er musste auf Nummer sicher gehen.

Er parkte den Mitsubishi und schaltete den Motor aus. Keine zwei Sekunden nachdem er die Fahrertür geöffnet hatte, hörte er Stimmen, die ohne Zweifel aus der Richtung des Strandes zu ihm heraufschallten. So lautlos wie möglich lief er den Rest der Strecke bis zur Bucht hinunter und duckte sich hinter eine Steinmauer.

Von seinem Versteck aus beobachtete er die Szene, die sich vor ihm abspielte. Ein halbes Dutzend angetrunkene Jugendliche saß am Strand und rauchte Joints. Um sie herum wimmelte es von leeren Bierdosen, und aus irgendeinem Handy erklang Hip-Hop-Musik. Ein schlaksiges Mädchen war trotz des Lärms, den die Bande veranstaltete, eingeschlafen und lag bäuchlings auf einer Luftmatratze.

Mit beiden Zeigefingern massierte er sich die Schläfen. Schlagartig waren die hämmernden Kopfschmerzen eingetreten, die stets von ihm Besitz ergriffen, wenn etwas seine Pläne durchkreuzte.

Er ging zurück zum Auto. Im Handschuhfach lag immer ein Vorrat an hoch dosierten Schmerztabletten griffbereit.

Nachdem er zwei der Pillen geschluckt hatte, blieb er einige Augenblicke in dem dunklen Wagen sitzen und wartete auf das Eintreten der schmerzlindernden Wirkung.

Was war nun zu tun? Musste er seinen gesamten Plan wegen dieser Rotzbande über Bord werfen? Wo sollte er auf die Schnelle mit der Leiche hin? Trotz der Migräne arbeiteten seine Gehirnzellen auf Hochtouren und spielten mögliche Alternativen durch.

Er schaute auf die leuchtenden Ziffern der Digitalanzeige. 2:30 Uhr. Die Sonne ging erst gegen 6:30 Uhr auf. Das gab ihm vier weitere Stunden, in denen er sein Vorhaben in der Dunkelheit durchführen konnte.

Da keine Fahrzeuge an der Straße, die zum Strand führte, gestanden hatten, ging er davon aus, dass die Gruppe in einem der nahe liegenden Ferienhäuser untergebracht war. Wahrscheinlich hatten sie den Pinienpfad auf der entgegengesetzten Seite genutzt, um in die Bucht zu gelangen. Daher war anzunehmen, dass sie sich, falls sie vorher nicht allesamt betrunken einschliefen, bald auf den Weg machen würden, um ihren Rausch in einem bequemen Bett auszuschlafen.

Er war sich bewusst, dass sie ebenso gut am Strand bleiben könnten, bis die ersten Badegäste in den frühen Morgenstunden einträfen. Nichtsdestotrotz wollte er abwarten. Falls sie sich wirklich nicht fortbewegten, würde er eben in einer anderen Nacht wiederkommen müssen. Glücklicherweise hatte Geduld schon immer zu seinen Tugenden gezählt.

Die Tabletten zeigten langsam ihre Wirkung, und die pochenden Schmerzen verflüchtigten sich. Er verließ das Auto und ging erneut die schmale Straße zur Bucht hinunter. Und tatsächlich war in den vergangenen zwanzig Minuten etwas Bewegung in die Gruppe gekommen. Die nervige Musik war erloschen. Das eben noch schlafende Mädchen war aufgestanden und sammelte eifrig Bierdosen zusammen. Ein Junge torkelte Richtung Ufer, ließ die Hosen runter und pinkelte ins Meer. Der Rest der Bande befand sich ebenfalls in Aufbruchstimmung.

Von seinem Versteck hinter der Steinmauer aus beobachtete er, wie die Gestalten der Teenager immer kleiner wurden, bis sie komplett in dem angrenzenden Pinienwald verschwanden.

Er wartete eine weitere halbe Stunde, dann ging er zurück zu seinem Wagen. Mit ausgeschaltetem Motor rollte er die kurze Strecke bis zu dem kleinen Bootssteg hinab. Er zog die Handbremse an, stieg aus und öffnete den Kofferraum.

Der Kotgestank, der ihm entgegenschlug, war so durchdringend, dass er sich kurzerhand direkt ins Meer übergab. Keine Minute später jedoch hatte er sich wieder unter Kontrolle und hievte die Tote aus dem Auto.

Wie immer lag das rote Schlauchboot an einem der Pfosten des Stegs befestigt. Es kostete ihn einige Mühe, den leblosen Körper in das kleine Boot zu verfrachten, ohne dabei das Gleichgewicht zu verlieren und vornüber ins Meer zu fallen.

Bevor er sich jedoch mit Anna auf ihre letzte Reise begeben konnte, musste er vorsichtshalber seinen Wagen etwas abseits parken. Dort, wo er nun stand, war er für jedermann sichtbar. Auch wenn er sich sicher war, dass in der nächsten Stunde niemand den Strand aufsuchen würde, wollte er keinen Fehler begehen.

Fünf Minuten später war auch diese Aufgabe erledigt. Leichtfüßig sprang er in das Schlauchboot, in dem Anna, von ein paar Mülltüten bedeckt, schon auf ihn wartete. Er löste den Knoten, den das Boot mit dem Steg verband, und fuhr langsam aus der Bucht hinaus, immer Richtung Nordwesten, dem offenem Meer entgegen.

Kapitel vier

Andreas nahm die Brille ab und wischte sich mit einem Papiertaschentuch den Schweiß von Nasenrücken und Stirn.

Normalerweise machte ihm die Hitze wenig aus, aber an diesem Morgen war es nicht nur entsetzlich heiß, sondern Tomeu, der Bauleiter, war auch noch mit einer schlechten Nachricht auf der Finca erschienen.

Die Bodenfliesen für die Gästebäder, die Marie und er schon vor Wochen bei Massanella in Palma ausgesucht und bestellt hatten, waren immer noch nicht da. Mit hoher Wahrscheinlichkeit würden sie auch nicht vor September ankommen, da die gesamte Belegschaft der Herstellerfirma im August Urlaub nahm.

»Hätten die uns das nicht früher mitteilen können?«, wandte Andreas sich an den Bauleiter. »Dann hätten wir uns gleich für ein anderes Modell entschieden und wären jetzt mit der Fliesenlegung schon fast fertig.«

»Andreu, du weißt doch, dass ich in den vergangenen Wochen zigmal dort vorbeigefahren bin. Sie haben mir immer wieder versichert, dass die Fliesen in den kommenden Tagen eintreffen würden.« Tomeu zuckte mit den Schultern. »Es tut mir leid, aber in den Sommermonaten läuft vieles nicht so reibungslos wie den Rest des Jahres über. Die halbe Insel ist im Urlaub, und diejenigen, die keinen Urlaub haben, kümmern sich um die Ausländer, so wie ich es gerade mache.« Er grinste ihn an.

Wieder einmal war Andreas froh, relativ gut Spanisch zu sprechen. Im Gegensatz zu vielen anderen Ausländern, die auf der Insel Grundeigentum erstanden, war er nicht auf die Hilfe von Übersetzern oder unerfahrenen deutschen Baufirmen angewiesen.

Der Solleric Tomeu Martí war ihm von zahlreichen Seiten als der beste und zuverlässigste Bauleiter der Region empfohlen worden. Aber der gut fünfzigjährige Mallorquiner, der seit über dreißig Jahren im Geschäft war, jeden kannte und über äußerst gute Kontakte zu den Behörden verfügte, redete kein einziges Wort Englisch oder Deutsch. Selbst das Spanisch, das er mit Andreas sprach, war nicht ganz einfach zu verstehen, da er es mit diesem für Sóller typisch mallorquinischen Akzent aussprach.

Andreas hatte während seines Medizinstudiums zwei Auslandssemester in Argentinien eingelegt und seither immer wieder mal ein spanisches Buch gelesen oder sich einen spanischen Film angesehen, um nicht aus der Übung zu kommen. Seit zwei Monaten belegte er außerdem regelmäßig einen Online-Katalanischkurs. Da auf der Insel neben Spanisch vorrangig Mallorquinisch, ein Dialekt des Katalanischen, gesprochen wurde, war es von enormem Vorteil, die Sprache der Einheimischen halbwegs zu verstehen.

»Also gut, dann konzentrieren wir uns halt weiter auf die Gästezimmer und die Küche und lassen die Bäder vorerst links liegen«, sagte Andreas und hob resigniert die Hände.

»Genau, mein Freund«, sagte Tomeu. »Zu tun gibt es weiß Gott noch genug. Bis später!« Er ging zu den Bauarbeitern, die gerade bei ihrer vormittäglichen Frühstückspause zusammensaßen. Aus der Entfernung konnte Andreas nicht verstehen, was er zu ihnen sagte. Aber anhand des Gelächters, das seine Worte bei einigen Arbeitern hervorrief, reimte er sich zusammen, dass sie sich wahrscheinlich mal wieder über seine deutsche Ungeduld lustig machten. Er konnte es ihnen nicht verübeln. Im Grunde hatten die Mallorquiner mit ihrer *Tanmateix*-Lebenseinstellung, die eine gleichgültige Haltung gegenüber unveränderbaren Dingen darstellte, ja nicht unrecht. Was half es schon, sich andauernd über Gegebenheiten aufzuregen, die man sowieso nicht beeinflussen konnte? Mehrfach hatte er in den vergangenen Wochen mitbekommen, wie deutsche Residenten sich über die Unzuverlässigkeit, Unpünktlichkeit und Unbestimmtheit der Mallorquiner ausließen. Und obwohl er ihnen in einigen Punkten zustimmen musste, so hatten die Lästereien gleichzeitig Unbehagen in ihm hervorgerufen. Er war der Ansicht, dass man bereit sein musste, sich den Besonderheiten und dem generellen Lebensstil des Landes, in das man auswanderte, ein wenig anzupassen. Daher konnte er es den Mallorquinern nicht ankreiden, wenn sie auf Beschwerden von Deutschen, dass dies oder jenes in Deutschland viel besser funktioniere, nur achselzuckend antworteten: *»Dann bleibt doch in Deutschland, wenn es dort so toll ist.«*

»Señor Lindner, darf ich Sie einen Moment stören?«, fragte Bernat.

Andreas war so in seinen Gedanken über die Unterschiede zwischen Mallorquinern und Deutschen vertieft gewesen, dass er den Gärtner gar nicht hatte kommen hören.

»Bon dia, Bernat. Ja natürlich, was wollen Sie wissen?«

»Ich wollte Sie nur fragen, ob Sie mit der Installation der Bewässerungsanlage so zufrieden sind?« Bernat kratzte sich ein wenig verlegen die Stirn.

»Ah ja, ich habe sie mir gestern Nachmittag angeschaut, als Toni und Sie schon gegangen waren. Die Montage ist gut geworden. Danke, Bernat«, sagte Andreas und nickte dem Mallorquiner zu.

»Das freut mich. Dann machen wir jetzt mit der Düngung der Erde weiter.«

»Ist gut. Ich schaue später bei Ihnen vorbei.«

»Wann immer es Ihnen passt, Herr Lindner«, sagte Bernat und verschwand so schnell, wie er gekommen war.

Andreas musste schmunzeln. Eben noch hatte er über die Unbeständigkeit der Mallorquiner nachgedacht, und dann war wie auf Kommando ausgerechnet Bernat erschienen. Der Gärtner war die Aufrichtigkeit in Person und einer der wenigen, die Andreas immer respektvoll siezten. Ausnahmen bestätigten auch auf Mallorca die Regel.

Er beschloss, noch einen Kaffee zu trinken, bevor er sich erneut der Arbeit widmete, und ging zu dem kleinen, nur wenige Meter vom Haupthaus entfernten Gebäude. Das Häuschen, in dem Marie und er sich schon richtig heimisch fühlten, war perfekt, um dem Trubel der Bauarbeiten wenigstens ein bisschen zu entkommen. Es verfügte über ein großes Schlafzimmer, ein helles Wohnzimmer, ein Bad und eine gut ausgestattete Küche. Außerdem gab es eine kleine überdachte Terrasse, die in die gegengesetzte Richtung des Haupthauses hinausführte und von der aus man einen traumhaften Ausblick auf das Tal von Sóller hatte. Wenn die Renovierung der Finca abgeschlossen wäre und sie irgendwann ihre ersten Gäste begrüßen konnten, würde dies ihr kleiner Rückzugsort sein. Das Gebäude lag nahe genug am Haupthaus, um in einer Minute bei den Gästen zu sein, aber gleichzeitig spendete es ausreichend Raum, um ihre Privatsphäre zu wahren.

Nachdem er sich einen starken Kaffee gekocht hatte, ging er mit der Tasse nach draußen und setzte sich für ein paar Minuten in den Schatten der Terrasse. Auf dem alten Steintisch standen noch die heruntergebrannten Kerzen, die Marie und er am Vorabend angezündet hatten.

Es war ein schöner Abend gewesen. Das Pa amb Oli und der Wein aus Binissalem hatten hervorragend miteinander kombiniert, und eine leichte Brise hatte für ein wenig Frische gesorgt.

Sie hatten über die Bauarbeiten, und insbesondere über den riesigen Garten, den sie anlegen wollten, gesprochen. Er hatte in Maries Augen ein ganz leichtes, fast schon vergessenes Flimmern aufblitzen sehen, das ihm erneut bestätigte, dass sie mit der Auswanderung die richtige Entscheidung getroffen hatten.

Es war ein sonniger, aber kalter Februartag vor sechs Monaten gewesen, an dem Andreas ganz plötzlich die Idee gekommen war, ein Landhotel im Tramuntana-Gebirge zu eröffnen. Erst hatte er erfolglos versucht, Marie zu überreden, für ein paar Wochen mit ihm irgendwo an einen sonnigen Ort zu fliegen, um der grauen Hamburger Tristesse und ihrer melancholischen Stimmung wenigstens vorübergehend zu entkommen. Sie hatte jedoch immer wieder darauf beharrt, zu Hause bleiben zu wollen. Also beschloss er kurzerhand, allein zu fliegen. Er verspürte allerdings nicht die geringste Lust auf endlos lange Flugstunden, und so entschied er sich, den winterlichen Mittelmeertemperaturen zum Trotz, endlich Mallorca wieder einmal einen Besuch abzustatten.

Da er Marie nie dazu hatte überreden können, die wunderschöne Insel zu erkunden, war eine Ewigkeit vergangen, seit er das letzte Mal dort gewesen war. Vor dem furchtbaren Unfall, bei dem Kai ums Leben gekommen war, hatte Andreas' Familie jeden Sommer ihre Ferien in Puerto de Sóller verbracht. Und auch im vergangenen Februar zog es ihn genau dorthin.

Schon auf dem Weg von Palmas Flughafen ins Tal der Orangen verschlug es ihm die Sprache, als sich auf beiden Seiten der Landstraße Hunderte in Weiß und Rosa blühende Mandelbäume vor ihm erstreckten. Da er Mallorca nie zuvor im Winter besucht hatte, war ihm dieses großartige Naturspektakel, das sich überall auf der Insel an den zahllosen Mandelbäumen ereignete, vollkommen unbekannt gewesen.

In Puerto de Sóller bezog er ein Zimmer in einem der wenigen Hotels, die um diese Jahreszeit geöffnet hatten. Trotz der geringeren Touristenanzahl stellte er schnell fest, wie sehr sich sowohl der Hafen von Sóller als auch der Rest der Insel im Laufe der Jahre verändert hatten. Der riesige Flughafen, die modernen Autobahnen, die frisch geteerten Landstraßen, gleich zwei verschiedene Bergtunnel in der Gemeinde von Sóller – all das hatte es vor fünfundzwanzig Jahren auf Mallorca nicht gegeben.

Als er Palma einen Besuch abstattete, staunte er nicht schlecht über den hohen Andrang an Besuchern aus aller Welt, den die Balearen-Hauptstadt sogar um diese Jahreszeit verzeichnete. Gut besuchte Cafés, Restaurants, Läden und Boutiquen reihten sich rund um die Plaça Major aneinander. Der Verkehr war dicht, und einen Parkplatz in der Innenstadt zu finden gestaltete sich ähnlich schwer wie in deutschen Großstädten. Aber die imposante Kathedrale in der Altstadt, die von den Palmesanos einfach La Seu genannt wurde, der Almudaina-Palast und das im Hintergrund glitzernde Meer boten auch im Winter einen spektakulären Anblick. Es war leicht nachzuvollziehen, warum Mallorcas Hauptstadt eine so große Anziehungskraft auf Touristen und Residenten gleichermaßen ausübte.

In Sóller hatte sich besonders der Hafen gewandelt, und eine autofreie Strandpromenade, die zum Spazieren einlud, grenzte nun an Sand und Meer. Den Höhepunkt seiner Reise erreichte er jedoch zweifelsohne, als er mit seinem Mietwagen die Bergstraße von Sóller nach Pollença abfuhr und die atemberaubende Naturkulisse in sich aufnahm. Sogleich erfüllten ihn die Glücksgefühle, die er schon als kleiner Junge während der Wandertouren mit seinen Eltern im Tramuntana-Gebirge empfunden hatte, so stark, dass er den Tränen nahe war. Die riesigen Stauseen Cúber und Gorg Blau. Der starke Kontrast zwischen dem kräftigen Grün der Vegetation und dem tiefen Dunkelblau des allgegenwärtigen Mittelmeeres. Der majestätisch in den klaren, wolkenlosen Himmel ragende Gipfel des schneebedeckten Puig Majors, und das für Mallorca so charakteristische, reine Licht, das allen Farben eine ganz spezielle Intensität verlieh. Dort oben, inmitten der unberührten Natur der Serra der Tramuntana, war alles noch wie früher, als wäre er nie fort gewesen.

Eines Morgens, während er in der Bar Central auf der Plaça von Sóller einen Café con leche trank und die mallorquinische Tageszeitung Diario de Mallorca las, war er auf einen Artikel über ein Schweizer Pärchen gestoßen. Es war dabei, im Südosten der Insel ein eigenes Landhotel zu eröffnen.

Andreas hatte den Blick gehoben und die Eindrücke des Dorfplatzes in sich aufgenommen. »Warum eigentlich nicht?«, hatte er sich gefragt. Und nur eine Stunde später hatte er in einem der zahlreichen Maklerbüros Sóllers gestanden und sich von einer jungen Mallorquinerin über renovierungsbedürftige Fincas im Tramuntana-Gebirge beraten lassen.

Er trank den letzten Schluck seines Kaffees und ging zurück in die Küche. Auf der Anrichte standen noch die Reste des Frühstücks. Marie und er hatten an diesem Morgen kaum ein Wort gewechselt. Sie hatte es eilig gehabt, nach Palma in eines der großen Gartencenter zu fahren, um Blumen und Sträucher auszusuchen, die sie in ihren zukünftigen Garten pflanzen wollten. Andreas wusste, warum sie so rasch aufgebrochen war. Die Situation war ihm selbst genauso unangenehm wie ihr, aber sie konnten dem Thema nicht ewig aus dem Weg gehen.

Überwältigt von der schönen Stimmung und leicht angeheitert durch den starken Rotwein, hatte Andreas am Vorabend einen Versuch gestartet, sich Marie körperlich zu nähern. Anfangs hatte Marie seine Küsse auch erwidert, als er jedoch im Begriff gewesen war, eine Hand unter ihre Bluse zu schieben, hatte sich ihr gesamter Körper von einer Sekunde zur anderen versteift. Plötzlich war all die Magie des Momentes dahin gewesen. Er hatte irgendeine Entschuldigung gemurmelt, und dann waren sie recht schnell schlafen gegangen.

Er wusste, dass das, was seine Frau erlebt hatte, sehr viel Zeit brauchte, um nur ansatzweise zu verheilen. In all den vergangenen Monaten hatte er dies immer respektiert und sie niemals zu irgendetwas gedrängt. Aber auf Dauer konnte er so ein Leben neben der Frau, die er liebte und körperlich immer noch begehrte, nicht fortführen.

Gleich heute Abend würde er erneut versuchen, sie davon zu überzeugen, dass eine Paartherapie vielleicht eine gute Lösung für sie darstellte. Jetzt, da Marie sich stabiler zeigte und ab und zu wieder dieses wunderschöne Lächeln ihre Lippen streifte, war es sicher ein guter Zeitpunkt, auch auf das körperliche Thema zwischen ihnen einzugehen.

Zuversichtlich trat er aus den Häuschen, bereit, sich den Schwierigkeiten zu stellen, die ein mallorquinisches Bauprojekt täglich mit sich brachte.

Kapitel fünf

Stolz ging Guillem an der Hand seines Vaters an den Jachten und Segelbooten, deren Zahl sich jährlich im Hafen von Sóller zu verdoppeln schien, vorbei. Er bestaunte jedes einzelne, aber für keines hätte er jemals seine geliebte Bardí hergegeben. Sein Großvater hatte das Llaüt vor vielen Jahren gekauft. Es gab nichts auf der Welt, was Guillem so sehr liebte wie den Moment, in dem er und sein Vater mit dem alten Holzboot die Bucht von Sóller hinter sich ließen, um den ganzen Tag auf dem Meer zu verbringen.

Es war noch früh am Morgen, und weit und breit war kaum eine Menschenseele zu sehen. In wenigen Stunden würde es am Strand und an der Promenade von Touristen nur so wimmeln, aber bis dahin würde Guillem bereits weit draußen auf dem Meer vielleicht schon seinen ersten Fisch gefangen haben.

Sie erreichten den Anlegeplatz des Llaüt. Während sein Vater den Motor startete und die Seile löste, die das Boot mit dem Steg verbanden, verstaute Guillem ihre Sachen in der kleinen Kajüte. Sie hatten ordentlich Proviant mitgebracht, denn sie wussten nur allzu gut, wie hungrig ein Tag an der frischen, salzigen Luft machte.

Am Vorabend hatte Guillem seiner Mutter dabei geholfen, eine riesige, zentimeterdicke Truita de Patata vorzubereiten. Der Duft des Kartoffelomeletts stieg ihm bereits verlockend in die Nase. Außerdem hatten sie Oliven, Brot und Sobrassada, die typisch mallorquinische Streichwurst, eingepackt.

Alles war bereit, und endlich konnte es losgehen. Guillem freute sich auf den heutigen Tag und auf die Wochen, die vor ihm lagen. Er hatte Sommerferien, und sein Vater, der als Buchhalter bei einem kleinen Bauunternehmen arbeitete, hatte endlich seinen Jahresurlaub angetreten. Tage wie dieser standen nun auf dem Programm, und Guillem konnte sich nichts Schöneres vorstellen, als seinen Sommer mit Angeln und Schnorcheln zu verbringen.

Zwei Stunden später schipperten sie vor der Cala Deià. Sein Vater hatte schon eine mindestens drei Kilogramm schwere Zahnbrasse gefischt, die seine Mutter am Abend gewiss auf ihre gewohnt vortreffliche Weise zubereiten würde.

Guillem selbst war an diesem Morgen noch erfolglos geblieben. Er saß mit seiner Angel am Bug des Holzbootes und starrte angestrengt auf die kristallklare Wasseroberfläche.

Ab und an wurde die Stille durch eine kreischende Möwe oder den Motor eines anderen Bootes unterbrochen. Gerade war wieder eine luxuriöse Jacht vorbeigerast, und die Wellen ließen das kleine Llaüt heftig hin und her schaukeln.

»Halt dich gut fest, Guillem!«, rief ihm sein Vater zu.

»Ja, Papa.«

»Weißt du, als ich in deinem Alter war und dein Großvater mit mir zum Angeln rausfuhr, da sind wir meistens sogar im Hochsommer komplett allein gewesen, nur ganz selten ist mal ein anderes Boot vorbeigekommen«, sagte Joaquín, während er neben seinem Sohn Platz nahm. »Und nun schau dir an, was für ein Betrieb hier herrscht. Wie sich die Zeiten doch ändern.«

Guillem sah sich um und zählte sechs weitere Boote in seinem Blickfeld. Er konnte den Eindruck seines Vaters nicht ganz nachvollziehen. Es war doch himmlisch ruhig hier draußen. Besonders wenn man es mit dem Trubel verglich, der um diese Uhrzeit im Hafen von Sóller herrschte. Aber er wollte keine Diskussion heraufbeschwören und wechselte rasch das Thema. »Papa, glaubst du, ich bin ein Versager, weil ich heute immer noch nichts gefischt habe?«

Sein Vater sah ihn verwundert an. »Was redest du denn da für einen Unsinn? Manchmal hat man eben Glück und fängt einen ganzen Haufen Fische, und an anderen Tagen hat man Pech, und es beißt kein einziger an. Aber das hat doch nichts mit dir zu tun.«

»Sicher nicht?«

Joaquín tätschelte Guillems Knie. »Weißt du was, mein Sohn? Warum essen wir nicht ein Stück von der leckeren Truita, und danach fahren wir nach Sa Calobra? Ich weiß doch, wie gerne du in der Nähe des Torrent de Pareis schnorchelst! Was hältst du davon?«

»Au ja! Das wäre toll.« Guillem, der eben noch geschmollt hatte, strahlte nun übers ganze Gesicht.

Nachdem sie gegessen hatten, glitten sie in gemächlichem Tempo die imposante Felsküste Richtung Norden entlang. Dutzende Male war Guillem schon ebendiese Strecke abgefahren, aber stets aufs Neue erwischte er sich bei dem Gedanken, dass es wohl der schönste Fleck Erde auf der ganzen Welt sein musste. Was konnte es Eindrucksvolleres geben, als diese Naturlandschaft, in der ungeheuer hohe Steinformationen steil ins blaue Wasser abfielen?

Sie passierten S'Illeta, eine kleine Insel nahe Puerto de Sóller, die man sicherlich bald in ein Naturschutzgebiet umwandeln würde, die Wölbung von Sa Costera, wo eine aus den Felsen sprudelnde Quelle für eine eiskalte Süßwasserdusche sorgte, und Cala Tuent, die wohl bezauberndste Bucht des Tramuntana-Gebirges.

Als sie endlich in Sa Calobra ankamen, setzte sein Vater den

Anker, und Guillem rannte in die kleine Kajüte, um Taucherbrille, Schnorchel und Flossen hervorzuholen. Fünf Minuten später sprang er aufgeregt ins Wasser und begann in Richtung des Torrent de Pareis zu schwimmen.

Er sah zahlreiche blaue und silberne Fische durch das klare Wasser flitzen, allerdings auch die eine oder andere Feuerqualle, die er vorsichtig umschwamm. Nur zu gut wusste er, wie schmerzhaft die Berührung einer ihrer Tentakel war.

Immer wieder hielt er die Luft an und versuchte, so tief wie möglich abzutauchen.

Guillems älterer Cousin Víctor hatte letzten Sommer den Sporttauchschein gemacht, und Guillem wünschte sich nichts sehnlicher, als es ihm gleichzutun. Wie aufregend es sein musste, für eine ganze Stunde lang den Meeresgrund zu erkunden, ohne andauernd auftauchen zu müssen, weil man keine Luft mehr in den Lungen hatte. Nächstes Jahr, wenn er endlich zwölf sein würde, konnte er auch an dem Kurs teilnehmen. Dann hatte er vor, mit Víctor die ganze Nordküste abzutauchen. Wer weiß, vielleicht stießen sie ja sogar auf ein altes Schiffswrack oder fanden womöglich einen Schatz.

Gerade als er wieder einmal auftauchen wollte, um tief Luft zu holen, stieß sein Kopf gegen einen Gegenstand. Es gelang ihm, sich zu befreien und die Wasseroberfläche zu erreichen. Nachdem er gierig nach Atem rang, sah er auf das, was ihm soeben den Weg versperrt hatte. Er glaubte, seinen Augen nicht trauen zu können.

Guillems Kehle entwich ein grauenvoller Schrei, der bis zu den Touristen hallte, die sich in der Schlucht des Torrent de Pareis aufhielten.

Kapitel sechs

Silvia hatte Familienveranstaltungen noch nie etwas abgewinnen können. Wieder einmal fragte sie sich, warum sie sich das hier antat. Es war laut, die Konversation drehte sich ausschließlich um irgendwelchen Dorfklatsch aus Campos, und das Frit Mallorquí, auf dessen Zubereitung ihre Mutter ganz besonders stolz war, triefte nur so von Fett.

Natürlich kannte sie die Antwort längst und wusste, dass sie auch in Zukunft an dieser Art von Zusammenkünften teilnehmen würde, wenn sie nicht komplett mit ihren Angehörigen brechen wollte. Sie war ohnehin schon Außenseiterin genug. Im Übrigen war heute nicht irgendein Tag, es war Sant Jaume, der Namenstag ihres Vaters und eine der wichtigsten Feiern im Jahr für die Familie Fiol. Denn nicht nur ihr Vater trug den Namen, sondern gleich drei weitere Mitglieder Silvias Verwandtschaft: ihr noch lebender Großvater, ihr Cousin und ihr vierjähriger Neffe.

Und auch wenn sie selbst nicht viel für solche traditionellen Angelegenheiten übrighatte, so liebte sie ihren Vater doch über alles. Sie wusste, wie wichtig es ihm war, dass sie sich heute extra für ihn freigenommen hatte.

Jaume Fiol war der Einzige in der Familie, der immer hundertprozentig hinter Silvia gestanden hatte. Als sie damals ihr Jurastudium im dritten Semester abgebrochen und sich für eine Laufbahn bei der Polizei entschieden hatte, war es ihr Vater gewesen, der ihr den Rücken gestärkt und die Vorurteile der anderen zunichtegemacht hatte.

Da Silvia von eher kleiner Statur war, hatten ihre Onkel, Tanten und sogar ihre Mutter und Schwester ihre Entscheidung infrage gestellt. Wie wollte sie denn bei ihrer Körpergröße Verbrechern Respekt einflößen? Man würde sich über sie lustig machen und sie nicht ernst nehmen.

Aber je mehr Gegenargumente Silvia zu Ohren kamen, desto mehr spornte sie die Herausforderung an, Comisaria bei der Policía Nacional zu werden. Und irgendwann, nachdem sogar ihre Mutter sich von der Vorstellung verabschiedet hatte, vor ihren Dorffreundinnen damit zu prahlen, dass ihre jüngste Tochter eine erfolgreiche Rechtsanwältin war, wurde das Gespött weniger, und sie war nicht mehr der Mittelpunkt bei jeder Familienzusammenkunft. Zwar war ihr Vater der Einzige, der sie wirklich verstand, aber die anderen hörten zumindest auf, ihr permanent irgendwelche nervigen Fragen zu stellen. Sie war als *bitxo raro,* als Sonderling, abgestempelt und hatte sich mit dieser Tatsache ganz gut arrangiert.

»Hör auf damit, Alba!«

Die schrille Stimme ihrer Schwester holte Silvia in die Gegenwart und an den Mittagstisch zurück, an dem sie schon seit Stunden saß. Marilén versuchte gerade zu vermeiden, dass ihre vierjährige Tochter einen Löffel voller Alliolicreme in das Weinglas ihres Onkels Mateu rührte.

Seit der Geburt der Zwillinge hatte sich Silvias ohnehin nie besonders gutes Verhältnis zu ihrer älteren Schwester noch ein wenig verschlechtert. Schon als Kind hatte Marilén sich für völlig andere Dinge begeistert als sie selbst. Silvia war auf Bäume geklettert, hatte mit Autos gespielt und sich mehr als einmal mit ihren Klassenkameraden gerauft, wenn die sich wieder einmal darüber lustig machten, dass sie so klein war.

Von einem jener Kämpfe stammte die immer noch gut

sichtbare Narbe über ihrer rechten Augenbraue, die sich bis zur Schläfe hinunterzog. Damals war sie zehn Jahre alt gewesen, und der Arzt meinte, dass sie unglaubliches Glück gehabt hätte. Wäre der spitze Stock nur ein wenig mehr links auf ihren Kopf getroffen, so hätte sie höchstwahrscheinlich ihr Augenlicht verloren.

Aber dieses Erlebnis hatte nicht etwa die Wirkung, dass Silvia sich von nun an aus Streitereien heraushielt. Ganz im Gegenteil. Nur wenige Tage nach dem Unfall rächte sie sich an Felip, dem Jungen, der ihr die gefährliche Wunde zugefügt hatte, indem sie sich an der Vorderachse seines Fahrrads zu schaffen machte. Als Felip mit dem BMX-Rad auf seine gewohnt angeberische Art den Hang hinunterfuhr, der von der Schule aus ins Dorf führte, verlor er schnell die Kontrolle über das Rad und stürzte so heftig, dass er drei Tage im Bett verbringen musste.

Ja, sie war unbestreitbar kein einfaches Kind gewesen. Ihre Mutter hatte fast täglich mit ihr geschimpft, dass sie sich nicht wie ein Mädchen, sondern wie ein ungezogener Junge benahm. Marilén hingegen war das Paradebeispiel einer braven Tochter gewesen. Nicht selten hatte Silvia gehört, dass sich die Leute fragten, wie zwei so unterschiedliche Geschöpfe nur Schwestern sein konnten. Denn nicht nur charakterlich waren Marilén und sie wie Tag und Nacht. Auch äußerlich hätten sie kaum unterschiedlicher sein können. Silvia war klein und stark, hatte große dunkle Augen und pechschwarze Haare, die sie schon als Kind zu einem hohen Pferdeschwanz trug. Marilén hingegen war groß und schlank und hatte die grünen Augen, den Porzellanteint und die glänzenden hellbraunen Haare ihrer Mutter geerbt.

Jede war ihren eigenen Weg gegangen. Selten hatten sie mehr als ein paar oberflächliche Sätze miteinander gewechselt. Bis heute lebten sie in zwei völlig verschiedenen Welten und würden wohl nie so etwas wie Freundinnen werden.

Vergnügt beobachtete Silvia, wie ihre kleine Nichte sich über die Anweisungen ihrer Mutter hinwegsetzte und nun versuchte, an die große Ensaïmada, die in der Mitte des Tisches stand, zu gelangen. Noch ehe Marilén sie davon abhalten konnte, hatte Alba sich bereits ein Stück des Hefegebäcks geschnappt und es in hohem Bogen direkt in das Gesicht ihrer Tante Maria Jesús geworfen.

Genau in diesem Moment des Durcheinanders klingelte Silvias Handy. Froh darüber, einen Vorwand zu haben, dem Chaos den Rücken zu kehren, entfernte sie sich vom Tisch und ging in den kleinen Innenhof des Hauses.

»Was ist los, Ramón?«, fragte sie direkt, ohne ihren Kollegen zu begrüßen.

In den vergangenen Jahren hatte sich so etwas wie Freundschaft zwischen Silvia und Ramón aufgebaut, und meist verzichteten sie im Gespräch miteinander auf Höflichkeitsfloskeln.

»Es tut mir wirklich leid, dich an deinem freien Tag zu stören. Ich weiß, es ist Sant Jaume und du bist wahrscheinlich gerade …«

»Ist schon gut. Du weißt doch, dass ich eh nicht viel für diesen Familienkram übrighabe«, unterbrach Silvia ihn. »Jetzt sag schon. Gibt es neue Erkenntnisse im Fall der Schwedinnen?«

»Na ja, neue Erkenntnisse noch nicht. Aber wir haben eine weitere Leiche … Und ich befürchte, dass es sich um Anna Alvarsson handelt.«

»Verdammter Mist!«, stieß Silvia hervor. »Okay, ich komme sofort. Wo muss ich hin?«, fragte sie, während sie zurück ins Haus ging, um sich schnell von ihrer Familie zu verabschieden.

»Puerto de Sóller, an den großen Bootssteg. Die Küstenwache müsste bald mit der Toten eintreffen, und mit den Zeugen, die sie gefunden haben.«

»Gut. Ich bin in Campos. Wenn der Verkehr nicht zu schlimm ist, bin ich spätestens in einer Dreiviertelstunde da«, sagte Silvia und beendete das Gespräch.

Kapitel sieben

Soeben hatte sie den Tunnel von Sóller hinter sich gelassen und fuhr in schnellem Tempo die verbleibende Strecke bis ins Dorf hinunter. Sie erinnerte sich noch gut an die Jahre vor der Eröffnung des Tunnels. Als Kind war sie mit ihren Eltern und Marilén zahlreiche Male über den Coll gefahren, um ihre Tante Paquita zu besuchen. Die kurvenreiche, endlose Bergstraße verband Sóller mit der Außenwelt. Marilén war stets speiübel auf der Fahrt geworden, und ihr Vater hatte oft anhalten müssen, damit ihre Schwester sich am Wegrand übergeben konnte.

Heute traf man kaum mehr ein Fahrzeug auf der Bergstrecke an. Die Tunneldurchfahrt stellte die wesentlich schnellere und bequemere Alternative dar, um nach Sóller zu gelangen. Nur die unzähligen Fahrradtouristen, die besonders im Frühjahr und Herbst die Insel aufsuchten, nutzten den Coll für ihre Trainingseinheiten.

Paquita war recht jung an Krebs gestorben. Seitdem war die Familie Fiol nur noch selten nach Sóller gekommen. Ein paarmal hatten sie in den Wintermonaten, wenn auf Mallorcas höchstem Berg, dem Puig Major, Schnee lag, einen Ausflug in die Serra de Tramuntana gemacht. Aber das lag schon lange Zeit zurück.

Vor ein paar Jahren hatte Silvia einige Monate lang eine Beziehung zu einem Mann aus Sóller geführt. Sie hatten sich ganz klassisch an einem Samstagabend in einer Kneipe an der Hafenpromenade von Palma kennengelernt. Damals war Silvia öfter nach Sóller gefahren, um Miquel zu besuchen. Und sie hätte sich sogar vorstellen können, ganz in das wunderschöne Bergtal zu ziehen.

Sie selbst war in Campos aufgewachsen, und keine zehn Pferde hätten sie jemals wieder in ihr Heimatdorf gebracht. Sóller war zwar auch ein verschlafenes Dorf, aber es hatte ein ganz anderes Flair als der Südosten der Insel. Es war künstlerischer und kosmopolitischer, und auch landschaftlich hatte es mehr zu bieten.

Doch die Beziehung zu Miquel hielt nicht lange. Nach einem halben Jahr machte er Schluss, weil er es noch einmal mit seiner Jugendliebe Cati versuchen wollte. Silvia war zu Ohren gekommen, dass die beiden im letzten Jahr geheiratet hatten.

Anfangs war sie sehr traurig über die Trennung gewesen, denn Miquel war einer der wenigen Männer, die mit der Tatsache, dass Silvia einen hohen Posten bei der Policía Nacional besetzte, kein Problem hatte. Er war stolz darauf gewesen, eine so kompetente, eigenständige Frau an seiner Seite zu haben. Aber vielleicht war dies ja auch nur die halbe Wahrheit. Immerhin hatte er sich gegen sie und für Cati entschieden, eine, soweit Silvia wusste, nicht sehr ehrgeizige Kindergärtnerin vom Dorf.

Damit war natürlich das Vorhaben, nach Sóller zu ziehen, erst einmal vom Tisch, und sie hatte sich mit ihrem Singleleben in Palmas Innenstadt arrangiert, das ebenfalls genügend Vorzüge bot. Sie konnte tun und lassen, was sie wollte, und sich ganz ihrer wahren Leidenschaft – ihrem Beruf – widmen.

Vor Kurzem hatte Silvia jedoch ein lukratives Angebot für einen höheren Posten bei der Policía Nacional ausgeschlagen, da dies bedeutet hätte, ihren Wohnsitz nach Madrid zu verlegen. Natürlich wollte sie die Karriereleiter emporsteigen, gleichzeitig aber brachte sie es nicht übers Herz, ihrer geliebten Heimat den Rücken zu kehren. Die Insel bot Silvias Ansicht nach einiges mehr als das Leben in der Landeshauptstadt. Am meisten liebte sie Mallorcas Vielfalt. Die hohen Berge im Westen, die flache Ebene mit ihren endlosen Feldern im Inneren, die kilometerlangen Sandstrände im Südosten, die unzähligen kleinen Felsbuchten, die Fischerhäfen, die ursprünglichen Dörfer und natürlich das rege Leben Palmas. Außerdem genoss sie den Wechsel der Jahreszeiten auf Mallorca. Ganz besonders wenn ein kalter Winter langsam dem Frühling wich, die Sonnenstunden unendlich erschienen und die ganze Insel blühte.

Beruflich würde sie wahrscheinlich niemals das gleiche Niveau erreichen wie bei der Nationalpolizei in Madrid, doch sie mochte die Abwechslung, die ihre Position in Palma mit sich brachte. Außerdem konnte sie sich nicht vorstellen, einen reinen Bürojob auszuüben, auch wenn dieser besser bezahlt war. Sie brauchte den täglichen Kontakt zu Zeugen, Tätern und jenes unbeschreibliche Gefühl, wenn sie in einem Fall bedeutende Fortschritte machte. Und in dieser Hinsicht bot ihr gegenwärtiger Job doch so einiges.

Wenn sie nur endlich eine passable und erschwingliche Wohnung fände! Bis Oktober waren es nur noch gute zwei Monate, und wie sich der Fall, an dem sie gerade arbeiteten, zu entwickeln schien, würde ihr nicht viel Zeit bleiben, sich der Wohnungssuche zu widmen.

Sie ließ die Straße, die ins Zentrum von Sóller führte, rechts liegen und fuhr weiter geradeaus Richtung Hafen. Fünf Minuten später parkte sie ihren Wagen und ging die restlichen Meter zum Bootssteg zu Fuß. Von Weitem sah sie Ramón, der sich mit einem Beamten der Gemeindepolizei unterhielt. Die Küstenwache war auch schon eingetroffen. Die Kollegen aus

Sóller hatten die Zone ordnungsgemäß abgesperrt, aber nichtsdestotrotz wimmelte es von schaulustigen Touristen. Silvia konnte ebenfalls ein Kamerateam des lokalen Fernsehsenders IB3 ausmachen.

Wie hatte die Presse nur so schnell Wind von der Sache bekommen? Sie mussten aufpassen, dass die Reporter nicht an Informationen gelangten, aus denen sie voreilige Schlüsse zogen.

Vor einer halben Stunde hatte Andreu, der Polizeichef der Balearen, sie auf ihrem Diensthandy angerufen. Er hatte ihr strikte Anweisungen gegeben, der Presse Einzelheiten, die auf einen Serientäter deuteten, zunächst vorzuenthalten. Das Letzte, was sie im Moment brauchten, war eine Massenhysterie, die die Tourismussaison gefährdete. Silvia wusste, dass immenser Druck von Politikern und Hoteliers auf ihrem Vorgesetzten lastete und versprach, ihr Bestes zu geben. Aber im Zeitalter von Smartphones, YouTube und Facebook war dies beileibe keine leichte Aufgabe.

Sie zeigte einem jungen Beamten der Policía Local, der am Eingang der Absperrung versuchte, für Ordnung zu sorgen, ihren Dienstausweis und ging eilig auf Ramón zu.

»Danke, dass du so schnell gekommen bist«, sagte er.

»Kein Problem«, erwiderte Silvia. »Hast du die Leiche schon zu Gesicht bekommen?«

»Nein, die Küstenwache ist gerade erst eingetroffen«, sagte Ramón. Er zeigte auf ein paar Uniformierte, die soeben eine Trage mit einer bedeckten Person vom Polizeischiff auf den Steg transportierten. »Das müsste sie sein. Wie immer perfektes Timing, Silvia.«

Sie gingen auf die Kollegen zu, wiesen sich aus und baten darum, die Tote zu sehen. Ein Mitarbeiter der Küstenwache, der sich als Lluís Albertí vorstellte, zog den Reißverschluss des Leichensacks auf und gab den Blick auf eine etwa dreißigjährige blonde Frau frei.

»Sie ist es«, seufzte Silvia.

Ramón zog eine Fotografie von Anna Alvarsson aus seinen Unterlagen.

»Eindeutig ... so ein verdammter Mist ...«, sagte Silvia und atmete tief aus.

Ramón wandte sich an Lluís Albertí. »Dort drüben warten bereits die Kollegen der Spurensicherung. Bitte bringen Sie die Tote zu ihnen. Dann können sie die Leiche auf schnellstem Weg ins forensische Institut abtransportieren, und wir vermeiden, dass irgendein Schaulustiger womöglich ein Foto von ihr schießt.«

»Natürlich, wir kümmern uns darum.«

»Einer Ihrer Mitarbeiter, mit dem ich vor gut einer Stunde telefoniert habe, hat mir erklärt, dass ein kleiner Junge beim Schnorcheln auf die Leiche gestoßen ist«, sagte Ramón. »Wo ist dieser Junge jetzt?«

»Der Junge und sein Vater sind mit uns gekommen. Sie sitzen da drüben und warten schon auf Sie, Señor. Der kleine Kerl ist ziemlich durch den Wind. Aber das wären wir ja wohl alle in seiner Situation.«

»Gut, vielen Dank, Herr Albertí«, sagte Silvia. »Wir nehmen uns der Sache an.« Sie wandte sich zum Gehen.

»Willst du die Befragung übernehmen?«, fragte Ramón, als die Mitarbeiter der Küstenwache außer Hörweite waren.

»Klar, aber unterbrich mich ruhig, wenn dir irgendetwas Wichtiges auffällt«, sagte Silvia.

Sie gingen auf den etwa zehnjährigen Jungen und dessen Vater zu. Beide saßen auf Plastikstühlen und hatten jeweils eine Flasche Mineralwasser in der Hand. Auf Silvia machten sie einen ziemlich verstörten Eindruck. Doch aus Erfahrung wusste sie, dass dies bei Weitem besser war, als sich mit wichtigtuerischen Zeugen herumzuschlagen. Die Nervösen sagten meist die Wahrheit, während die Großkotzigen nicht selten irgendwelche spannenden Details erfanden, um die Angelegenheit interessanter zu gestalten oder sich selbst als unverzichtbare Helden darzustellen.

»Fang du ruhig mit der Befragung an, ich organisiere uns auch schnell ein paar Stühle«, sagte Ramón und wandte sich an einen vorbeigehenden Beamten.

»Alles klar.«

Silvia reichte dem nervös dreinschauenden Mann, der sich soeben erhoben hatte, die Hand. »Bones tardes, mein Name ist Silvia Fiol, ich bin Kriminalkommissarin bei der Policía Nacional und würde Ihnen und Ihrem Sohn gerne ein paar Fragen stellen.«

»Freut mich, Sie kennenzulernen. Ich bin Joaquín Alcover. Und das ist mein Sohn Guillem. Es tut mir leid, aber wir stehen beide noch etwas unter Schock. Man findet ja nicht jeden Tag eine Leiche bei einem Angelausflug.« Mit leicht zitternden Fingern strich er sich durch die dunklen Haare. »Ich weiß auch nicht, ob wir Ihnen helfen können … Glauben Sie, die arme Frau wurde ermordet und dann ins Wasser geworfen?«

Bevor Silvia antworten konnte, erschien Ramón mit zwei Plastikstühlen. Der Kommissar stellte sich kurz vor, dann nahmen sie alle Platz. Silvia wandte sich direkt an den Jungen, der bisher noch kein Wort gesagt hatte. »Guillem, kannst du uns vielleicht erzählen, wie du auf die Frau gestoßen bist?«

Der Junge sah verstohlen zu seinem Vater hinüber, und nachdem dieser ihm aufmunternd zunickte, begann er zu erzählen. »Also, am Morgen waren wir vor der Cala Deià fischen. Aber bei mir hat leider nichts angebissen, darum hat mein Vater vorgeschlagen, in Richtung Sa Calobra zu fahren.

Ich schnorchle dort so gerne beim Torrent de Pareis … und dann …« Er zögerte.

»Ja? Du machst das super, Guillem. Erzähl uns, was dann passiert ist«, forderte Silvia den Jungen auf.

»Direkt als mein Vater den Anker gesetzt hat, hab ich mir meine Schnorchelsachen geschnappt und bin ins Wasser gesprungen.«

»Einen Moment, Guillem«, sagte Silvia und wandte sich an Joaquín. »Herr Alcover, können Sie uns sagen, wo Sie ungefähr geankert haben? War es nah am Strand oder weiter draußen?«

»Weiter draußen, Señora Comisaria«, sagte der Solleric und fuhr sich mit der Zuge über die spröden Lippen. »In Strandnähe waren ein paar Boote. Guillem ist ein guter Schwimmer, darum hab ich unsere Bardí ein wenig abseits geankert, um ein bisschen Ruhe zu kriegen. Oft haben diese Charterboote, auf die man heutzutage überall trifft, ja ziemlich laute Touristen an Bord.«

»Okay. Bitte erzähl weiter, Guillem. Du bist also schnorcheln gegangen«, sagte Silvia.

»Ja! Ungefähr nach zehn Minuten, als ich wieder einmal auftauchen musste, um Luft zu holen, bin ich gegen etwas gestoßen. Und wie ich endlich an der Wasseroberfläche war und gesehen hab, dass es ein menschlicher Körper war, da hab ich angefangen zu schreien.« Guillem schaute beschämt zu Boden. »Es tut mir leid, ich hab mich wie ein Kind benommen und nicht wie ein Mann …«

»Mach dir keine Sorgen, Guillem«, sagte Silvia. »Ich bin mir sicher, dass wir alle hier so wie du reagiert hätten.«

»Ich hab mich so erschrocken. Ich hab noch nie eine Leiche gesehen!«

»Ist dir irgendetwas an der Frau aufgefallen?«, wollte Silvia wissen.

»Ich weiß nicht … Ich glaube, ich war einfach nur verwirrt und hatte Angst.« Der Junge rieb sich die Augen.

»Okay. Hast du sonst etwas Merkwürdiges gesehen? War irgendjemand zu dem Zeitpunkt in der Nähe?«

»Nein, aber mein Geschrei hat man bestimmt bis zum Torrent de Pareis gehört.«

»Was ist dann passiert?«, fragte Silvia.

»Papa …«, sagte Guillem und schaute zu seinem Vater hinüber. Silvia sah, wie sich Tränen in den Augen des Jungen bildeten.

Joaquín ergriff das Wort. »Señora Fiol, als ich Guillems Schreie hörte, bin ich sofort ins Wasser gesprungen. Anfangs habe ich gedacht, meinem Jungen sei etwas zugestoßen. Erst als ich bereits im Wasser war, konnte ich sehen, dass ein weiterer Körper neben ihm an der Oberfläche trieb. Ich bin schnell auf die beiden zugeschwommen, und als ich etwas näher heran war, konnte ich deutlich sehen, dass es sich um eine Frau handelte. Ich habe versucht, Guillem zu beruhigen. Nachdem ich mir sicher war, dass es ihm körperlich gut ging, habe ich mir die Frau angesehen.« Joaquín holte tief Luft, bevor er weitersprach. »Ich konnte sofort feststellen, dass sie tot war. Sie sah kreidebleich aus und war etwas aufgedunsen. Ich habe Guillem gepackt, und wir sind zurück zu unserem Boot geschwommen. Dann habe ich sofort über mein Handy die Polizei angerufen, und dort hat man mir versichert, umgehend die Küstenwache zu schicken. Wir haben dann auf dem Boot gewartet, bis sie eintraf, und den treibenden Körper von Weitem beobachtet.«

»Danke, Herr Alcover«, sagte Silvia. »Ist Ihnen irgendetwas in Ihrer Umgebung aufgefallen? Eine Person an der Küste oder auf den umliegenden Felsen vielleicht?«

»Am Strand haben einige Leute in unsere Richtung geschaut. Wahrscheinlich waren sie durch Guillems Schreie auf uns aufmerksam geworden. Aber sonst …« Er starrte auf die Wasserflasche, die er nervös von einer Hand zur anderen wechselte. »Es tut mir leid, aber ich muss gestehen, dass wir ziemlich geschockt waren. Darum habe ich nicht sonderlich auf die Umgebung geachtet. Circa eine halbe Stunde nach meinem Anruf sind dann die Männer der Küstenwache eingetroffen und haben die Tote aus dem Wasser gezogen. Sie baten uns, auf ihr Boot zu kommen und die Bardí vorerst in Sa Calobra geankert zu lassen. Wir haben natürlich getan, was sie uns sagten, und nun sind wir hier. Es tut mir leid, ich glaube, mehr können wir Ihnen nicht helfen.« Er hob den Blick und schaute Silvia direkt in die Augen. »Aber sagen Sie, denken Sie, dass die Frau womöglich ermordet wurde?«

»Vielen Dank für Ihre Ausführungen, Herr Alcover«, sagte Silvia. »Leider kann ich Ihnen keine weitere Auskunft geben. Zunächst müssen wir die Ergebnisse des forensischen Instituts abwarten. Ich denke, dass Guillem und Sie jetzt nach Hause gehen können, um sich erst einmal von den Geschehnissen zu erholen.« Sie warf Ramón einen Blick zu. »Oder hast du noch Fragen an Herrn Alcover oder an Guillem?«

»Nein, vielen Dank, dass Sie auf uns gewartet haben«, sagte Ramón. »Bitte melden Sie sich umgehend bei uns, wenn Ihnen noch irgendetwas einfallen sollte, was auch immer es ist. Und bitte reden Sie vorerst mit niemandem über die Angelegenheit. Besonders nicht mit den Leuten von der Presse, auch wenn die Sie sicher schon erwarten.« Er reichte Joaquín Alcover eine Visitenkarte, bevor er sich erhob und die Kommissare sich von den beiden verabschiedeten.

Nachdem Vater und Sohn sich Arm in Arm einen Weg aus der abgesperrten Zone gebahnt hatten, verließen auch Silvia und Ramón den Bootssteg. Wie erwartet stürmte sogleich ein

Kamerateam des lokalen Fernsehsenders auf die Kommissare zu.

»Señora Comisaria, handelt es sich bei der Leiche um die seit Wochen vermisste Schwedin Anna Alvarsson?« Die attraktive Mallorquinerin, die einen Kopf größer als Silvia war, hielt ihr das Mikrofon direkt unter die Nase.

»Zu diesem Zeitpunkt können wir noch keine Auskunft geben. Vorerst müssen wir die Ergebnisse der Rechtsmediziner abwarten.« Silvia ging schnell an der Reporterin vorbei, die es nun bei Ramón versuchte.

»Herr Kommissar, haben wir es mit einem Serienkiller zu tun?«

»Kein weiterer Kommentar«, sagte Ramón und folgte Silvia in Richtung der Strandpromenade.

»Lass uns noch irgendwo einen Cortado trinken und die Sache kurz besprechen«, schlug Ramón vor, als er sie erreichte.

Silvia nickte. »Okay. Ein paar Straßen weiter gibt es eine Cafeteria, in der wir uns ungestört unterhalten können.«

Sie gingen an einigen gut besuchten Restaurants vorbei und bogen dann in eine kleine Einkaufsstraße ein, in der ebenfalls reges Treiben herrschte.

Von ihrer Zeit mit Miquel kannte Silvia Sóller und den Hafen recht gut. Ihr Ex hatte sich oft darüber beklagt, wie sehr die Preise in den vergangenen Jahren gestiegen seien. Sie erinnerte sich an einen Sommerabend, als sie mit Miquel in einer schicken Pizzeria an der Strandpromenade zu Abend gegessen hatte. Damals war ihr sofort aufgefallen, dass in dem gesamten Lokal kein einziger Mallorquiner saß. Und nachdem sie einen Blick in die Speisekarte und auf die Preise geworfen hatte, verstand sie auch, warum. In Sóller war fast alles auf einen gehobenen Tourismus ausgerichtet. Als im Jahr 2005 ein Schwede eines der größten und ältesten Hotels an der Strandpromenade erwarb und aufwendig renovierte, begannen immer mehr skandinavische Touristen das Bergtal zu besuchen. Viele Ladenlokale wechselten die Eigentümer, und langsam verwandelte sich der Hafen in eine immer teurer werdende Restaurantmeile. Heute gab es nur noch wenige Gaststätten, in denen zahlreiche Einheimische verkehrten. Die meisten Mallorquiner waren sogenannte Mileuristas und verdienten nicht mehr als 1000 Euro netto im Monat. Daher war es nicht verwunderlich, dass die Mehrzahl der Inselbewohner bei den gegenwärtigen Preisen der Gastronomiebetriebe nicht mithalten konnte. Es war schon schwer genug, die Kosten für Miete und Lebensmittel zusammenzubekommen.

Aber natürlich bereicherte dieser zunehmend gehobene Tourismus auch viele mallorquinische Familien, die in der Gastronomie tätig waren. Im Allgemeinen war den Einheimischen diese Art Urlauber um ein Vielfaches lieber als die betrunkenen Briten, die sich in Magaluf und Umgebung von den Balkonen ihrer Hotelzimmer stürzten. Oder die peinlichen Deutschen, die in El Arenal schon morgens eimerweise Sangria in sich hineinschütteten und in ohrenbetäubender Lautstärke Schlager sangen.

Sie erreichten die kleine Bar Es Cantó, in der ein halbes Dutzend ältere Sollerics am Tresen saß und sich lautstark über Fußball unterhielt. Draußen saßen ein paar Jugendliche, die in ein Kartenspiel vertieft waren und nur ab und zu an ihren Bierflaschen nippten. Silvia und Ramón setzten sich an den äußersten Tisch, direkt neben der Straße. Kurz darauf näherte sich eine junge Kellnerin.

»Hola, was kann ich Ihnen bringen?«

»Zwei Cortados, bitte. Einen mit extra Zucker«, sagte Ramón.

Als das Mädchen außer Hörweite war, ergriff Silvia das Wort. »Also gut, alles deutet darauf hin, dass wir es tatsächlich mit einem Serientäter zu tun haben. Zwei tote Frauen innerhalb weniger Wochen, beide Schwedinnen, ungefähr im gleichen Alter. Beide verbrachten ihre Sommerferien in einem Ferienhaus in Puerto de Sóller und hinterlassen einen Ehemann sowie einen kleinen Sohn. Soweit ich es beurteilen konnte, hatte auch die heutige Tote ein weißes Leinennachthemd an. Es sind zu viele Gemeinsamkeiten auf einmal. Und einen Nachahmungstäter können wir wohl auch ausschließen, denn von dem Detail mit dem Nachthemd wissen nur wir.«

Die Kellnerin brachte die Cortados und verschwand erneut im Inneren der Cafeteria. Ramón schüttete zwei Tütchen Zucker in den Kaffee und begann mit angespannter Miene in der kleinen Tasse zu rühren. »Ich sehe es genauso«, sagte er. »Und ich hätte mir weiß Gott gewünscht, dass Anna Alvarsson einfach ihre Familie verlassen hätte. Ein Serientäter mitten in der Tourismussaison! Der Polizeichef wird einen Tobsuchtsanfall bekommen, und ich kann mir meinen bevorstehenden Urlaub wohl erst mal abschminken.«

Silvia wusste, wie sehr ihr Kollege sich auf seine arbeitsfreien Wochen freute. Ramón hatte zwei halbwüchsige Töchter, die bei seiner geschiedenen Frau wohnten und die er nur an jedem zweiten Wochenende und ein paar Wochen in den Sommerferien zu Gesicht bekam. Wenn es sich wirklich um einen Serientäter handelte, dann würde er bestimmt nicht so schnell mit seinen Töchtern in den Urlaub fahren können. Je nachdem, wie lange sich der Fall hinzog, vielleicht gar nicht. Die Mädchen mussten im September wieder in die Schule, und es würde bis Weihnachten keine gemeinsamen Wochen mit ihrem Vater geben.

»Hör mal«, sagte Silvia, »ich kann versuchen, bei Andreu durchzusetzen, dass ich den Fall allein bearbeite oder dass irgendein anderer Kollege dich solange vertritt. Obwohl mir die erste Alternative weitaus mehr zusagt. Du weißt ja, wie ungern ich mit jemand anderem als dir zusammenarbeite.« Sie zwinkerte ihm aufmunternd zu.

»Das ist nett von dir«, erwiderte Ramón, »aber wenn die Sache wirklich das Ausmaß annimmt, das wir befürchten, wird der Chef uns bestimmt zu unzähligen Überstunden verdonnern, bis wir den Mörder geschnappt haben.«

»Warten wir erst einmal ab, was Fernando herausfindet«, sagte Silvia. »Vielleicht war der Täter bei Anna Alvarsson unvorsichtiger. Mit etwas Glück weist die Leiche Spuren auf, die uns viel schneller als erwartet zu ihm führen.« Sie stand auf, um am Tresen ihre Getränke zu bezahlen. »Lass uns aufs Revier fahren. Hier können wir vorerst sowieso nichts weiter tun.«

Kapitel acht

Oh, Mann! Schatz, hör dir das an!«, sagte Andreas und starrte auf den Artikel des *Diario de Mallorcas,* den er soeben gelesen hatte. »Gestern Nachmittag haben sie die Leiche einer Frau vor dem Torrent de Pareis aus dem Wasser gefischt. Die Presse spekuliert, dass es sich um die seit Wochen in Puerto de Sóller vermisste Schwedin Anna Alvarsson handelt. Noch gibt es keine offizielle Stellungnahme der Polizei, aber alles deutet darauf hin, dass die Frau ermordet und dann irgendwo an der Nordwestküste ins Meer geworfen worden ist – genau wie zuvor Charlotte Danielsson.« Er blickte von der Zeitung auf. »Stell dir das mal vor, in unserer Umgebung treibt ein Serientäter sein Unwesen, der es auf ausländische Frauen abgesehen hat!«

»Zeig mal her«, sagte Marie und legte das Stück Marmeladen-Baguette zurück auf ihren Frühstücksteller.

Andreas strich die Zeitung glatt und reichte sie seiner Frau. »Da ziehen wir aus einer Großstadt mit all ihrer erbärmlichen Kriminalität in ein beschauliches Dorf in Spanien und werden gleich mit so etwas konfrontiert«, sagte er und nahm einen großen Schluck von seinem Kaffee.

»Kriminalität kann überall vorkommen«, erwiderte Marie, während sie den Artikel überflog. »Es gibt so viele Gestörte auf dieser Welt, da ist es völlig utopisch, anzunehmen, dass wir nie wieder mit Mord und Gewalt konfrontiert werden, nur weil wir Hamburg verlassen haben.«

Nachdem sie die Entscheidung getroffen hatten, nach Mallorca auszuwandern, hatte Marie damit begonnen, Spanischunterricht zu nehmen. In Hamburg hatte sie mehrere Monate vor ihrem Abflug zweimal pro Woche einen Kurs besucht, den die Volkshochschule ganz in ihrer Nähe anbot. Andreas hatte dies als überaus positiven, wenn auch langsamen Schritt aus ihrer immer tiefer werdenden Melancholie gewertet. Es war Marie anzusehen, dass diese Pflichttermine ihr guttaten, um das stundenlange Vorsichhinstarren und den täglich wachsenden Alkoholkonsum wenigstens ein wenig einzudämmen.

Seitdem sie auf der alten Finca wohnten, saß sie jeden Morgen eine gute Stunde über ihren Büchern, bevor sie sich aufmachte, die Renovierung zu beaufsichtigen oder bei anfallenden Arbeiten mitzuhelfen. Wie das tägliche Lauftraining, das sie endlich wieder absolvierte, war es eine Aktivität, die Stabilität in ihren Alltag brachte, und darüber freute er sich jeden Morgen aufs Neue.

»Hmmm, sehr viel verstehe ich nicht gerade …«, sagte Marie. »Vielleicht sollten wir neben einer spanischen Zeitung auch eine deutsche abonnieren. So würde ich wenigstens ein paar Neuigkeiten mitbekommen.« Sie lächelte ihn an.

Wie sehr er dieses Lächeln, das Gott sei Dank wieder ab und zu den Weg auf ihr Gesicht fand, liebte. Er hoffte so sehr, dass sie irgendwann wieder in die Ehe zurückfänden, die sie vor Maries Vergewaltigung acht wunderbare Jahre geführt hatten. Die Entbehrung ihrer Nähe und das komplette Ausbleiben des Sexuallebens machten ihm wesentlich mehr zu schaffen, als er Marie gegenüber zugeben konnte.

Er wollte sie zu nichts drängen. Ihm war klar, dass sie eine unglaublich schwere Zeit durchmachte. Aber ewig würde er nicht auf jeglichen Körperkontakt verzichten können.

Hoffentlich würde, sobald die endlos erscheinenden Bauarbeiten ein Ende nähmen und sie im kommenden Frühjahr ihre ersten Gäste empfingen, eine definitiv neue und bessere Phase in ihrer beider Leben treten.

»Ich denke gerade an die armen Polizisten, die mit diesem Fall mitten in der Hauptsaison konfrontiert sind und womöglich völlig im Dunkeln tappen,« sagte Marie und faltete die Zeitung zusammen. »Bestimmt lastet ein enormer Druck auf ihnen.« Sie wandte sich ihrem noch unangetasteten Frühstück zu.

»Hör mal, ich möchte, dass du am kommenden Wochenende, wenn ich in Hamburg bin, ganz besonders vorsichtig bist«, sagte Andreas. »Bitte vergewissere dich, dass alle Türen und Fenster verschlossen sind. Mir wäre es auch lieb, wenn du auf deine Joggingeinheiten für die paar Tage verzichten könntest.«

Marie lachte kurz auf. »Mach doch bitte nicht so ein Drama aus der Geschichte. Was habe ich denn mit irgendwelchen schwedischen Müttern zu tun, die in Puerto de Sóller ihren Familienurlaub verbringen? Du weißt, dass ich seit jener Nacht übervorsichtig bin. Aber von meiner Lust am Laufen kannst du mich nicht abbringen, jetzt, da ich sie endlich wiedergefunden habe. Soll ich mich etwa das ganze Wochenende verbarrikadieren, nur weil mein Mann ein paar Tage in Deutschland ist?« Sie goss sich Kaffee in ihre leere Tasse. »Außerdem habe ich ja Bob. Der kann ganz schön furchteinflößend sein. Weißt du noch, wie sich neulich ein Handwerker total erschrocken hat, als der Hund hinter mir durch die Tür gekommen ist?«

»Du musst doch selbst zugeben, dass der Fund von gleich zwei Frauenleichen in dieser Region etwas beunruhigend ist. Ich mache mir halt Sorgen, wenn ich dich allein lasse.«

Nach Andreas' Kündigung an der Hamburger Uniklinik

hatte ihm sein Vorgesetzter angeboten, an zwei Wochenenden im Monat den Notdienst zu übernehmen. Er schätzte Andreas' Arbeit als Chirurg seit Jahren und wollte seinen kompetenten Kollegen wenigstens ab und an im Krankenhaus haben. Da sich dieses Angebot positiv auf ihre finanzielle Lage auswirkte, die durch den Kauf des Anwesens und dessen kostspielige Renovierungsarbeiten etwas angeschlagen war, beschlossen Marie und er, es anzunehmen. Somit flog Andreas jedes zweite Wochenende in ihre ehemalige Heimatstadt, und Marie blieb für ein paar Tage allein auf der Finca.

Bis zum jetzigen Zeitpunkt war Andreas dreimal weg gewesen, und Marie hatte die Zeit ganz für sich allein recht gutgetan. Sie las viel und genoss die himmlische Ruhe, die auf dem Anwesen herrschte, nachdem die Bauarbeiter das Wochenende antraten.

»Ich verspreche dir, besonders vorsichtig zu sein«, sagte Marie. »Aber versprich du mir, dass du dir keine unnötigen Sorgen machst. Wir haben schon genug Dinge, die uns momentan beschäftigen, als dass wir uns auch noch mit irgendwelchen vagen Vermutungen rumschlagen sollten.«

»Es würde mich beruhigen, wenn du die Pistole bei dir hättest. Besonders wenn du dich außerhalb des Hauses aufhältst. Du weißt, wie einsam es hier am Wochenende ist, wenn alle Arbeiter fort sind. Es könnte dich niemand hören, wenn du um Hilfe rufen würdest.«

Die Walther SSP, mit der Marie jahrelang im Hamburger Schützenverein geschossen hatte, lag unberührt in einem Karton im Schlafzimmerschrank, seitdem sie das Häuschen bezogen hatten. Marie wollte auf jeden Fall auch in ihrer neuen Heimat diesem Hobby nachgehen, aber bis jetzt war sie noch nicht dazu gekommen, sich in einem Verein in Palma anzumelden.

»Bitte hör auf, Andreas. Du schaffst es sonst wirklich noch, mir Angst einzujagen, jetzt, da ich endlich langsam zur Ruhe komme.«

»Okay, Schatz. Tut mir leid. Aber dass hier anscheinend ein Serienmörder frei rumläuft, macht mich einfach nervös.«

»Sag mal, hattest du heute Morgen nicht einen Termin?«, versuchte Marie das Thema zu wechseln.

Andreas schaute auf seine Armbanduhr. Es war dieselbe Uhr, die Kai an jenem schrecklichen Tag getragen hatte, als er auf dem Acker des familiären Bauernhofs in Andreas' Armen verblutet war. Über zwanzig Jahre waren seither vergangen, und Marie konnte sich an keinen Tag erinnern, an dem ihr Mann die Uhr nicht getragen hatte.

Der viel zu frühe Tod seines älteren Bruders hatte Andreas' weiteres Leben einschneidend geprägt. Er war noch ein Teenager gewesen, als er Kai sterbend vor dem großen Traktor vorfand, von dem dieser gestürzt und anschließend überfahren worden war. Andreas hatte Marie unzählige Male von der Hilflosigkeit berichtet, die er in jenem Moment verspürte, als ihm klar geworden war, dass Kai nur noch wenige Augenblicke zu leben hatte.

Nach diesem furchtbaren Herbstnachmittag hatte sich alles im Leben der Familie Lindner verändert. Andreas' Eltern waren nicht mehr imstande gewesen, den sich seit Generationen im Familienbesitz befindenden Bauernhof weiterzuführen. Nur wenige Wochen nach Kais Tod verkauften sie das Anwesen und zogen mit Andreas nach Hamburg. Seine Mutter hatte lange mit Depressionen zu kämpfen, und sein Vater verlor jeglichen Lebensmut. Schließlich trat er aus finanzieller Not einen verhassten Beruf als Fabrikarbeiter an.

Andreas, der auf dem Land aufgewachsen und handwerklich begabt war, litt sehr unter den Veränderungen und dem

Leben in der Großstadt. Aber er wurde schnell erwachsen und war der Überzeugung, dass er einen Beruf ausüben wollte, bei dem er Menschenleben retten konnte. Denn auch wenn er sich immer wieder vor Augen führte, dass ihn keine Schuld am Tod seines Bruders traf, so fühlte er sich trotzdem viele Jahre lang als unnütz, da er nichts für Kai in dessen letzten Lebenssekunden hatte tun können.

Schließlich hatte er sich für ein Medizinstudium entschieden und war Chirurg geworden. Und es war ihm durch diesen Beruf gelungen, sich Stück für Stück von seinen düsteren Gedanken zu befreien. Aber in all den Jahren, in denen er seine Arbeit mehr als vorbildlich ausübte, hatte er immer die Sehnsucht gehegt, in der Natur zu leben und ein eigenes Anwesen ausbauen zu können.

Marie wusste, dass er sich mit dem Kauf der alten Finca einen Lebenstraum verwirklichte. Es war, als wären die Jahre als Arzt eine Strafe gewesen, die er hatte absitzen müssen, und als sei er nun endlich mit sich selbst im Reinen. Sie freute sich aufrichtig über seinen Enthusiasmus, der in ihrer neuen Heimat Tag für Tag von ihm ausging. Und sie hoffte inständig, dass auch ein wenig davon auf sie selbst abfärben würde.

»Ja, ich sollte mal langsam los«, sagte Andreas. »Um neun Uhr muss ich wegen der Genehmigung der Elektroinstallationen im Rathaus sein. Aber in spätestens ein paar Stunden bin ich zurück.« Er stand auf und gab ihr einen Kuss auf die Stirn, bevor er die Küche verließ.

Marie schenkte sich eine weitere Tasse Kaffee ein und aß die Reste des Baguettes auf. Das Koffein tat ihr gut. Es half, die allmorgendlichen Kopfschmerzen zu lindern. Zwar hatte sie, seitdem sie umgezogen waren, ihren abendlichen Alkoholkonsum reduzieren können, aber nach wie vor brauchte sie ein paar Gläser Wein, um Schlaf zu finden. Und morgens meldete sich stets ein dumpfer Schmerz, der sie daran erinnerte, dass noch immer nicht alles in ihrem Leben in rechten Bahnen verlief.

Sie blickte erneut auf die Schlagzeile des Zeitungsartikels, über den Andreas sich so aufgeregt hatte. Ein eigentümliches Gefühl der Sehnsucht machte sich in ihr breit. Sie wusste, dass sie für den Polizeiberuf geboren war und dass sie ihren früheren Job immer vermissen würde. Aber ihr war auch klar, dass sie in ihrer gegenwärtigen Verfassung nicht dazu imstande war, Kriminelle zu jagen. Trotzdem stellte es ein Kapitel ihres Lebens dar, mit dem sie noch nicht völlig abgeschlossen hatte. Sie gönnte sich nur eine Regenerierungspause. Irgendwann würde sie vielleicht erneut als Kommissarin arbeiten. Es war diese Hoffnung, die ihr half, jeden Morgen aufzustehen und den Tag in Angriff zu nehmen. Und vorerst hatte sie genug zu tun. Sie musste Spanisch lernen und ein Landhotel eröffnen.

Zuversichtlich räumte sie den Frühstückstisch ab und ging ins Wohnzimmer, wo ihre Sprachbücher schon auf sie warteten.

Kapitel neun

Er drückte den Off-Knopf der Fernbedienung. Er hatte genug gesehen. So weit lief alles nach Plan. Zwar war Annas Leiche ein wenig früher gefunden worden, als er es erwartet hatte, aber wie den Nachrichten zu entnehmen war, hatte die Polizei weiterhin nicht den leisesten Schimmer einer Spur.

Das war das Gute daran, die Toten dem Meer zu überlassen. Das Wasser vernichtete zuverlässig jeden Hinweis, der auf ihn als Täter hindeuten konnte.

Er rechnete damit, dass in den kommenden Tagen eine Massenhysterie von der Insel Besitz ergreifen würde, denn auch ohne eine offizielle Stellungnahme der Polizei würde die Presse schnell eins und eins zusammenzählen und davon berichten, dass ein Serientäter im Nordwesten der Insel Touristinnen ermordete.

Dies konnte ihm jedoch ziemlich egal sein, denn sein Plan war gut durchdacht. Er würde keinen Fehler begehen, jetzt, da er so nah vor dem Ziel war, sich endlich mit *ihr* zu vereinen. Nach ihrem Verschwinden würden die lokalen Nachrichten gewiss einige Wochen, vielleicht sogar Monate, voll von reißerischen Schlagzeilen sein. Aber wenn erst einmal Gras über die Sache gewachsen war und keine weitere Leiche auftauchte, würde die ganze Geschichte im Sande verlaufen.

Nur noch ein paar Tage, dann könnte nichts sie jemals mehr trennen. Die Nächte mit ihr würden ihm Kraft geben, sich von all den Erinnerungen, die ihn seit Jahren quälten, zu befreien.

Schon mit Anna war er erholter als in all den Jahren zuvor gewesen. Und selbst die durchgeknallte Charlotte hatte ihm die eine oder andere schöne Nacht geschenkt. Dabei war das Äußere der beiden alles andere als perfekt gewesen. Oft hatte er seine Augen schließen müssen, weil sie nicht zu seinem Traumbild gepasst hatten. Aber nun hatte er *sie* gefunden. Sie war das Ebenbild seiner Fantasie. Er war der felsenfesten Überzeugung, dass von jetzt an sein Leben endlich eine glückliche und erfüllende Wendung nehmen würde.

Da er am kommenden Tag nicht arbeiten musste, konnte er sich direkt morgen früh aufmachen, um die Grotte einer gründlichen Reinigung zu unterziehen und alles herzurichten, damit *sie* sich künftig dort wohlfühlte.

Er griff nach dem abgenutzten Buch, das vor ihm auf dem Sofatisch lag, und schlug es an der Seite auf, die bereits mehrere Eselsohren an ihrem oberen Rand vorwies. Wieder und wieder las er die seit Langem auswendig gelernten Strophen und summte dabei leise vor sich hin.

Nur noch wenige Nächte, dann würde er dies nie wieder allein tun müssen.

Kapitel zehn

Silvia wollte gerade in das Llonguet beißen, das sie unten in der Cafeteria gekauft hatte, als ihr Handy klingelte. Das Display zeigte »Fernando Vázquez« an. Sie legte das Brötchen in die Serviette auf dem Schreibtisch und griff nach dem Telefon.

»Hola, Fernando.«

»Hi, Silvia, kommst du rüber? Ich bin mit Anna Alvarssons Autopsie fertig.«

»Klar, in fünfzehn Minuten bin ich bei dir.«

»Okay, bis gleich.«

Schnell nahm Silvia zwei Bissen von dem Llonguet. Dann griff sie nach ihrer Handtasche und schloss die Tür hinter sich. Direkt gegenüber ihrem Büro befand sich das von Ramón. Sie hörte, dass er telefonierte, und beschloss, ihn nicht zu stören.

»Maria Antonia, kannst du Ramón bitte Bescheid sagen, dass ich schnell zum forensischen Institut bin?«, sagte Silvia an ihre Sekretärin gerichtet. »Er soll ruhig mit Olaf Alvarssons Befragung ohne mich anfangen, falls ich noch nicht zurück bin, wenn der Schwede eintrifft.«

»Ja, ich richte es ihm aus.«

Draußen war Palmas zäher Verkehr vollkommen im Gange: Gehupe, genervte Gesichter und endlose Schlangen an den Ampeln. Genau das war der Grund, warum Silvia es bevorzugte, zu Fuß zu gehen. Ramón war diesbezüglich komplett anderer Meinung. Bei ihrem Kollegen verursachte allein die Vorstellung, im Hochsommer zehn Minuten durch die Hitze laufen zu müssen, pures Grauen. Er bewegte sich nur, wenn es unbedingt sein musste. Und dann wunderte er sich, dass seine komischen, andauernd wechselnden Diäten und Abnehmversuche nie zu einem befriedigenden Resultat führten.

Silvia überquerte den Passeig Mallorca und ging Richtung Avenida Alemanya. An den Parkhäusern, an denen sie vorbeikam, prangte überall »Completo« auf den Einfahrtsschildern. Ja, heutzutage während der Hauptsaison einen Parkplatz zu finden glich einer Mission Impossible.

Zehn Minuten später erreichte sie Palmas forensisches Institut. Sie hoffte inständig, dass der Gerichtsmediziner beim Untersuchen der Leiche irgendwelche brauchbaren Hinweise gefunden hatte, die ihre Ermittlungsarbeiten wenigstens ein wenig vorantrieben. Sie mussten diesen verdammten Fall schnellstmöglich lösen.

Ihr selbst war es vollkommen gleichgültig, keinen Urlaub in den Sommermonaten nehmen zu können. Sie bevorzugte es, im Winter für ein paar Wochen irgendwo hinzufahren, wo sie ihrem liebsten Hobby, dem Sporttauchen, nachgehen konnte. Im letzten Februar war sie für drei Wochen nach Indonesien geflogen. In Nordsulawesi hatte sie sich einen kleinen Bungalow gemietet und war jeden Tag mit einer örtlichen Tauchschule in einen nahe gelegenen Nationalpark rausgefahren, wo wunderschöne Korallen und Schwärme von Rifffischen auf sie gewartet hatten. Es war um einiges günstiger, im Winter zu verreisen. Obendrein bot es ihr die Möglichkeit, der Kälte, von der die Insel dann einige Monate heimgesucht wurde, zu entfliehen. Da sie im Gegensatz zu ihrem Kollegen ihren Urlaub nicht nach irgendwelchen Schulferien planen musste, konnte sie es sich leisten, ihre jährliche Auslandsreise relativ kurzfristig zu buchen, wenn es ihr Arbeitspensum zuließ.

Aber sie wusste, wie sehr Ramón unter der Scheidung von seiner Frau und der räumlichen Trennung von seinen Töchtern gelitten hatte. Jedes Jahr fieberte er dem Sommer entgegen, um seine Mädchen für ein paar Wochen ganz für sich zu haben.

Silvia hatte am Morgen den Polizeichef aufgesucht und ihm angeboten, den Fall allein zu übernehmen, damit ihr Kollege nicht auf seinen Urlaub verzichten musste. Aber Andreu hatte sie rasch abgewimmelt. Genau wie Ramón es vorausgesagt hatte, stufte ihr Boss die Aufklärung des Mordes an den Schwedinnen als höchste Priorität ein, bei der sie alle vorhandenen Kräfte benötigten, um schnellstmöglich den Täter zu überführen und dem sich anbahnenden Medienzirkus ein Ende zu setzen.

Daher brannte Silvia auf das bevorstehende Gespräch mit Fernando. Vielleicht war der Täter diesmal nicht so vorsichtig vorgegangen wie bei der Entsorgung von Charlotte Danielssons Leiche, und sie erhielten endlich irgendeinen Anhaltspunkt, auf dem sie ihre Ermittlungsarbeiten aufbauen konnten. Sie hasste den Umstand, nicht die leiseste Theorie bezüglich des Motivs oder der Identität des Täters vorweisen zu können.

Nachdem sie die gläserne Eingangstür passiert und den ersten Stock erreicht hatte, wo sich das Büro des Gerichtsmediziners befand, klopfte sie entschlossen an dessen Tür. Keine zwei Sekunden später vernahm sie Fernandos melodische Stimme.

»Herein.«

Wie immer, wenn sie dem für seine Position noch recht jungen Forensiker begegnete, fragte sie sich, wie ein so fröhlicher und aufgeschlossener Mensch sich für ebendiesen Beruf hatte entscheiden können. Niemals wäre jemand, der ihn nicht kannte, darauf gekommen, dass der braun gebrannte Sonnyboy, den man sich eher am Strand mit einem Surfbrett unter dem Arm vorstellen konnte, täglich an Leichen herumhantierte und deren oft furchtbaren Anblick ertrug.

Silvia selbst hatte es zwar nie viel ausgemacht, Tote in Augenschein zu nehmen, aber sich ständig deren Untersuchung zu widmen, wich doch ein wenig von dem ab, was sie sich unter einer lebenserfüllenden Aufgabe vorstellte.

»Hallo, Fernando«, sagte Silvia und setzte sich, ohne auf eine Aufforderung des Arztes zu warten, auf einen der Stühle vor dessen Schreibtisch. »Ich habe sofort nach deinem Anruf alles stehen und liegen gelassen. Bitte sag mir, dass du etwas Brauchbares an Anna Alvarsson gefunden hast.«

»Auch schön, dich zu sehen, Silvia. Und wie immer die Ungeduld in Person«, sagte Fernando und legte die Unterlagen, in denen er sich eben noch Notizen gemacht hatte, zur Seite. »Ihr Mallorquiner seid doch eigentlich für eure Gelassenheit bekannt. Aber an dir konnte ich diese Eigenschaft wirklich noch nie feststellen.« Er schmunzelte.

Silvia schätzte die hochkompetente Arbeit des Forensikers sehr, aber manchmal ging ihr der gebürtige Madrilene mit seinen zynischen Sprüchen einfach nur auf die Nerven. Fernando war vor ein paar Jahren arbeitsbedingt von der Landeshauptstadt nach Mallorca gekommen, und Silvia wusste, dass es für ihn, wie für alle Forasteros, nicht einfach war, die Besonderheiten des mallorquinischen Charakters nachzuvollziehen. Silvia musste zugeben, dass die Mallorquiner es den zugezogenen Festlandspaniern auch nicht gerade leicht machten. Vielen Einheimischen war es egal, ob ein »Fremder« aus England, Deutschland oder Galizien kam. Fakt war, dass er nicht aus Mallorca stammte und sie ihm gegenüber daher automatisch einen gewissen Argwohn entgegenbrachten. Für zahlreiche Mallorquiner war ihre Roqueta, ihre Insel, der Nabel der Welt, und alle, die von außerhalb kamen, waren einfach »anders«. Silvia hatte dies selbst vor einiger Zeit in ihrer Familie erlebt. Als ihre Cousine Joana zu einem Familienessen ihren andalusischen Freund Paco mitbrachte, zeigten sich ihre Tanten und Großmütter zwar oberflächlich freundlich, aber ihren Gesichtern war das Bedauern, dass womöglich ein Forastero Mitglied der Familie wurde, sofort anzusehen. Als Paco und Joana außer Hörweite waren, begannen sie ohne Umschweife auf Mallorquinisch über die Eigenarten der Festlandspanier zu lästern. Der Ausdruck *És que no són com noltros, Sie sind einfach nicht wie wir*, beschrieb das allgemeine Gefühl Fremden gegenüber sehr gut. Am meisten störte die Mallorquiner das generelle Desinteresse der zugezogenen Forasteros, Mallorquinisch zu erlernen. Die Meinung der Festlandspanier, dass Spanisch ja wohl ausreiche, da sie sich schließlich in Spanien befanden, war für viele Einheimische ein klarer Ausdruck von Arroganz. Besonders die ältere Generation der Mallorquiner blieb daher lieber unter sich.

Silvia sah Fernando direkt in die Augen. »Komm schon, du weißt, was für ein Druck auf Ramón und mir lastet. Wir brauchen dringend irgendetwas, womit wir Andreu ein wenig beruhigen können.«

»Also gut«, sagte Fernando. »Zuerst die schlechte Nachricht: Wie du dir wahrscheinlich denken kannst, hat unser Täter oder unsere Täterin keine Spuren hinterlassen, die auf seine oder ihre Identität hinweisen. Das Meer hat jegliche Fingerabdrücke oder andere DNA-Spuren vollkommen zunichtegemacht.«

»Moment mal, warum spielst du mit dem Gedanken, dass

es sich bei dem Täter um eine Frau handeln könnte?«, unterbrach Silvia seine Ausführungen.

»Ich spiele mit überhaupt keinem Gedanken, meine Liebe. Das überlasse ich ausschließlich meinen mehr als kompetenten Kollegen der Policía Nacional. Aber als Arzt und Wissenschaftler, der keine voreingenommene Meinung vertritt, muss ich es ganz sachlich als Tatsache bewerten, dass es ebenso gut eine Frau gewesen sein könnte, die Anna Alvarsson erwürgt und anschließend ins Meer geworfen hat.«

»Also wurde sie auf die gleiche Weise getötet wie Charlotte Danielsson?«, fragte Silvia.

»Ich sag es ja, du bist zu ungeduldig«, erwiderte Fernando und zwinkerte ihr schelmisch zu. »Lass mich doch erst einmal ausreden und dir meine Befunde einen nach dem anderen schildern.«

Silvia wusste nur zu gut, dass dem Gerichtsmediziner die Frauen die Tür einrannten. Er hatte eine solch jungenhafte und unbekümmerte Art, dass es fast unmöglich war, nicht seinem Charme zu verfallen. Trotzdem fühlte sie selbst sich nicht von ihm angezogen. Er war ihr nicht unsympathisch, aber sie wäre niemals imstande gewesen, sich in so eine Art Mann zu vergucken. Und das war auch gut so. Eine Affäre oder irgendeine Art von Beziehung zu einem, wenn auch nicht ganz direkten, Arbeitskollegen stellte ein absolutes No-Go für sie dar. Außerdem bevorzugte sie etwas reifere und in sich gekehrtere Männer, die nicht so sehr von sich selbst überzeugt waren und eine gewisse Schüchternheit an den Tag legten. Noch nie in ihrem Leben hatte sie etwas für draufgängerische Frauenhelden übriggehabt.

»Okay, okay«, sagte sie und hob in einer Abwehrgeste die Hände. »Ich verspreche dir, ab jetzt meine Klappe zu halten und mich geduldig auf deinen Bericht zu konzentrieren.«

»Also gut … wo war ich stehen geblieben?«

»Keine DNA-Spuren an der Leiche«, sagte Silvia.

»Ja … es deutet auch soweit nichts darauf hin, dass sie sexuell missbraucht wurde. Obwohl das natürlich nicht ganz auszuschließen ist. Wenn – falls es sich bei dem Täter um einen Mann handeln sollte – er sie vergewaltigt hat, dann auf jeden Fall nicht extrem brutal, denn ihre Genitalien weisen keinerlei Verletzungen auf.« Fernando öffnete eine der Mappen, die vor ihm lagen, und entnahm ihr ein paar Fotoaufnahmen, die den Hals der Toten zeigten. Mit dem Finger wies er auf die gut sichtbaren Blutergüsse. »Zu deiner Frage nach der Todesursache: Ja, auch Anna Alvarsson wurde erwürgt, und das auf die gleiche Weise wie ihre Vorgängerin. Aber bis auf die Würgemale konnte ich keine weiteren Spuren von Gewalt an ihrem Körper feststellen. Außerdem hat er sie wohl recht gut verpflegt, denn Anna war weder ausgezehrt noch dehydriert.«

Silvia runzelte die Stirn. Sie konnte sich einfach keinen Reim darauf machen, warum jemand junge Frauen entführte, sie tagelang gefangen hielt, ihnen aber allem Anschein nach kein Haar krümmte, bis er sie schließlich tötete und ins Meer warf.

»Aber nun zu etwas, das euch vielleicht ein wenig weiterbringen könnte.« Fernando stand auf und öffnete die oberste Schublade des großen Metallschranks, der fast den halben Raum einnahm. Er entnahm ihr einen Klarsichtbeutel, den er vor Silvia auf den Schreibtisch legte. »In ihren Haaren habe ich diese Moospartikel gefunden. Und du wirst dich freuen, denn ich konnte herausfinden, dass es sich um Moos handelt, das üblicherweise in Höhlen mit einer hohen Luftfeuchtigkeit wächst.«

»Das könnte in der Tat ein kleiner Fortschritt sein.« Silvia nahm den Beutel in die Hand und betrachtete nachdenklich die winzigen Partikel. »Also hältst du es für wahrscheinlich, dass er seine Opfer in Höhlen gefangen hält, bevor er sie tötet?«.

»Ja, es wäre möglich.«

»Das ist wirklich eine gute Nachricht. Denn es würde bedeuten, dass wir endlich einen Anhaltspunkt auf den Aufenthaltsort der entführten Frauen vorweisen könnten.«

»Das stimmt schon«, erwiderte Fernando, »aber hast du eine Ahnung, wie viele versteckte Höhlen sich im Tramuntana-Gebirge befinden? Willst du Suchtrupps in die ganze Bergregion der Insel schicken?«

»Was bleibt uns denn anderes übrig? Oder hast du sonst noch etwas gefunden, was uns weiterhilft?«

»Nein, da muss ich dich leider enttäuschen. Aber was die Aufmachung der Toten betrifft, glaube ich mit ziemlicher Sicherheit, dass wir von ein und demselben Täter ausgehen können.« Erneut stand er auf und holte aus dem Metallschrank zwei größere Klarsichtbeutel, in denen sich jeweils ein weißes Kleidungsstück befand, und legte diese nebeneinander auf den Schreibtisch. »Wie du siehst, ist das Nachthemd, das Anna Alvarsson trug, als sie aus dem Wasser gefischt wurde, identisch mit dem von Charlotte Danielsson. Überdies sollten wir natürlich auch nicht außer Acht lassen, dass beide Frauen sich äußerlich sehr ähneln. Unser Mann – oder eben unsere Frau – steht allem Anschein nach auf blonde, recht attraktive Schwedinnen Anfang dreißig.«

»Außerdem handelt es sich bei beiden Frauen um Mütter eines kleinen Sohnes«, sagte Silvia.

»Ja, aber alles, was nicht den physischen Zustand der Leichen angeht, übertrifft meine Kompetenz«, sagte der Gerichtsmediziner. »Weitere Gemeinsamkeiten der Opfer herauszufinden überlasse ich dann doch lieber Ramón und dir.« Er sammelte die Klarsichtbeutel ein und verstaute sie wieder in dem Schrank.

»Todeszeitpunkt?«, fragte Silvia.

»Als Anna Alvarsson bei mir eintraf, war sie noch keine vierundzwanzig Stunden tot.«

»Und wie lange ist sie deiner Meinung nach im Wasser getrieben, bevor der Junge sie gefunden hat?«

»Maximal einen Tag, eher nur einige Stunden«, sagte Fernando und setzte sich wieder hinter seinen Schreibtisch. »Wahrscheinlich seit dem frühen Morgen. Die Leiche befand sich in einem wesentlich besseren Zustand als die von Charlotte Danielsson. Die ist circa drei Tage im Meer getrieben. Deswegen denke ich auch, dass es mir möglich war, die Moospartikel in ihren Haaren nachzuweisen. Wäre sie nicht so rasch gefunden worden, hätte das Meer mit hoher Wahrscheinlichkeit auch diese Spuren vollkommen vernichtet.«

»Also hat man sie von irgendwo ganz in der Nähe ins Wasser geworfen. Aber die Leiche weist keine Anzeichen auf, die darauf hindeuten, dass dies aus erheblicher Höhe passiert ist, von einer Klippe vielleicht, oder?«

»Wie ich schon sagte, ist Annas Körper, bis auf die Blutergüsse an ihrem Hals, vollkommen unversehrt.« Fernando legte die Fotografien zurück in die Mappe. »Natürlich kann eine Person von einer Klippe gestoßen werden und trotzdem keine Aufprallspuren aufweisen. Aber es ist wahrscheinlicher, dass sie von einer Bucht oder einem Boot aus ins Wasser geworfen wurde.«

»Also würdest du sagen, dass nur wenige Stunden zwischen der Erwürgung und der Verbringung der Leiche im Meer lagen?«

»Ja, wahrscheinlich wurde sie in der Nacht getötet und

dann von wo auch immer das passierte, direkt ins Meer transportiert.«

»Okay, das gibt uns doch einige Anhaltspunkte mehr, als es bei ihrer Vorgängerin der Fall war.« Silvia fuhr sich mit den Fingerspitzen über ihre Stirnnarbe. »Die Höhle, in der sie möglicherweise gefangen gehalten wurde, müsste sich also in nicht allzu weiter Ferne eines Meereszugangs befinden.«

»Das könnte sein. Aber soweit ich weiß, ist es von den meisten Höhlen des Tramuntana-Gebirges kein weiter Weg bis nach Sa Calobra, Puerto de Sóller, Cala Tuent oder sogar bis zur Cala Deià.«

»Aber es könnte unsere Suche vorerst wenigstens ein wenig eingrenzen«, beharrte sie.

»Vielleicht schon.« Fernando schaute auf seine Armbanduhr. »Silvia, es tut mir leid. So gerne ich mich mit dir unterhalte … wenn du keine weiteren Fragen mehr hast …«

»Ist schon gut, ich nerv dich nicht länger. Du hast sicher mal wieder irgendein aufregendes Date mit einer ausländischen Schönheit in deinem Terminkalender stehen.«

Sie konnte sich die sarkastische Bemerkung einfach nicht verkneifen.

»Leider muss ich dich, was das angeht, heute enttäuschen, meine Liebe. Ich werde dringend unten gebraucht. Kurz bevor du gekommen bist, ist die Leiche eines Mannes eingetroffen, den offenbar seine Ehefrau erstochen hat. Wie froh ich doch immer bin, nicht verheiratet zu sein.«

»Okay, ich bin weg«, sagte Silvia und stand auf. »Ruf mich an, falls dir noch irgendwas Interessantes in den Sinn kommt, das uns in Bezug auf Anna Alvarsson weiterhelfen könnte.«

»Auch wenn ich deine Anwesenheit immer schätze«, sagte Fernando, »hoffe ich doch, dass wir uns beruflich nicht so schnell wiedersehen müssen. Ich kann mir vorstellen, was für ein enormer Druck auf dir und Ramón gerade lastet. Eine dritte Leiche würde ohne Frage ein riesiges Medientheater auslösen.«

»Damit liegst du leider vollkommen richtig«, erwiderte die Comisaria. »Hoffen wir, dass es nicht so weit kommt.« Ohne einen weiteren Abschiedsgruß verließ sie das Büro des Forensikers.

Kapitel elf

Als Silvia erneut im Polizeirevier eintraf, war Olaf Alvarsson bereits in Ramóns Büro. Sie erkundigte sich bei Maria Antonia, wann der Schwede eingetroffen war.

»Vor einer guten halben Stunde. Wie all diese Nordeuropäer ist er viel zu früh gekommen, und Ramón hat ihn direkt in sein Büro gelassen. Der arme Mann sah vollkommen fertig aus.«

Silvia zog kurz in Erwägung, sich dem verbleibenden Gespräch anzuschließen, entschied sich dann aber dagegen. Sie wollte Ramóns Befragung nicht unterbrechen und war sich sicher, dass ihrem Kollegen kein Detail entging. Darüber hinaus sprach Ramón ausgezeichnetes Englisch, was in seiner Generation von Mallorquinern bei Weitem nicht immer der Fall war. Silvias Eltern, Tanten und Onkel sprachen allesamt kaum ein Wort Englisch. Selbst die meisten ihrer eigenen Freundinnen aus Campos taten sich mit der Fremdsprache schwer.

In dieser Hinsicht hatte Ramón mit seiner heute so verhassten Ex-Frau einen Glückstreffer gelandet. Raquel, oder Rachel, wie sie immer genannt werden wollte, war halbe Amerikanerin. Sie hatte mit den gemeinsamen Töchtern von Anfang an ihre Muttersprache gesprochen. Englisch hatte Ramón daher tagtäglich umgeben, und er sprach und verstand es gegenwärtig ausgezeichnet.

Silvia selbst hatte, als sie an der Polizeischule anfing, nur die Grundlagen von Schulenglisch vorweisen können, die mehr als zu wünschen übriggelassen hatten. Im Verlauf der darauffolgenden Jahre jedoch hatte sie hartnäckig Online-Kurs für Online-Kurs absolviert, und heute bereitete ihr selbst das Lesen von Ermittlungsberichten des FBIs kaum mehr ein Problem.

Da sie keine Lust verspürte, sich in ein Gespräch mit der zwar lieben, aber für ihren Geschmack viel zu geschwätzigen Maria Antonia verwickeln zu lassen, sagte Silvia der Sekretärin nur knapp: »Danke dir. Wenn Ramón mit Herrn Alvarsson fertig ist, dann richte ihm bitte aus, dass ich in meinem Büro bin.«

»Ja, natürlich, ich gebe ihm direkt Bescheid.«

Silvia bedankte sich bei Maria Antonia und ging in Richtung des kleinen Flurs, auf dessen rechter Seite sich ihr Büro befand.

Nachdem sie die Tür hinter sich geschlossen und an ihrem chaotischen Schreibtisch Platz genommen hatte, atmete sie tief durch. Ordnung hatte noch nie zu ihren Tugenden gehört. Schon als Kind hatte sie sich endlose Vorträge ihrer Mutter anhören müssen, warum sie sich nicht ein Beispiel an Marilén nahm. Ihre Schwester war auch in dieser Hinsicht ein Musterkind gewesen. In Mariléns Zimmer hatte jeder Gegenstand stets an seinem Platz gestanden, und alles war penibel aufgeräumt. Silvia hingegen war die geborene Chaotin. Und auch wenn ihre Schulnoten niemals unter ihrer Unordnung gelitten hatten, so hatte sie heute noch die gereizte Stimme ihrer Mutter in den Ohren, die ihr vorhielt, dass sie niemals einen anständigen Beruf fände, wenn sie sich in dieser Hinsicht nicht besserte.

Doch trotz allem hatte sie es mit ihren dreiunddreißig Jahren schon weiter geschafft, als man es ihr je prophezeit hatte. Ja, sie hatte nie gelernt, auf ihrem Schreibtisch, in ihrer Handtasche oder ihrem Apartment für Ordnung zu sorgen. Aber in ihrem Kopf herrschte Strukturierung, ihr Gedächtnis funktionierte einwandfrei, und ihr Einfallsreichtum, was das Lösen teils sehr schwieriger Fälle anging, lief stets auf Hochtouren. Wen kümmerte schon äußerliches Chaos, wenn das Resultat für gewöhnlich mehr als vorzeigbar war?

Sie blickte mit Stolz auf die Errungenschaften ihrer bisherigen Karriere und hatte gelernt, mit ihren Macken und Fehlern zu leben. Gleichzeitig war ihr natürlich bewusst, dass sie mit ihren eigenwilligen Charaktereigenschaften nicht gerade die Traumfrau der meisten Singlemänner in ihrem Alter darstellte. Sie versuchte jedoch nicht mehr, sich weiblicher und der Norm angepasster zu präsentieren, als sie war. Wenn der Richtige irgendwann auftauchen sollte, würde sie sich gewiss freuen, einen Partner an ihrer Seite zu wissen. Aber bis dahin war ihr Lebensinhalt ihre Arbeit, und auf die galt es sich nun vorrangig zu konzentrieren.

Während sie den Rest des Llonguets aufaß, überflog sie einige Notizen, die sie sich in den vergangenen Wochen zu dem Fall der Schwedinnen auf lose herumfliegenden Blättern gemacht hatte. Es war eine äußerst verzwickte Angelegenheit, vor der sie standen. Ramón und sie hatten in der Vergangenheit weiß Gott an schlimmen Fällen gearbeitet, aber mit einem Serientäter, der es auf junge Touristinnen abgesehen hatte, waren sie noch nie zuvor konfrontiert gewesen.

Fernandos Befund stellte zumindest einen kleinen Lichtblick dar. Wenn das Moos in Anna Alvarssons Haar wirklich auf eine Höhle als Aufenthaltsort vor ihrem Tod hindeutete, dann konnten sie endlich loslegen und Suchteams in die Berge von Sóller und Umgebung schicken. Nichts hasste sie so sehr, wie Papierkram zu bearbeiten und für die Aufklärung des Falls recht unnütze Zeugen zu befragen. Aber nun hatten sie etwas, das sie vielleicht ein Stück weiterbringen könnte.

Während sie in Gedanken die nächsten Schritte durchspielte, die es zu organisieren gab, klopfte es an ihrer Tür.

»Herein«, sagte Silvia und setzte sich in ihrem Bürostuhl auf.

Ein ziemlich erschöpft aussehender Ramón kam zum Vorschein. Er murmelte eine knappe Begrüßung und ließ sich auf einen der Stühle vor ihrem Schreibtisch fallen.

»Das ging ja recht schnell mit Olaf Alvarsson«, sagte Silvia. »Du siehst müde aus.«

»Ja, es wird mir wohl nie leichtfallen, Familienangehörige von Mordopfern zu befragen. Auch nach all den Jahren nimmt es mich noch immer mit, diese ungeheure Trauer in ihren Gesichtern zu sehen.« Er kratzte gedankenverloren an seinem Dreitagebart.

»Es tut mir leid, dass ich nicht dabei war, aber ich dachte, es wäre das Beste, mir umgehend Fernandos Autopsiebericht anzuhören.«

»Ja, klar. Kein Problem. Ich bin ja auch ganz froh, dass ich dir bei dieser Gluthitze nicht zum forensischen Institut hinterhergelaufen bin.« Nun musste er doch ein wenig schmunzeln.

»Haha«, sagte Silvia und stützte sich mit den Ellbogen auf ihren Schreibtisch. »Hör mal, ich habe heute versucht, dem Polizeichef klarzumachen, dass ich auch allein an dem Fall weiterarbeiten kann, während du deinen lang ersehnten Sommerurlaub nimmst.«

»Danke dir!«, erwiderte Ramón. »Ich weiß es wirklich zu schätzen, dass du so viel Rücksicht auf meine familiäre Situation nimmst.«

»Bedank dich nicht zu früh. Du kannst dir sicher denken, dass Andreu nichts davon hören wollte. Er ist äußerst erpicht darauf, dass wir dem Fall der Schwedinnen oberste Priorität geben und sich vorerst niemand freinimmt. Du weißt ja, dass er ein wenig machomäßig veranlagt ist. Wahrscheinlich traut er mir als Frau nicht zu, diese Angelegenheit allein zu lösen.«

»Ich weiß, dass du mehr als imstande bist, den Fall auch ohne mich zu bearbeiten«, sagte Ramón. »Aber solange wir keine brauchbaren Hinweise auf den Täter, das Motiv oder das womöglich nächste Opfer haben, kann ich es sowieso nicht mit meinem Gewissen vereinbaren, von der Sache Abstand zu nehmen. Heute Morgen habe ich mit Elisa und Inés telefoniert, und sie sind zwar ein wenig enttäuscht, aber sie haben wie immer Verständnis für meine Arbeit und sind mir nicht böse.«

»Hoffentlich schnappen wir den Täter schnell!«, sagte Silvia nachdrücklich. »Dann kannst du in diesem Sommer wenigstens noch ein wenig Zeit mit deinen Töchtern verbringen.«

»Na, ihre Mutter wird bestimmt nicht froh darüber sein, dass ich die Mädels vorerst nicht übernehmen kann. Rachel will mit Sicherheit wieder zu dieser Detox-Klinik nach Marbella fahren, und da bringe ich nun alles durcheinander.« Er machte eine wegwerfende Handbewegung. »Aber was soll's, ein gutes Verhältnis zu meiner Ex bekomme ich in diesem Leben sowieso nicht mehr hin. Erzähl, konnte Fernando irgendetwas Interessantes an Anna Alvarssons Leiche finden?«

»Hmmm, in gewisser Weise schon«, sagte Silvia. »Aber bevor ich dir meinen Plan berichte, erklär mir doch kurz, wie es mit dem Witwer gelaufen ist.«

Ramón seufzte. »Olaf Alvarsson ist verständlicherweise völlig durch den Wind. Seine Frau und er haben wohl wirklich so etwas wie eine Bilderbuchehe geführt, und der kleine Marco stellte die Krönung ihres Glücks dar.«

Silvia verdrehte die Augen. Nach allem, was sie in ihrer bisherigen Laufbahn gesehen hatte, gab es diese von den Medien stets dargestellte Familienharmonie in Wirklichkeit nicht. Tagtäglich hatten sie es mit Gewalttaten zu tun, die viel zu häufig in den eigenen vier Wänden der Opfer vorkamen.

»Ja, du hast recht, vielleicht ist alles nur Schein«, sagte Ramón. »Aber auf mich machte Herr Alvarsson wirklich einen völlig aufgelösten Eindruck. Ich glaube, er stand noch unter Schock. Schließlich hat er ja erst heute Morgen die Leiche als die seiner Frau identifiziert.« Er wischte sich mit dem Handrücken den Schweiß von der Stirn.

Silvia wusste, wie sehr Ramón die sommerlichen Temperaturen zusetzten. In seinem Büro war selbst im Frühjahr und Herbst die Klimaanlage auf konstante achtzehn Grad Celsius eingestellt. Sie griff nach der Fernbedienung, um die Temperatur des Apparats von den ihrer Ansicht nach angenehmen vierundzwanzig Grad ein wenig runterzufahren.

»Danke«, sagte Ramón und nickte ihr zu.

»Kein Problem. Und entschuldige bitte meine Reaktion, ich bin mal wieder zu voreingenommen. Es stimmt, man kann nur Mitleid für den armen Witwer empfinden. Dass die eigene Ehefrau im Familienurlaub erst spurlos verschwindet und dann erdrosselt im Meer aufgefunden wird, ist wirklich nichts, was man irgendjemandem wünschen möchte. Hat das Gespräch mit ihm dich denn irgendwie weitergebracht?«

»Leider nicht«, erwiderte Ramón. »Ich bin noch einmal mit ihm ihre erste Ferienwoche in Sóller und insbesondere den Tag des Verschwindens seiner Frau durchgegangen. Aber so sehr er sich auch anstrengt, er kann sich an nichts Auffälliges erinnern.« Er zuckte mit den Schultern. »Weder haben sie jemanden kennengelernt, noch ist irgendetwas Merkwürdiges während ihrer Zeit in dem Ferienhaus vorgefallen. Sie kannten niemanden vor Ort, und er kann sich absolut nicht erklären, aus welchem Grund sie jemand entführt und ermordet haben sollte. Die Joggingeinheiten waren wohl das Einzige, was Anna ohne ihre Familie unternahm. Sie haben die meisten Tage mit ihrem Sohn entweder am Strand von Puerto de Sóller oder am Pool des Ferienhauses verbracht. Einmal haben sie einen Shopping-Ausflug nach Palma gemacht, aber auch dort ist nichts Verdächtiges passiert. Alles deutet auf einen ganz normalen Familienurlaub hin.« Ramón hob resigniert die Hände. »Was Alvarsson am meisten verzweifeln lässt, ist die Frage nach dem Warum. Er sagt, dass Anna ein lieber und zurückhaltender Mensch war, der absolut keine Feinde hatte. Er beschreibt sie eher wie ein ›Everybody's Darling‹, freundlich, aber in keiner Weise aufreizend. Ihr Ein und Alles war ihre kleine Familie, und sie ging in der Mutterrolle vollkommen auf.«

»Es muss irgendeine Verbindung zwischen den beiden Schwedinnen geben«, sagte Silvia. »Irgendetwas übersehen wir. Warum schließt du aus, dass wir es mit einem Täter aus Schweden zu tun haben? Was, wenn Charlotte Danielsson und Anna Alvarsson gar nicht die liebevollen Ehefrauen waren, für die ihre Männer sie hielten? Vielleicht handelt es sich bei dem Täter um einen Liebhaber der beiden, der Rache an ihnen genommen hat, weil sie seine Gefühle verletzt haben.« Die kalte Luft, die nun aus der auf Hochtouren arbeitenden Klimaanlage blies, ließ sie frösteln, und sie zog die Schultern hoch.

»Hmmm, das glaube ich eher nicht«, entgegnete Ramón. »Die beiden Frauen kommen aus zwei völlig unterschiedlichen Gegenden. Und wenn deine Theorie stimmt, wäre es dem Täter doch um einiges leichter gefallen, sie in ihrem Heimatland zu entführen und umzubringen als in einer völlig fremden Umgebung. Ganz ausschließen können wir es natürlich nicht, aber ich glaube eher an irgendeinen Perversen, der es auf hübsche junge Ausländerinnen abgesehen hat.«

»Ja, wahrscheinlich. Es war nur so ein Gedankenspiel von mir. Also bist du der Meinung, dass unser Täter ganz zufällig auf die beiden Frauen gestoßen ist? Dass er dann kurzerhand beschlossen hat, sie zu beschatten, um sie in einem der wenigen Momente, in denen sie allein waren, zu entführen?«

»Ja, das ergibt meiner Meinung nach erheblich mehr Sinn. Obwohl ja beide Witwer davon überzeugt sind, in den Tagen vor dem Verschwinden ihrer Frauen in keiner Weise beobachtet worden zu sein.« Er schnippte eine Fluse von seiner Hose und richtete sich ein wenig aus seiner eingesunkenen Sitzposition auf. »Aber jetzt erzähl mal, ob Fernando irgendetwas an Frau Alvarssons Leiche aufgefallen ist. Hatte er diesmal mehr Glück?«

Silvia strich sich eine Haarsträhne aus dem Gesicht. »Etwas besser als bei der ersten Schwedin ist die Obduktion schon verlaufen. Fernando hat Moospartikel in Anna Alvarssons Haaren nachweisen können. Er sagt, dass diese Art Moos vorwiegend in Höhlen anzutreffen ist. Ansonsten war auch diese Leiche leider völlig spurenfrei.«

»Na, das ist ja wenigstens etwas«, sagte Ramón.

Silvia war froh, dass ihr Kollege immer das Positive in den Dingen sah. Sie selbst war vagen Indizien gegenüber eher grüblerisch eingestellt, und sie hätte es nicht ertragen, mit einem übel gelaunten und negativ gestimmten Kollegen zusammenzuarbeiten, wie es sie in ihrem Beruf zuhauf gab. »Was glaubst du? Ist es einen Versuch wert, einen Suchtrupp in die Höhlen des Tramuntana-Gebirges zu schicken? Oder hältst du es für einen zu schwachen Anhaltspunkt für einen so aufwendigen Einsatz?«

»So wie die Lage momentan ist, müssen wir nach jedem

Strohhalm greifen, der sich uns bietet«, sagte Ramón. »Leider haben wir ja absolut keine Ahnung, was das Motiv oder die Identität des Täters angeht. Aber wenn wir nach dem möglichen Aufenthaltsort der Frauen suchen können, müssen wir wenigstens nicht tatenlos herumsitzen und permanent die üble Laune des Polizeichefs ertragen.«

Ramón machte nun einen zuversichtlicheren und frischeren Eindruck, als noch vor ein paar Minuten. Silvia führte dies nicht nur auf Fernandos Fund zurück, sondern auch auf die Eisestemperaturen, die in ihrem Büro herrschten.

»Gut, da bin ich ganz deiner Meinung. Morgen früh leite ich alles in die Wege, um ein Sondereinsatzkommando zu organisieren und mir selbst vor Ort einen Überblick zu verschaffen. Ich denke aber, dass wir unsere Ermittlungen auch intensiv auf mögliche Verbindungen der beiden Frauen legen sollten. Vielleicht waren sie ja in denselben Restaurants zum Essen, und ein Kellner ist auf sie aufmerksam geworden. Oder irgendein Elektriker, Gärtner oder Klempner hat seine Arbeiten in ihren Ferienhäusern verrichtet, und die Schwedinnen sind ihm auf diese Weise aufgefallen.«

»Ja, darüber habe ich auch schon nachgedacht. Lass uns morgen noch einmal alles durchgehen. Die Aussagen von Frederick Danielsson haben wir ja. Im Zweifelsfall erreichen wir ihn auch telefonisch. Was Olaf Alvarsson angeht, so hat er mir versichert, die Insel in den nächsten Tagen nicht zu verlassen. Wir können ihn jederzeit befragen.«

Bevor Silvia dazu kam, etwas zu erwidern, klingelte das Telefon auf ihrem Schreibtisch.

Sie nahm den Hörer ab. »Ja, Maria Antonia?«

»Es tut mir leid, eure Besprechung zu unterbrechen«, sagte die Sekretärin, »aber ich habe hier einen jungen Mann in der Leitung, der unbedingt mit einem der Ermittler im Fall von

Anna Alvarsson sprechen möchte. Er klingt etwas nervös, macht auf mich aber einen ehrlichen Eindruck. Er sagt, dass er in Cala Tuent in der Nacht, bevor die Leiche gefunden wurde, etwas beobachtet hat. Soll ich ihn zu euch durchstellen, oder meldet ihr euch bei ihm?«

»Stell ihn bitte durch«, sagte Silvia. Mit einem Kopfnicken in Richtung Ramón betätigte sie die Lautsprechertaste des Telefons.

Kapitel zwölf

Jordi war sehr unsicher gewesen, bevor er endlich die Nummer der Policía Nacional gewählt hatte. Aber nachdem er im Fernsehen die Nachrichten über die tote Schwedin gesehen hatte, war ihm die Angelegenheit nicht mehr aus dem Kopf gegangen. Er suchte das Internet nach weiteren Informationen zu dem Fall ab, und bei jeder Zeile, die er las, machte sich das mulmige Gefühl in seiner Bauchgegend stärker bemerkbar.

Vor zwei Nächten hatte er zusammen mit seinen Freunden einige Biere getrunken und ein paar Joints am Strand von Cala Tuent geraucht. Als sie den Weg zurück ins Haus hinaufgegangen waren, das Jordis Onkel gehörte und das er ihm und seiner Clique für ein paar Tage überlassen hatte, verschwanden die meisten von ihnen direkt ins Bett. Aber Jordi war nur kurze Zeit später wieder aufgestanden, weil ihm speiübel gewesen war. Wahrscheinlich hatten sie es mit dem Alkohol und dem Gras doch ein wenig übertrieben. Das einzige Badezimmer des Hauses war jedoch besetzt gewesen, und offenbar ging es einem der Mädchen ähnlich wie ihm selbst. Er hörte zahlreiche Würg- und Spuckgeräusche hinter der Tür, was seinen eigenen Brechreiz noch verstärkte.

Daher war er schnurstracks in den kleinen Garten gelaufen, der das Haus umgab und der einen unter normalen Umständen wunderschönen Ausblick auf die Bucht von Cala Tuent freigab. Dort hatte er sich ohne jede Umschweife in einen Oleanderstrauch erbrochen. Als sich nichts mehr in seinem

Magen befand und er sich langsam etwas besser fühlte, hörte er vom Strand her ein Motorengeräusch. Er ging ein paar Schritte vorwärts. Im Mondlicht konnte er deutlich erkennen, wie jemand mit dem kleinen Schlauchboot von Vicenç, dem alten Fischer, der schon seit einer halben Ewigkeit in Cala Tuent wohnte, aus der Bucht fuhr.

Jordi hatte sich nichts weiter bei der Sache gedacht. Der Alte fuhr oft in den frühen Morgenstunden hinaus aufs Meer, um ein paar Sepien oder Barsche zu fangen, die er dann am nächsten Tag den Touristen, die an den Strand kamen, zu einem horrenden Preis anbot. Natürlich war dieses Geschäft vollkommen illegal, aber Vicenç war bei den wenigen Einwohnern Tuents eine Institution, und niemals wäre jemand auf die Idee gekommen, ihn deshalb bei der örtlichen Polizei anzuschwärzen.

Jordi war todmüde wieder ins Haus gegangen, hatte noch ein Glas Wasser in der Küche getrunken und sich dann direkt schlafen gelegt. Am nächsten Tag waren die Freunde erst gegen Mittag ziemlich verkatert aufgewacht, und Jordi und ein paar weitere Jungs waren auf direktem Weg zur Bucht gelaufen, um sich im Meer abzukühlen.

Am Strand hatte er Vicenç gesehen, und da dieser ein enger Freund seines Onkels war, hatte Jordi ihn sofort begrüßt und sich nach seinem morgendlichen Angelausflug erkundigt. Zu seiner Überraschung versicherte der Alte ihm jedoch, er sei gerade erst mit dem Auto in Cala Tuent angekommen und habe die Nacht bei seiner Schwester in Sóller verbracht.

Da Jordis Kopf immer noch vom Alkoholexzess des Vortags dröhnte, erzählte er Vicenç nichts von seiner nächtlichen Beobachtung. Er hatte keine Lust gehabt, den Alten zu beunruhigen, und wie er selbst sehen konnte, lag das Schlauchboot an seinem gewohnten Platz. Daher verabschiedete er sich von dem Alten und widmete sich wieder seinen Freunden, die bereits den kommenden Abend planten.

Als er heute jedoch die Nachrichten sah und erfuhr, dass am Vortag vor dem Torrent de Pareis eine Frauenleiche aus dem Meer gefischt worden war, schossen ihm sofort die Bilder jener Nacht ins Gedächtnis. Zwar zweifelte er daran, dass seine Beobachtung wirklich etwas mit der Toten zu tun haben könnte, aber er bekam die Sache einfach nicht mehr aus dem Sinn.

Nach ein paar Stunden des Grübelns entschloss er sich, die Polizei zu verständigen. Wahrscheinlich würde man ihn sowieso abwimmeln, aber dann hatte er wenigstens sein Gewissen erleichtert. Zu seiner Verwunderung wurde er jedoch direkt mit der ermittelnden Kommissarin verbunden, die ihm aufmerksam zuhörte und ihn nur wenige Male unterbrach. Sie bedankte sich für seinen Anruf und versicherte ihm, am kommenden Morgen persönlich nach Cala Tuent zu kommen, um sich mit ihm und Vicenç zu unterhalten.

Nachdem die Kommissarin das Telefonat beendet hatte, blieb Jordi einige Augenblicke nachdenklich im Garten sitzen. Was hatte das erstaunliche Interesse der Polizei an seiner Aussage zu bedeuten? Hatte er womöglich wirklich einen Mörder beobachtet?

Aus dem Haus vernahm er die schon leicht angeheiterten Stimmen seiner Freunde, die damit begonnen hatten, einen Mojito-Abend einzuläuten. Er glaubte kaum, sich heute wie in den Tagen und Nächten zuvor mit ihnen amüsieren zu können. Zu viele aufreibende Gedanken gingen ihm gerade durch den Kopf.

Kapitel dreizehn

Marie verschloss die Terrassentür und ging mit ihrem leeren Weinglas in die Küche, um sich noch ein wenig nachzuschenken. Die vergangenen Stunden hatte sie draußen verbracht und der langsam untergehenden Sonne zugeschaut, während sie an dem Rotwein nippte und eine Zigarette nach der anderen rauchte. Sie musste definitiv ihren Nikotinkonsum in den Griff bekommen. Seit der verhängnisvollen Nacht vor über einem Jahr hatte sie wieder mit dem Rauchen begonnen, und an Wochenenden wie diesem, wenn Andreas weit weg in Hamburg war und niemand ihr argwöhnisch auf die Finger schaute, steigerte sich ihr Konsum erheblich.

Die Zigaretten und der Wein halfen ihr, abzuschalten und ein wenig Ruhe in ihr immer noch aufgewühltes Innenleben zu bringen. Allerdings war sie zuversichtlich, von den sowohl geliebten wie auch verhassten Lastern wieder etwas Abstand nehmen zu können, sobald sie erst einmal mit dem eröffneten Landhotel einen geregelteren Tagesablauf haben würde.

Bob trabte neben ihr her und legte sich dann erschöpft in eine Ecke der schwarz-weiß gefliesten Küche. Er verhielt sich merkwürdig ruhig. Marie hatte das Gefühl, dass er krank wurde, denn so energielos hatte sie ihren geliebten Hund selten erlebt.

Sobald Andreas aus Hamburg zurück war, würde sie mit Bob zum Tierarzt fahren und ihn komplett durchchecken lassen. Vielleicht hatte er sich irgendein Virus eingefangen und ein paar Medikamente würden ihn schnell wieder auf Vordermann bringen.

Sie überlegte kurz, ob sie sich etwas zu essen machen sollte. Seit dem kargen Sandwich am Mittag hatte sie nichts gegessen, und in ihrem Magen rumorte es seit einer Weile. Aber für sich ganz allein eine richtige Mahlzeit zu kochen, empfand sie als zu aufwendig. Sie öffnete den Kühlschrank, schnitt sich ein Stück von dem menorquinischen Käse ab, den Andreas auf dem Wochenmarkt in Sóller gekauft hatte, und aß es im Stehen.

Andreas war am Vortag schon früh zum Flughafen aufgebrochen, um die erste Maschine nach Hamburg zu nehmen.

Marie hatte sich allein um die Überwachung der Bauarbeiten gekümmert und war nachmittags, nachdem sich alle Arbeiter ins Wochenende verabschiedet hatten, zu einem Baumarkt nach Palma gefahren, um sich Schränke und Regale für ihre zukünftigen Gästezimmer anzuschauen.

Heute war sie bis auf ihre frühabendliche Joggingrunde den ganzen Tag zu Hause geblieben. Nach einem ausgiebigen Frühstück hatte sie ein wenig Spanisch gelernt und dann ein paar Stunden lang über Rechnungen und Zahlungen an Elektriker, Bauarbeiter und Gärtner gesessen.

Nachmittags hatte sie Lilly angerufen und sich deren Ausführungen zu ihren aktuellen Männerbekanntschaften angehört. Ihre beste Freundin war mit Mitte dreißig immer noch Single, und an dieser Tatsache würde sich Maries Meinung nach auch so schnell nichts ändern. Lilly war eine selbstbewusste, mit beiden Beinen im Leben stehende Frau. Aber in Sachen Liebe hatte sie noch nie ein glückliches Händchen gehabt. Entweder waren die Männer, die sie kennenlernte, verheiratet, oder aber – was meistens der Fall war – es handelte sich um derartige Freaks, dass es kein Wunder war, dass sie noch zu haben waren.

Marie liebte es, der erfrischenden und humorvollen Art, mit der Lilly ihre zahlreichen Dates beschrieb, zuzuhören. Es brachte sie auf andere Gedanken, und mehr als einmal musste sie während der skurrilen Ausführungen ihrer Freundin aus vollem Halse lachen. Sie vermisste Lilly ungemein und freute sich, dass sie Ende des Sommers für ein paar Wochen zu Besuch auf die Finca kommen wollte. Zwar litt Marie nicht sonderlich unter der Tatsache, so gut wie niemanden in ihrer neuen Heimat zu kennen, denn sie war schon immer gern für sich gewesen. Aber ab und zu einen Abend mit ihrer besten Freundin zu verbringen, das war schon etwas, nach dem sie sich sehnte.

Sie schnitt ein weiteres Stück Käse ab und ging dann mit dem Weinglas in der einen und dem Käse in der anderen Hand ins Wohnzimmer. Komischerweise folgte ihr Bob dieses Mal nicht. Nachdem sie einige Male nach ihm gerufen hatte, kam er endlich angeschlichen und legte sich auf den Teppich vor dem Sofa, auf dem Marie Platz genommen hatte. Wahrscheinlich war es besser, direkt morgen mit ihm zum Tierarzt zu fahren. Eine derartige Trägheit war für den sonst stets vitalen Hund wirklich nicht normal.

Marie knipste die Stehlampe in dem schon fast vollkommen dunklen Zimmer an und griff nach dem Taschenbuch, das vor ihr auf dem niedrigen Holztisch lag. Gestern Abend hatte sie den Thriller angefangen. Wie immer, wenn sie Kriminalromane las, hatte die Sehnsucht nach ihrem ehemaligen Beruf von ihr Besitz ergriffen. Ihr war klar, dass es sich auf ihren gegenwärtigen Gemütszustand wohl besser auswirken würde, wenn sie sich für ein anderes Literaturgenre hätte begeistern können. Aber weder von Liebes- noch von Geschichts- oder Fantasyromanen hatte sie jemals mehr als ein paar Seiten gelesen, bevor sie die Bücher gelangweilt zugeklappt hatte.

Der Thriller war wirklich gut und zog sie schnell in seinen

Bann. Aber nach einer guten Stunde fielen ihr immer wieder die Augen zu, und sie beschloss, ins Bett zu gehen. In der Küche sah sie, dass Andreas ihr eine WhatsApp-Nachricht geschickt hatte und wissen wollte, ob alles in Ordnung war. Marie antwortete rasch, dass es ihr gut ging, und wünschte ihm eine gute Nacht. Dann legte sie das Handy erneut auf den Tisch, löschte das Küchenlicht und ging ins Schlafzimmer.

Kapitel vierzehn

Sie schlug die Augen auf. Ihr erster Blick galt dem digitalen Wecker, der neben ihrem Bett auf dem Nachttisch stand. Die roten Ziffern zeigten 1:12 Uhr an. Das war merkwürdig. Zwar hatte sie seit der Vergewaltigung keine einzige Nacht mehr durchgeschlafen, aber um diese Uhrzeit wurde sie normalerweise nie wach. Die Stunden zwischen Mitternacht und 3:00 Uhr waren die wenigen, während derer sie fest schlief. Was hatte sie geweckt?

Sie warf das dünne Laken, mit dem sie sich zugedeckt hatte, zurück und setzte sich auf. Dann hörte sie das Geräusch, das sie geweckt haben musste. Bob knurrte. Sie sprang aus dem Bett und lief ins Wohnzimmer. Hastig schaltete sie das Deckenlicht ein. Ihr Hund lag noch immer auf dem Teppich vor dem Sofatisch, aber jetzt hatte er den Kopf gehoben und schaute sie aus müden Augen an. Hatte sie sich sein Knurren nur eingebildet? Manchmal gab ihr Hund komische Laute von sich, wenn er schlief und träumte. Sie kniete sich zu ihm nieder und betrachtete ihn einen Moment.

»Bob, was ist los? Geht's dir nicht gut?« Sie tätschelte seinen Kopf, aber der Hund regte sich nicht und starrte nur teilnahmslos in Richtung des Flurs. Normalerweise reagierte er prompt mit einem Schwanzwedeln, wenn Marie ihn streichelte. Irgendetwas stimmte nicht mit ihm.

Marie spürte unter ihrer Hand, dass er versuchte sich aufzurichten, aber seine Kräfte versagten. Sie wich einen Schritt von ihm weg.

»Komm Bob, komm zu mir«, versuchte sie ihn zu animieren. Aber der Hund blieb weiter liegen.

Marie war den Tränen nahe. Sie musste etwas unternehmen, aber sie konnte Bob mit seinen dreißig Kilogramm Körpergewicht unmöglich bis zu ihrem Auto tragen, um mit ihm in die Notfallklinik zu fahren. Sie überlegte einen Augenblick. Das Einzige, was ihr einfiel, war in der Klinik anzurufen und zu bitten, dass sie ihr einen Tierarzt schickten. Aber würde am Wochenende, mitten in der Nacht jemand aus Palma bis hierher fahren? In Hamburg gab es solch einen Service, aber in Sóller?

Ein erneutes Knurren des Hundes riss sie aus ihren Überlegungen. Bob fixierte angestrengt den Flur.

Marie erstarrte. Sie hatte es sich also nicht eingebildet. Was hatte das zu bedeuten? Befand sich irgendjemand außer ihnen im Haus? Oder war nur irgendein Tier, vielleicht eine streunende Katze oder eine Ratte von draußen hereingelangt? Sie versuchte die Ruhe zu bewahren. Es war unmöglich, dass sich ein Einbrecher im Haus aufhielt. Sie hatte alle Türen und Fenster fest verschlossen, bevor sie zu Bett gegangen war.

Einem Impuls folgend, sah sie sich trotzdem blitzschnell im Wohnzimmer nach einem Gegenstand um, den sie als Waffe benutzen konnte. Ihr Blick blieb an Andreas' Briefbeschwerer hängen. Mit zwei Schritten stand sie vor dem Schreibtisch und griff nach der Glaskugel. Sie hielt inne und lauschte angestrengt in die Stille des Hauses. Nichts.

Doch Bob begann schon wieder zu knurren, dieses Mal lauter. Marie sah, wie er versuchte aufzustehen, aber seine Hinterbeine gehorchten ihm nicht. Hatte er womöglich irgendwo Gift gefressen, vielleicht irgendwelche Pestizide im Garten? Oder hatte ihn jemand betäubt, um ihn außer Gefecht zu setzen? Bei diesem Gedanken lief ihr ein kalter

Schauer über den Rücken. War es wirklich möglich, dass jemand ins Haus eingedrungen war? Angespannt dachte sie darüber nach, was sie tun sollte. Im Wohnzimmer konnte sie sich nicht verbarrikadieren, weil der Raum über keine eigene Tür verfügte. Sollte sie versuchen, durch die Terrassentür zu fliehen? Aber das bedeutete, den armen Bob zurückzulassen. Außerdem lagen ihre Autoschlüssel und ihr Handy in der Küche, und barfuß, wie sie war, würde sie draußen bestimmt nicht weit kommen.

Ein anderer Gedanke kam ihr in den Sinn. Was war, wenn es sich um zwei Einbrecher handelte und einer vor dem Haus Wache hielt? Dann würde sie ihm direkt in die Arme laufen. Wenn sie doch nur ihre Pistole hätte, aber die lag noch immer im Schlafzimmerschrank.

Sie atmete tief durch und gab sich einen Ruck. Sie war Polizistin und sie hatte einen schweren Gegenstand, der ihr als Waffe diente, in der Hand. Sie würde den Flur überprüfen und schnell ins Schlafzimmer gehen, um ihre Walther zu holen. Dann würde sie mit der Pistole jeden Winkel des Hauses absuchen und wahrscheinlich sowieso nur auf eine verängstigte Ratte stoßen. Und danach musste sie sich umgehend um den armen Bob kümmern und irgendeinen Tierarzt aus dem Bett klingeln.

Trotz ihrer Entschlossenheit klopfte ihr das Herz bis zum Hals, als sie langsam aus dem Wohnzimmer schlich. Der Flur war leer. Sie wartete ein paar Sekunden, dann huschte sie ins Schlafzimmer, riss die Schranktür auf und kniete sich vor den Karton, in dem die Walther lag. Noch einmal blickte sie über ihre Schulter, um sich zu vergewissern, dass sie allein im Zimmer war. Da die Schusswaffe nicht geladen war, musste sie erst die Patronen in das Magazin stecken. Aber ihre Hände waren schweißnass, und es bereitete ihr mehr Mühe als erwartet. Gerade als sie im Begriff war, das Magazin in die Pistole zu stecken, spürte sie eine Hand an ihrem Hinterkopf und einen feuchten Lappen auf Mund und Nase. Sie versuchte sich aus dem Griff zu befreien, doch ihre Kräfte schwanden in Sekundenschnelle, und ihr wurde schwindelig. Wenige Augenblicke später verlor sie das Bewusstsein.

Kapitel fünfzehn

Es war schon fast Morgen, als er erschöpft seine Wohnungstür aufschloss. Er stellte die schwarze Tasche auf der Kommode im Flur ab. Dann ging er ins Schlafzimmer und begann sich langsam auszuziehen.

Ein anstrengender Tag und eine nervenaufreibende Nacht langen hinter ihm. Fast hätte der dumme Köter ihm einen Strich durch die Rechnung gemacht. Von Anfang an war ihm klar gewesen, dass der Hund, der fast nie von Maries Seite wich, ihre Entführung wesentlich schwieriger gestalten würde als die der Schwedinnen. Aber dass Bob trotz des starken Beruhigungsmittels noch wach genug gewesen war, um auf sein Eindringen in das Haus mit wiederholtem Knurren zu reagieren, damit hatte er nicht gerechnet.

Von seinem Versteck in der Krone eines alten Johannesbrotbaumes aus hatte er die Terrasse ihres Häuschens den ganzen Nachmittag und Abend gut im Blick gehabt. Nach einem endlos langen Telefongespräch war Marie im Haus verschwunden. Wenige Minuten später hatte sie in Sportkleidung, und gefolgt von ihrem Köter, das Anwesen verlassen. Er wusste um ihre tägliche Joggingeinheit und nutzte ihre Abwesenheit, um den ersten Schritt seines Plans durchzuführen. Nachdem er von dem Baum heruntergeklettert und über die Steinmauer gesprungen war, die den Garten der Lindners umschloss, lief er auf die überdachte Terrasse und blieb vor der Trinkschale des Hundes stehen. Aus seiner Gürteltasche holte er ein Döschen und gab dessen Inhalt in das Wasser.

Drei zu Pulver zerstoßene Lorazepam-Tabletten mussten reichen, um den Hund die halbe Nacht außer Gefecht zu setzen. Danach war er zurück auf den Baum geklettert und hatte auf ihre Rückkehr gewartet.

Vollkommen nackt trat er aus dem Schlafzimmer und ging ins Bad. Er drehte den Duschhahn auf und wartete, bis das Wasser warm wurde, bevor er sich unter die Brause stellte. Der heiße Strahl löste seine Nacken- und Schulterverspannungen, und langsam breitete sich das lang ersehnte Glücksgefühl in ihm aus. Trotz aller Schwierigkeiten hatte er es geschafft. Er hatte sie!

Als Marie und der Hund von der Joggingrunde wiederkehrten, war das Tier wie erwartet direkt zu seiner Wasserschüssel gerannt und hatte fast eine halbe Minute lang ununterbrochen getrunken. Etwas später war Marie mit nassen Haaren und einem Glas Wein in der Hand auf der Terrasse erschienen. Sie hatte sich eine Zigarette nach der anderen angezündet und endlos lang vor sich hin gestarrt.

Er wusste, dass sie zu viel trank und rauchte, aber dem würde er ab jetzt natürlich ein Ende setzen. Er brauchte sie gesund und bei vollen Sinnen für sein Unterfangen. Und nichts auf der Welt hasste er so sehr wie Alkohol und Tabak. Sein Vater war bis zu seinem Selbstmord diesen schrecklichen Drogen vollkommen verfallen gewesen, und für Marie wollte er nur das Beste.

Als es dunkel wurde, ging sie gefolgt von dem schon ziemlich trägen Hund ins Haus. Von seinem Versteck aus sah er, wie erst das Küchen- und wenig später das Wohnzimmerlicht aufleuchtete.

Es war stockdunkel, als er von dem Baum hinunterkletterte und sich näher an das Häuschen schlich. Vom Garten aus konnte er einen kurzen Blick durch das Wohnzimmerfenster erhaschen und sah Marie in ein Buch vertieft auf dem Sofa sitzen. Das Weinglas, das sie gewiss in der Küche erneut gefüllt hatte, stand komplett leer vor ihr auf dem kleinen Holztisch.

Er drehte den Duschhahn ab und griff nach dem bereitgelegten sauberen Handtuch. Kurz betrachtete er sich in dem Spiegel über dem Waschbecken und war mit dem, was er sah, zufrieden. Trotz des enormen Schlafmangels, der ihn seit Jahren begleitete, sah er auf eine jugendliche Weise frisch und unverbraucht aus. Und nun würde er dank Marie gewiss auch wieder nachts zur Ruhe kommen.

Nachdem alles Licht im Haus der Lindners erloschen war, hatte er eine gute Stunde im Dunkel der Nacht ausgeharrt.

Neben der Eingangstür des Häuschens stand eine Reihe kleiner Blumentöpfe mit weißen und gelben Margariten. Von seinen zahlreichen Beobachtungen der letzten Tage wusste er, dass die Lindners einen Ersatzschlüssel unter dem dritten Topf platziert hatten.

Wie dumm sich die Menschen doch benahmen. Da verriegelten sie geflissentlich alle Türen und Fenster und ließen den Schlüssel, der zu allem Zugriff verschaffte, auf solch achtlose Weise in jedermanns Reichweite.

Leise hatte er die Tür geöffnet und war in den dunklen Flur getreten. Zuerst wollte er sich vergewissern, dass die Beruhigungstabletten ihre volle Wirkung an dem Hund entfaltet hatten. Doch ehe er das Wohnzimmer erreichte, vernahm er schon ein Knurren. Und nur wenige Augenblicke später hörte er Marie im Schlafzimmer. Das Knurren musste sie geweckt haben. Schnell entschied er, sich vorerst in der Küche zu verstecken. Zwar war er sich sicher, dass es ihm leichtfallen würde, sie niederzuschlagen, aber er wollte eine direkte Konfrontation mit seiner Auserwählten um jeden Preis vermeiden. Sie sollte ihn erst in ihrem neuen Zuhause erblicken.

Marie war ins Wohnzimmer gerannt, und er hatte gehört, wie sie auf Deutsch zu dem Köter sprach. In der Küche hatte er ihr Handy auf dem Tisch liegen gesehen und es vorsichtshalber an sich genommen. Da das Haus über keinen Festnetzanschluss verfügte, war die Gefahr, dass sie Hilfe rufen könnte, somit ausgeschlossen. Dann hatte er ihre leisen Schritte im Flur vernommen und beschlossen zu handeln, bevor sie womöglich noch auf die Idee kam zu fliehen.

Als er sie im Schlafzimmer hörte, war er aus der Küche geschlichen und hatte sich an die Flurwand gelehnt. Von dort aus erhaschte er einen Blick ins Schlafzimmer. Ihm den Rücken zugewandt, kniete sie vor dem offenen Schrank und hantierte an irgendetwas herum. Das war die perfekte Gelegenheit. In wenigen Schritten hatte er hinter ihr gestanden und ihr den in Chloroform getränkten Lappen auf Mund und Nase gepresst. Zwar hatte sie noch einige Augenblicke versucht, sich zur Wehr zu setzen, aber die Mischung war stark und zeigte rasch ihre betäubende Wirkung. Als er sie bewusstlos zu Boden gleiten ließ, hatte er einen Blick in den Karton geworfen, in dem sie herumgefummelt hatte. Zu seiner Verwunderung sah er eine Pistole und ein geladenes Magazin. Was für ein Glück, dass er rechtzeitig gehandelt hatte! Wäre er nur eine Minute später über sie hergefallen, hätte Marie ihn womöglich niedergeschossen. Er hatte das Magazin in die Pistole gesteckt und sie dann in seiner Hüfttasche verstaut. Wer wusste schon, ob sie ihm einmal von Nutzen sein konnte.

Mit einem um die Hüfte gewickelten Handtuch ging er aus dem Bad. Im Schlafzimmer legte er sich auf das ordentlich gemachte Bett und starrte auf die Holzbalken über ihm, während er in Gedanken wieder bei den Ereignissen der letzten Nacht war.

Nachdem er die Haustür verschlossen und den Ersatzschlüssel erneut unter den Blumentopf gelegt hatte, hatte er Marie zu seinem Wagen getragen, der etwas abseits der Finca geparkt stand.

Einmal im Auto, war alles wie am Schnürchen gelaufen. Er war die Strecke bis zum Abstellplatz nahe der Grotte in gemächlichem Tempo gefahren. Kaum ein weiteres Fahrzeug war ihm entgegengekommen. Mit der Schubkarre hatte er ihren reglosen Körper bis zum Einstieg transportiert. Zehn Minuten später hatte sie eingebettet zwischen Kopfkissen auf der großen Matratze gelegen. Glücklich hatte er sie einige Augenblicke lang betrachtet. Dann war er nach Hause gefahren.

Nun würde alles gut werden. Vorfreude auf den kommenden Abend breitete sich in seinem Körper aus. Endlich waren sie vereint, und die schrecklich endlosen Nächte gehörten der Vergangenheit an. Zufrieden schloss er die Augen und gab sich seinen Fantasien hin.

Kapitel sechzehn

Silvia fuhr gerne Auto, aber an diesem Morgen war sie froh, dass Ramón sich angeboten hatte, die kurvenreiche Fahrt Richtung Cala Tuent zu übernehmen. Nicht etwa, weil ihr die Strecke Angst bereitete, nein, sie liebte es, rasant von einem Gang in den anderen zu schalten und das Tempo stetig zu erhöhen und wieder zu verringern. Aber von ihrer Position auf dem Beifahrersitz aus konnte sie die atemberaubende Aussicht, die sich vor ihnen ausbreitete, weit besser genießen, als wenn sie hinterm Steuer gesessen hätte.

Zwar schwirrten ihr die Begebenheiten des gegenwärtigen Falles unentwegt im Kopf herum, aber dennoch vermochte das gewaltige Naturspektakel sie in seinen Bann zu ziehen.

Es war mehr als verständlich, dass sich in der Sommersaison zahllose Mietwagen, Touristenbusse und völlig durchgeschwitzte Fahrradfahrer auf dieser Bergstraße tummelten. Die Strecke, die sowohl nach Cala Tuent als auch zu Sa Calobra und dem Torrent de Pareis führte, hatte schon als Kulisse für etliche Werbeanzeigen gedient und war weltberühmt. Und selbst der große Andrang, dem sie auch an diesem Sonntagmorgen ausgeliefert war, konnte ihrer Einzigartigkeit nichts anhaben.

»Meinst du, wir schaffen es, rechtzeitig zum Treffen mit Viçenc Bauzà da zu sein?«, fragte Ramón. Er deutete mit dem Kopf auf einen der unzähligen Reisebusse, der ihnen gerade entgegenkam und wegen dem sie schon wieder am Straßenrand anhalten mussten.

»In einer halben Stunde müssten wir unten sein«, erwiderte Silvia. »Aber wenn es stimmt, was Jordi gesagt hat, dann verlässt der Alte sein Strandhaus sowieso kaum. Es dürfte ihm vollkommen gleich sein, wann wir auftauchen.« Sie warf einen Blick in den Rückspiegel, um sich zu vergewissern, dass Fernando und Josep ihnen folgten. Der Forensiker hatte es sich nicht nehmen lassen wollen, den Kollegen der Spurensicherung zu begleiten, um das Schlauchboot vor Ort zu begutachten.

Vicenç Bauzà verfügte weder über ein Handy noch einen Festnetzanschluss. Daher hatte Silvia Jordi während ihres Telefonats gebeten, dem alten Fischer auszurichten, unter keinen Umständen das Schlauchboot zu benutzen, da sich wichtige Spuren an diesem befinden könnten. Wenn es sich bei der Person, die der Jugendliche in jener Nacht auf dem Boot beobachtet hatte, wirklich um den Mörder der Schwedinnen handelte, war es möglich, dass sie endlich einen Anhaltspunkt hatten.

Jedoch wollte Silvia sich keine allzu großen Hoffnungen machen. Vielleicht hatte die ganze Angelegenheit nicht im Entferntesten etwas mit ihrem Fall gemein, und sie verschwendete mit diesem sonntäglichen Ausflug nur die Zeit aller Teilnehmenden. Aber versuchen mussten sie es.

Soeben hatten sie die Abzweigung Richtung Cala Tuent genommen. Die letzten Kilometer würden sie schneller vorankommen, denn die Touristenbusse und die Mehrzahl der Mietautos fuhren zur Schlucht von Sa Calobra und ließen die wunderschöne Bucht von Tuent links liegen.

Es war über ein Jahr vergangen, seitdem Silvia zuletzt hier gewesen war. An einem Samstag im Frühsommer hatte sie die weite Strecke von Palma aus bewältigt. Sie war sie mit ihrem Motorrad gefahren, das sie leider viel zu selten aus der Garage holte, und hatte den ganzen Tag mit Lesen und Baden in der Bucht verbracht. Sie erinnerte sich noch, dass es die lange Anfahrt mehr als wert gewesen war.

Cala Tuent blieb selbst während der Hauptsaison größtenteils von dem Massenandrang, der so typisch für die Sandstrände der Südostküste war, verschont. Es herrschte vorwiegend eine ruhige und beschauliche Atmosphäre. Ab und an kamen ein paar Touristen mit Charterbooten vorbei. Die Mehrzahl der Besucher war jedoch einheimisch, ein Dutzend Familien aus Sóller und Umgebung, die mit ihren Kühltaschen und allem Drum und Dran bis in die frühen Abendstunden an dem Kiesstrand blieben.

Eine Viertelstunde später parkte Ramón ihren Dienstwagen auf einem Schotterweg direkt vor dem Strand. Der Staatsgewalt anzugehören, bot auch seine Vorteile. Ihr Kollege suchte selten nach einem ordnungsgemäßen Parkplatz, und somit blieben ihm lange Fußwege in der Sommerhitze erspart. Der Ford, in dem Fernando und Josep saßen, kam neben ihnen zum Stehen, und gemeinsam verließen die Beamten ihre klimatisierten Fahrzeuge.

Die Vormittagssonne brannte, und Silvia bemerkte, wie sich auf Ramóns Stirn in Sekundenschnelle der Schweiß ansammelte. Fernando hingegen sah stets wie aus dem Ei gepellt aus.

»Na dann, lasst uns doch mal sehen, ob es sich gelohnt hat, an einem Sonntag so früh aus den Federn zu steigen«, sagte er und schob sich seine schwarze Ray-Ban-Sonnenbrille in die dunkelblonden Haare.

Die vier, deren Aufmachung so gar nicht in die sommerliche Strandidylle passte und die bereits die Aufmerksamkeit einiger Badegäste auf sich gezogen hatten, gingen gemeinsam den kurzen Weg zu der einzigen Strandhütte. Sie befand sich schon seit Ewigkeiten im Besitz von Vicenç Bauzà. Der alte Fischer saß zusammen mit einem schlaksigen Jugendlichen auf der kleinen überdachten Terrasse der recht heruntergekommen ausschauenden Behausung und rauchte eine Zigarre. Vor ihnen auf einem Plastiktisch standen eine Flasche Mineralwasser und ein Glas mit einer grünen Flüssigkeit.

Silvia wunderte es kaum, dass sich der Alte bereits um diese frühe Uhrzeit allem Anschein nach einen Hierbas genehmigte. Die Bauarbeiter und Fischer Mallorcas waren dafür bekannt, des Öfteren schon morgens zur Flasche zu greifen. Und man konnte es ihnen auch kaum verübeln. Im Sommer anstrengenden körperlichen Tätigkeiten auf dem Land oder Meer nachzugehen, war sicherlich nicht der Traumberuf, den die nordeuropäischen Touristen immer vor Augen hatten. Es war ein hartes Leben, für das die wenigsten ein angemessenes Gehalt bezogen. Der Verlockung, die Arbeit unter Alkoholeinfluss ein wenig erträglicher zu gestalten, konnten sich viele nicht entziehen.

Silvia war es, die sich als Erste vorstellte, nachdem die beiden so unterschiedlichen Gestalten auf die Beamten aufmerksam geworden waren. Nach dem obligatorischen Händeschütteln kam die Comisaria gleich zur Sache.

»Herr Bauzà, vielen Dank, dass Sie sich Zeit für uns genommen haben. Unsere Kollegen würden sich gerne umgehend Ihr Schlauchboot ansehen.«

»Es ist das rote direkt da vorne«, sagte Vicenç und zeigte auf ein Zodiac, das an einem Pfosten des kleinen Steges in unmittelbarer Nähe zur Hütte angeknotet war.

Alle Anwesenden drehten sich in die Richtung, in die der Alte zeigte.

»Gut, dann machen wir uns direkt an die Arbeit«, sagte Fernando und ging mit seinem Kollegen, der alle nötigen

Utensilien in einem schwarzen Kasten bei sich trug, zum Steg. Silvia und Ramón nahmen auf einer Holzbank gegenüber Jordi und Vicenç Platz.

»Herr Bauzà, wir nehmen an, dass Jordi Sie bereits über den Grund unserer Anwesenheit in Kenntnis gesetzt hat. Mein Kollege und ich würden Ihnen gerne ein paar Fragen stellen«, sagte Silvia.

»Um ehrlich zu sein, versteh ich den ganzen Rummel nicht wirklich …«, begann Vincenç. »Ich war ja wie jede Woche einmal in Sóller, und da hab ich bei meiner Schwester Milagros geschlafen. Ab und zu muss ich halt mal ein paar Lebensmittel kaufen. Nur von Fisch kann ich ja schließlich auch nicht leben. Mir ist auch am nächsten Tag, als ich wieder hierhergekommen bin, gar nichts aufgefallen. Es war alles so wie sonst.« Er nahm einen großzügigen Schluck von seinem Kräuterlikör.

»Sind Sie gestern mit dem Schlauchboot rausgefahren, bevor Jordi Ihnen mitgeteilt hat, es nicht zu benutzen?«, fragte Ramón.

»Nein, nein. Meine Schwester hat mir ja wieder so viele gefüllte Tupperdosen mitgegeben, dass ich erst mal genug zu essen habe. Außerdem hab ich mir wohl irgendwas eingefangen und muss mich in der Nähe von meiner Toilette aufhalten, wenn Sie verstehen, was ich meine.«

Silvia verkniff sich einen Kommentar, dass der Alkohol für seine Magenprobleme wohl nicht gerade das beste Mittel darstellte, und ergriff erneut das Wort. »Ja, wir verstehen. Also haben Sie Ihr Schlauchboot gar nicht in Augenschein genommen, seitdem Sie zurück sind?«

»Warum sollte ich denn? Was soll schon damit sein? Ich sehe es ja von hier aus. Und wer sollte denn Interesse an dem alten Teil haben? Hier fahren jeden Tag Luxusjachten von reichen Ausländern ein. Dagegen ist mein Zodiac ein Witz.«

»Jordi«, sagte Silvia, »du hast uns am Telefon mitgeteilt, dass eine Person, die du für Vicenç gehalten hast, mit dessen Schlauchboot aufs Meer hinausgefahren ist. Und zwar vor drei Tagen in den frühen Morgenstunden. Warum weißt du so genau, dass es sich nicht um irgendein anderes Zodiac gehandelt hat?«

»Weil Vicençs Schlauchboot ein Motorengeräusch abgibt, das ich genau kenne. Schon als Kind hab ich während der Sommermonate viel Zeit mit meinem Onkel verbracht. Ich hab Vicenç dabei zugesehen, wie er tagein, tagaus mit dem Boot hinausgefahren ist. In der Nacht habe ich dieses Geräusch klar und deutlich gehört.«

»Und du hast das Boot erst ausgemacht, als es schon Richtung offenes Meer steuerte? Die Gestalt, die es fuhr, hast du demnach vorher nicht gesehen?«, fragte Ramón.

Jordi nickte. »Ja, als ich das Haus verlassen habe, da tuckerte das Schlauchboot schon gut hundert Meter vom Steg entfernt Richtung Nordwesten.«

»Konntest du denn erkennen, ob es sich um eine männliche Person handelte, die am Steuer saß? Groß, klein? Jung oder alt? Irgendetwas, das uns weiterhelfen könnte?«, fragte Silvia.

»Ich war ja fest überzeugt, dass es Vicenç war, der hinausfuhr. Daher hab ich der ganzen Sache gar keine besondere Beachtung geschenkt«, sagte Jordi. »Und um ehrlich zu sein, ich war zu der Zeit auch nicht ganz nüchtern.« Ein wenig verlegen begann er mit den Fingern das Papieretikett der Mineralwasserflasche abzuknibbeln.

»Erzähl uns bitte, was genau während der Stunden vor deiner Beobachtung passiert ist«, sagte Silvia. »Am Telefon meintest du, dass du zusammen mit deinen Freunden bis zu später Stunde hier am Strand gewesen bist. Was habt ihr gemacht? Befanden sich außer deiner Clique noch irgendwelche anderen Personen in der Bucht?«

Ohne den Blick von der Mineralwasserflasche zu heben, sagte Jordi: »Wir waren insgesamt zu sechst. Vier Jungs und zwei Mädchen. Wir haben eben hier am Strand abgehangen, ein paar Bier getrunken und Musik gehört. Letzte Nacht habe ich kaum ein Auge zugetan, weil ich immer wieder versucht habe, mich an Einzelheiten zu erinnern, aber ich kann Ihnen versichern, dass außer uns niemand Weiteres am Strand war.«

Silvia sah zu Ramón hinüber. Ihrem Kollegen war anzusehen, wie sehr er unter den sommerlichen Temperaturen litt. Große Schweißflecken zeichneten sich deutlich unter seinen Achselhöhlen ab. »Herr Bauzà, könnten wir wohl etwas Wasser bekommen?«, fragte sie.

»Ach ja, klar. Jordi, kannst du bitte noch eine Wasserflasche und Gläser aus der Küche holen?«, erwiderte Vicenç Bauzà, wobei er völlig unbeweglich in seinem Plastikstuhl zusammengesackt blieb. Silvia konnte sich den alten Mann beim besten Willen nicht dabei vorstellen, wie er mitten in der Nacht auf ein schaukelndes Schlauchboot stieg.

»Kein Problem«, sagte Jordi und ging rasch ins Innere der Hütte, deutlich erleichtert, irgendetwas Sinnvolles zu tun zu haben.

»Danke«, sagte Ramón an Silvia gerichtet und schob seine Hemdsärmel noch ein Stück höher.

»Herr Bauzà, Sie sagten, dass Sie einmal die Woche zu Ihrer Schwester nach Sóller fahren«, sagte Silvia. »Übernachten Sie dann immer bei ihr? Und machen Sie das immer am gleichen Wochentag?«

»Ja, ich fahre immer donnerstags früh los und esse bei Milagros zu Mittag. Dann geh ich nachmittags in der Calle de la Luna ein paar Besorgungen machen und abends mit meinem

Schwager noch auf einen Absacker in die Bar Es Firó auf der Plaza. Freitagmorgens fahre ich dann meistens hierher zurück.«

Jordi kam mit einer großen Wasserflasche und zwei Gläsern, die nicht danach aussahen, je eine Spülmaschine von innen gesehen zu haben, aus der Hütte heraus. Er stellte alles vor den Kommissaren auf den Tisch.

»Danke, Jordi«, sagte Ramón und griff nach der Flasche, um erst Silvia und dann sich selbst einzuschenken. Er trank sein Glas in einem Zug aus und füllte es erneut.

»Also haben Sie auch in den vergangenen Wochen die Nacht von Donnerstag auf Freitag bei Ihrer Schwester verbracht und das Schlauchboot hiergelassen?«, fragte Silvia und sah, wie Ramón sich seinen Notizzettel aus der Hosentasche holte und ein paar Sätze niederschrieb. Ihr Kollege war auch im Zeitalter von Smartphones und Tablets nicht von seinem guten alten Papier und Kugelschreiber abzubringen. Später flogen dann überall – auf seinem Schreibtisch, im Dienstwagen und in seinen Hosentaschen – zahlreiche bekritzelte Papierstücke herum. In Sachen Ordnung stand Ramón Silvia in nichts nach. Sie musste schmunzeln bei dem Gedanken, dass zwei Chaoten wie sie beide ein so erfolgreiches Ermittlungsteam abgaben.

»Also, ich kann mich nicht erinnern, wann ich das letzte Mal nicht donnerstags nach Sóller gefahren bin.« Er nahm einen tiefen Zug von seiner Zigarre, bevor er weitersprach. »Ah, das müsste letztes Jahr kurz vor Weihnachten gewesen sein, als ich mir eine üble Grippe zugezogen hatte. Meine liebe Schwester ist dann extra mit ihrem Mann gekommen, denn die gute Milagros hat ja nie den Führerschein machen wollen. Sie hat mich mit Eintopf und anderem guten Essen versorgt.« Er hustete. »Und was das Schlauchboot angeht, natürlich lasse ich es immer hier. Bis nach Puerto de Sóller ist es ja doch ein ganz schönes Stück mit dem alten Ding, und mein Peugeot leistet da bessere Dienste. Außerdem fahre ich die Strecke bis ins Dorf sehr gern.«

»Ramón, Silvia, wir haben hier etwas gefunden!«, hörten sie Fernando von dem circa hundert Meter entfernten Schlauchboot aus rufen. Die Kommissare und Jordi standen schlagartig auf, und sogar Vicenç Bauzà regte sich ein wenig aus seiner bisher festgesessenen Position.

»Warten Sie bitte hier, wir kommen gleich wieder«, sagte Ramón und ging mit Silvia zum Steg.

»Seht ihr das hier? Wir müssen die Proben natürlich erst im Labor auswerten, aber allem Anschein nach könnte es sich um menschliche Exkrementreste handeln«, sagte Fernando und zeigte auf vereinzelte kleine braune Flecken, die an der linken Innenseite des Schlauchboots klebten.

»Interessant ... Wie lange braucht ihr, um das mit Gewissheit zu bestätigen?«, fragte Silvia den Gerichtsmediziner.

»Willst du mal dran schnuppern?«, fragte Fernando und grinste sie an.

»Nein danke, das überlasse ich dann doch lieber meinen kompetenten Kollegen. Ramón und ich müssen uns schon den lieben langen Tag mit genug Scheiße rumschlagen.«

»Touché«, sagte Fernando.

»Und sonst seid ihr auf nichts Brauchbares gestoßen?«, wandte Ramón sich an Josep. Silvia wusste, dass Ramón oft von Fernandos Verhalten, das starke Aufmerksamkeit auf sich zog, genervt war. In seinen Augen war der Gerichtsmediziner ein narzisstischer Wichtigtuer. Zwar musste auch Ramón zugeben, dass Fernando ausgezeichnete Arbeit ablieferte, aber als waschechter Mallorquiner empfand der Kommissar eine natürliche Abneigung dem schlagfertigen Festlandspanier gegenüber. Daher bevorzugte er es, mit Josep, der aus Palma stammte, zu kommunizieren.

»Wir haben ein paar Haare gefunden. Einige längere, blonde, aber auch ein paar kürzere, dunkelblonde, die wir im Labor untersuchen werden. Ansonsten ist das Schlauchboot von vorn bis hinten mit Fingerabdrücken übersät. Aber dabei kann es sich natürlich um die Hände unzähliger Badegäste handeln, die sich an dem Boot festgehalten haben«, sagte Josep.

»Ja, ich glaube kaum, dass wir mit der Menge an Fingerabdrücken irgendetwas erreichen werden. Außerdem hat unser Täter wahrscheinlich sowieso Handschuhe getragen«, fügte Fernando hinzu.

Silvia rieb sich die Stirn. »Okay … wann könnt ihr uns bezüglich der Proben Bescheid geben?«

»Morgen früh werden wir uns direkt darum kümmern«, sagte Fernando. »Dann müssten wir innerhalb weniger Stunden ein Ergebnis haben.« Er reichte Josep die Klarsichtbeutel, die dieser rasch in seinem schwarzen Arbeitskasten verstaute.

»Wenn es sich um unseren Täter handelt, der sein zweites Opfer auf diese Weise im Meer entsorgt hat, dann hat er es wahrscheinlich mit einem Fahrzeug hierher bis zum Steg gebracht«, sagte Silvia.

»Kannst du bitte noch den Weg, der zum Steg führt, auf Reifenspuren hin untersuchen, Josep?«, warf Ramón ein, der wie immer Silvias Gedanken zu Ende gedacht hatte.

»Klar, aber ich glaube kaum, dass wir dort irgendetwas finden«, sagte der Palmesano. »Wie ihr seht, ist der Weg fast vollständig gepflastert, und in den vergangenen Tagen sind wahrscheinlich zig Autos die kurze Strecke rauf- und runtergefahren.«

»Einen Versuch ist es aber vielleicht wert«, erwiderte Ramón.

Die vier verließen den Steg. Nachdem Josep erfolglos nach

identifizierbaren Reifenspuren gesucht hatte, verabschiedeten Fernando und er sich von den Kommissaren und bestätigten ihnen, sich am kommenden Tag auf dem Revier zu melden.

»Hast du noch Fragen an Jordi oder Vicenç?«, fragte Silvia ihren Kollegen.

»Nein, ich glaube, wir haben alle Informationen, die wir benötigen«, erwiderte Ramón. »Und ehrlich gesagt kann ich es kaum erwarten, die Klimaanlage im Wagen auf Hochtouren zu schalten und dieser elenden Hitze schnellstmöglich zu entkommen.«

»Also gut, dann komm, wir verabschieden uns schnell«, sagte Silvia. »Und dann legen wir einen kurzen Halt beim Restaurant vom Mirador de Ses Barques ein, bevor wir uns wieder an die Arbeit machen. Ich bin mir sicher, dass dir vor Hunger schon ganz schlecht ist.« Sie ging voran, um sich bei Vicenç Bauzà und Jordi für deren Hilfe zu bedanken.

»Wie immer erahnst du meine geheimsten Wünsche, Silvia«, sagte Ramón und marschierte ihr schmunzelnd und mittlerweile vollkommen durchgeschwitzt hinterher.

Kapitel siebzehn

Langsam kam Marie zu Bewusstsein. Ihr Kopf dröhnte, und die trockene Zunge klebte ihr am Gaumen. Es dauerte ein paar Sekunden, bis sich ihre Gedanken klärten und sie begriff, dass sie nicht in ihrer gewohnten Umgebung erwacht war. Kurz überkam sie das Gefühl, ein Déjà-vu zu erleben. War sie vor einem Jahr nicht genauso erwacht? Ihre Gedanken überschlugen sich, und sie schloss die Augen. Sie wollte nicht sehen, dass sie erneut vergewaltigt worden war, das würde sie nicht verkraften.

Sie spürte, dass sie einen Slip trug. Ohne die Augen zu öffnen, wanderte ihre rechte Hand zwischen ihre Beine und unter den Slip. Weder verspürte sie Schmerzen, noch fühlten ihre Finger eine Flüssigkeit, die Blut oder Sperma hätte sein könnte. Die sekundenlang angehaltene Luft entwich mit einem Seufzer ihren Lungen. Sie öffnete die Augen und setzte sich auf.

Die Erleichterung darüber, dass sie anscheinend nicht vergewaltigt worden war, verschwand ebenso schnell, wie sie gekommen war, als ihr bewusst wurde, wo sie sich befand. Ein beklemmendes Gefühl machte sich in ihrem Brustkorb breit, und ihre Atmung beschleunigte sich. Sie kannte dieses Gefühl allzu gut und wusste, dass es in einer Panikattacke enden würde, wenn sie nicht schleunigst ihre Atmung unter Kontrolle bekäme. Mit geschlossenen Augen versuchte sie, gegen die Angst anzukämpfen. Es dauerte einige Minuten, bis sie sich einigermaßen im Griff hatte und klarer denken konnte.

Angespannt begann sie sich in dem kleinen Zimmer, das nur durch eine Petroleumlampe erleuchtet wurde, umzusehen. Die unebenen Wände des Raums bestanden aus grauem Stein. Manche Stellen waren so feucht, dass sich kleine Rinnsale zwischen Moos und Stein gebildet hatten. Die Matratze, auf der sie saß, nahm fast den gesamten Raum ein. In der rechten Ecke konnte sie zwei Eimer ausmachen. Auf der linken Seite standen zahlreiche Lebensmittel und Mineralwasserflaschen.

Allem Anschein nach befand sie sich in einer Art Höhle. Ihr Blick fiel auf die in den Stein eingelassene Eisentür, die auf ihrer Seite weder eine Klinke noch ein Schloss aufwies. Marie stand auf, um die Tür näher zu begutachten, aber wie erwartet war sie fest verschlossen und gab auch nicht durch ihr starkes Rütteln nach.

Verzweifelt ließ sie sich auf die Matratze fallen. Was zum Teufel war passiert? Wie war sie hierhergekommen? Sie erinnerte sich, vor dem Schlafzimmerschrank gekniet und ewig lang zum Laden des Pistolenmagazins gebraucht zu haben. Die Patronen waren ihr wiederholt aus den schweißnassen Händen gerutscht. Dann, als sie die Waffe fast bereit zum Abfeuern gehabt hatte, hatte ihr jemand von hinten einen feuchten Lappen auf Mund und Nase gepresst. Wenige Augenblicke später war alles schwarz geworden.

War es ein Hohn des Schicksals? Sie war Polizistin und erlebte innerhalb eines Jahres gleich zweimal einen kompletten Blackout, der obendrein noch vermeidbar gewesen wäre? Denn hätte sie auf Andreas gehört und die verdammte Pistole geladen in Griffweite aufbewahrt, dann hätte sie sich sofort verteidigen können und wäre niemals in diese Situation geraten. Und nun? Alles deutete darauf hin, dass sie in die Fänge eines kranken Irren geraten war. Handelte es sich womöglich wirklich um den Schwedinnen-Mörder? Aber was ergab das für einen Sinn? Sie war Deutsche, hatte keinen kleinen Sohn und verbrachte auch nicht ihren Urlaub in einem Ferienhaus in Sóller.

Ratlos schaute sie an sich hinab. Das Leinennachthemd und die Baumwollunterhose waren die einzigen Kleidungsstücke, die sie trug. Genau wie die zahlreichen Kopfkissen und das weiße Bettlaken machten sie einen sehr sauberen Eindruck.

Marie versuchte, langsam ein- und auszuatmen. Doch ein trockener Husten überfiel sie. Sie musste unbedingt etwas trinken. Auf allen vieren kroch sie auf die linke Seite der Matratze, von wo aus sie problemlos eine der Mineralwasserflaschen erreichte. Sie öffnete sie und trank den halben Inhalt in einem Zug aus. Dann inspizierte sie die Lebensmittel. Zwei Packungen Schokoladenkekse, ein paar Tüten mit Trockenobst und Erdnüssen, zwei Liter Pfirsichsaft und eine Tupperdose, in der sich irgendein Reisgericht befand. Was immer die Person, die sie hierhergebracht hatte, mit ihr vorhatte, verhungern oder verdursten würde sie so schnell nicht. Aber was sollte das alles? In den unzähligen Thrillern, die sie in den vergangenen Jahren verschlungen hatte, wurden die Opfer von Triebtätern ausnahmslos an Orten gefangen gehalten, die dreckig und ohne jegliche Annehmlichkeit waren. Auch Essen und Trinken stand meist nicht auf der Tagesordnung. Sie hingegen war nicht gefesselt, und soweit sie es beurteilen konnte, hatte man ihr keine Gewalt zugefügt. Obendrein verfügte sie über ein sauberes Bett und ausreichend Nahrung. Doch dieser gewisse Komfort vermochte das Unbehagen und die stetig anschwellende Panik, die immer stärker von ihr Besitz ergriff, in keiner Weise mindern. Ihre Atmung beschleunigte sich, während sie sich vor Augen führte, dass sie in diesem Loch den kranken Fantasien ihres Entführers vollkommen ausgeliefert war.

Was sollte sie tun, wenn die verschlossene Tür sich öffnete und sie einem bewaffneten Mann gegenüberstand? Abgesehen von ihren Fäusten gab es nichts, was sie benutzen konnte, um sich zu verteidigen. Marie hatte jahrelang Judounterricht genommen und auf der Polizeischule etliche Selbstverteidigungskurse besucht. Sie bezweifelte jedoch, dass ihr all das von Nutzen sein würde, wenn ihr Peiniger in Erscheinung trat, um weiß Gott was mit ihr anzustellen.

Ein kalter Schauer lief ihr bei diesem Gedanken über den Rücken. War sexuelles Verlangen vielleicht doch der Grund, weshalb sie hier war? Die Presse hatte sich dahin gehend über den Schwedinnen-Mörder nicht geäußert. Aber aus ihrer jahrelangen Berufserfahrung wusste sie, dass nur in ganz seltenen Fällen Frauen, die Opfer einer Entführung wurden, von sexuellen Übergriffen verschont blieben.

Angestrengt dachte sie nach. Falls sie sich neben der Tür platzierte und versuchte, ihn zu überwältigen, wenn er hereinkam, hatte sie vielleicht eine kleine Chance, dem Horrorszenario zu entkommen. Zwar waren ihre Erfolgsaussichten minimal, aber was blieb ihr schon anderes übrig, als es auf einen Versuch ankommen zu lassen? Oder war es womöglich besser, ihren Entführer vorerst nicht zu verärgern, sich dumm und unterwürfig zu stellen, um ihm dann in einer Situation, in der er sich als Herr der Lage fühlte, zu entkommen? Sie wusste es nicht. Vielleicht sollte sie wirklich erst einmal abwarten, was er im Schilde führte, und dann eine durchdachte Strategie ausklügeln. In jedem Fall musste sie vorerst zusehen, dass sie nicht durchdrehte und ihre Panik unter Kontrolle hielt.

Obwohl sie nicht den geringsten Hunger verspürte, beschloss sie, etwas von den Lebensmitteln zu essen. Was auch immer geschah, es war wichtig, dass sie bei Kräften blieb, um eine Chance zu haben, sich aus diesem Albtraum zu befreien.

Kapitel achtzehn

Andreas war nur mit Handgepäck gereist. Froh darüber, sich nicht in den Tumult der unzähligen Touristen mischen zu müssen, die soeben die Maschine aus Hamburg verlassen hatten und nun wie eine Herde Schafe auf das ausgeschilderte Gepäckband zusteuerten, nahm er den Ausgang, der ihn hinaus in Mallorcas laue Sommernacht führte. Wie immer, wenn er das Wochenende in Deutschland verbrachte, hatte er seinen VW Golf auf einem der Langzeitparkplätze nahe des Flughafens von Son Sant Joan stehen lassen. Er überquerte die Straße und erspähte rasch den Minibus des Parkunternehmens.

Ein paar Leute warteten schon ungeduldig darauf, dass der Fahrer des kleinen Busses den Kofferraum öffnete. Nach einer kurzen Fahrt und weiteren fünf Minuten, die er hinter einem deutschen Paar an der Schlüsselausgabe warten musste, saß Andreas endlich in seinem Wagen und startete den Motor.

Um diese späte Tageszeit würde er in einer guten halben Stunde zu Hause sein. Unter normalen Umständen hätte er sich sehr darauf gefreut, Marie nach dem harten Arbeitswochenende wiederzusehen und noch gemeinsamen ein Glas Wein mit ihr zu trinken, bevor er erschöpft ins Bett fiel. Doch diese Vorfreude wurde durch die Geschehnisse der vergangenen Nacht verscheucht. Immer wieder liefen die gleichen Bilder vor seinem inneren Auge ab. Was hatte er bloß getan? Wie hatte er in ein so typisch männliches Klischee verfallen können? Gewiss litt er unter dem ausbleibenden Sexualleben mit seiner Frau, aber wie hatte er sie, nach allem, was sie durchmachte, nur derart hintergehen können?

Es war spät gewesen, als er am gestrigen Abend endlich seine Zwölfstundenschicht beendet hatte. Sandra, die Arztkollegin, mit der er Seite an Seite den Notdienst geschmissen und die er seit Jahren nur als kompetente Kollegin wahrgenommen hatte, hatte vorgeschlagen, noch einen Absacker in einem Lokal ganz in der Nähe zu trinken.

Eigentlich hatte er kaum Lust auf einen Drink verspürt. Es war ein langer Tag gewesen, und am nächsten Morgen standen bestimmt weitere komplizierte Notoperationen auf dem Tagesplan. Aber mehr aus Freundlichkeit als aus Enthusiasmus hatte er sich dann doch überreden lassen. Die schummrige Kneipe war gemütlich gewesen, und ein Glas war dem nächsten gefolgt.

Anfangs hatten sie über die Arbeit und die immer höheren Ansprüche gesprochen, die heutzutage an Chirurgen gestellt wurden. Irgendwann waren sie dann auf persönlichere Themen gekommen. Sandra hatte von ihrer gescheiterten Ehe mit einem Psychiater berichtet, der allem Anschein nach mehr persönliche Probleme hatte als die Mehrzahl seiner Patienten. Zwar waren Sandras Schilderungen melancholisch, aber dank ihres überaus zynischen Humors verlieh sie der ganzen Angelegenheit etwas Komisches, das ihn mehr als einmal zum Lachen brachte.

Nach dem vierten oder fünften Drink war ihm plötzlich bewusst geworden, was für eine sexuelle Anziehungskraft seine Kollegin ausstrahlte. Und auf einmal bemerkte er, dass er wohl das gleiche Gefühl in ihr auslöste, denn auf subtile Weise begann sie mit ihm zu flirten.

Wie lange war es her gewesen, dass er solch eine Beachtung von einer Frau auf sich gezogen hatte? Er konnte sich nicht mehr erinnern, wann genau es geschehen war, aber irgendwann waren sie näher aneinandergerückt, und seine Hand hatte auf ihrem Oberschenkel gelegen.

Dann war es Sandra gewesen, die die Initiative ergriffen und ihn dort, in der dunklen Sitznische des Lokals, leidenschaftlich geküsst hatte. Keine zehn Minuten später hatten sie in ihrem Wagen auf der Rückbank gesessen und waren übereinander hergefallen.

Als sie verschwitzt, keuchend und befriedigt voneinander Abstand genommen hatten, war Andreas schlagartig nüchtern geworden. Verlegen und geplagt von seinem schlechten Gewissen, hatte er sich rasch von Sandra verabschiedet und war in ein Taxi gestiegen, das glücklicherweise gerade vor dem Lokal hielt und ein paar Frauen in Partystimmung entließ.

Er war froh, sich an diesem Wochenende ein Hotelzimmer in der Innenstadt genommen zu haben und nicht wie üblich bei seinen Eltern übernachten zu müssen, da diese Freunde zu Gast hatten. Um nichts in der Welt hätte er nach diesem Fehltritt ein Gespräch mit seiner Mutter führen wollen.

Im Hotel angekommen, hatte er schier unendlich lange geduscht und zwei Aspirin gegen die sich anbahnenden Kopfschmerzen geschluckt. Aber nichts hatte gegen das furchtbare Gefühl in seiner Brust geholfen.

Erst in den frühen Morgenstunden war es ihm gelungen, ein wenig einzunicken, bevor ihn die Weckfunktion seines Mobiltelefons daran erinnert hatte, dass ihm ein stressiger Arbeitstag bevorstand. Drei Tassen Kaffee und zwei weitere Kopfschmerztabletten später war er im Krankenhaus erschienen und hatte ein Stoßgebet Richtung Himmel gesandt, dass Sandra an diesem Tag freihaben und ihm nicht über den Weg laufen würde. Eher schlecht als recht hatte er sich in die Arbeit gestürzt und war froh, als er am späten Nachmittag endlich Feierabend hatte und sich auf den Weg zum Flughafen machen konnte.

Und nun saß er hier, geplagt von einem nicht gekannten Ausmaß an Schuldgefühlen. Im Flieger hatte er genug Zeit gehabt, in Ruhe über seinen Fehltritt nachzudenken, und war zu dem Schluss gekommen, dass es rein gar nichts brachte, Marie die einmalige Angelegenheit zu beichten. Er empfand keine Gefühle für Sandra und wusste, dass es im Eifer des Gefechts geschehen war.

Nie zuvor war er untreu gewesen, aber auch niemals zuvor hatte er ein Jahr ohne Sex ausharren müssen. Er fühlte sich elend, aber was sollte es schon bringen, Marie von der Sache zu berichten? Sie waren gerade dabei, sich ein neues und hoffentlich gelingendes gemeinsames Leben einzurichten.

Ein solcher Vertrauensbruch würde ihrem zaghaft aufgebauten Projekt womöglich ein Ende setzen. Um nichts auf der Welt wollte er seine Frau verlieren, auch wollte er ihren Zustand, der ganz langsam den Weg der Besserung einschlug, nicht erneut gefährden.

Andreas wusste, dass er niemals jemanden so bewundern und lieben könnte wie sie. Marie war stark, attraktiv und hochintelligent. Aber was ihn schon immer am meisten an ihr fasziniert hatte, war diese magische, geheimnisvolle Aura, die sie umgab. Bei Marie konnte man sich nie hundertprozentig sicher sein, was sie wirklich dachte.

Auch nach neun Jahren Ehe war sie für ihn manchmal noch ein Buch mit sieben Siegeln, und dies übte einen ganz besonderen Reiz auf ihn aus. Er wollte an ihrer Seite alt werden, Abenteuer mit ihr erleben und Jahr für Jahr ein wenig mehr von ihrem Innenleben erfahren. Daher würde er seinen Mund halten, sein schlechtes Gewissen ertragen und all seine Energie in die Rettung seiner Ehe stecken.

Er atmete tief durch und nahm die Ausfahrt Richtung Sóller. In einer halben Stunde würde er seiner Frau gegenüberstehen und musste sich zusammenreißen, damit sie ihm mit ihren feinen Antennen ja nichts anmerkte.

Kapitel neunzehn

Andreas parkte den Golf auf dem Kiesweg vor ihrem Häuschen. In keinem der Zimmer brannte Licht. Dies wunderte ihn, denn Marie ging weiß Gott nicht früh zu Bett, und schon gar nicht, wenn er von seinen stressigen Wochenenden aus Hamburg zurückkam.

Ein wenig überrascht hatte es ihn schon, dass sie nicht auf seine Textnachricht am Nachmittag geantwortet hatte, aber er war so in Gedanken über seinen Ausrutscher gewesen, dass er dem Ausbleiben ihrer Antwort kaum Beachtung geschenkt hatte. Nun jedoch keimte Beunruhigung in ihm auf. Warum war weder im Wohn- noch im Schlafzimmer das Licht an? Marie las immer bis in die späten Abendstunden in einem ihrer grässlichen Thriller, für die Andreas sich nie hatte begeistern können.

Er stieg aus und griff nach seinem Trolley, ehe er den Wagen verschloss und auf die Eingangstür des Hauses zuging.

Noch bevor er die Haustür öffnete, hörte er Bobs Bellen und Kratzen. Andreas trat in den dunklen Flur und schaltete das Licht ein. Der Hund sprang aufgeregt an ihm hoch und hörte nicht auf zu bellen. Was hatte das zu bedeuten? Wo war Marie? Hätte sie geschlafen, dann wäre sie durchs Bobs Lärm schon längst wach geworden.

Mit schnellen Schritten ging Andreas ins Wohnzimmer und machte auch dort Licht. Nichts. Er rannte ins Schlafzimmer. Nervös fuhr er sich durch die Haare. Das Bett war zerwühlt und leer. Keine Spur von seiner Frau. Obwohl er längst befürchtete, dass etwas Schlimmes vorgefallen war, rief er immer wieder ihren Namen, während er hektisch in der Küche und im Badezimmer Licht machte. Auf dem Küchentisch lagen ihre Autoschlüssel. In der Spüle stand ein leeres Weinglas, und auf der Anrichte lag das Käsemesser.

Er ging zurück ins Schlafzimmer, und jetzt bemerkte er, dass der große Wandschrank halb offen stand. Als er hineinschaute, fiel ihm sofort der Karton auf, in dem Marie ihre Pistole aufbewahrte. Bis auf zwei lose Patronen war die Box leer. Also hatte Marie doch auf seinen Ratschlag gehört und die Waffe an sich genommen. Aber wo war sie? Rasch überprüfte er das Schloss der Eingangstür und alle Fenster des Hauses. Nichts deutete auf ein gewaltsames Eindringen hin. Bob, der ihm die ganze Zeit keinen Zentimeter von der Seite gewichen war, bellte noch immer.

»Was ist passiert, Bob? Wo ist dein Frauchen?«

Er bemühte sich, gegen die immer weiter anwachsende Panik anzukämpfen und einen kühlen Kopf zu bewahren. War es möglich, dass Marie außerhalb des Hauses etwas Merkwürdiges beobachtet hatte und mit ihrer Schusswaffe nach draußen gelaufen war? War sie womöglich gefallen und lag verletzt irgendwo auf dem Anwesen? Aber warum hatte sie Bob im Haus zurückgelassen? Der Hund begleitete sie sonst überallhin. Es machte keinen Sinn. Trotzdem beschloss er, draußen nachzusehen.

Kurz zog er in Erwägung, Maries Ersatzpistole zusammenzubauen. Es war eine alte Glock, mit der Marie vor über einem Jahrzehnt im Schützenverein begonnen hatte. Sie hatte sie seit Ewigkeiten nicht benutzt, aber sie hatte sich nicht von ihr trennen wollen. Glücklicherweise war es für sie als Besitzerin eines Waffenscheins nicht schwer gewesen, eine Erlaubnis vom Zoll zu erhalten, um sowohl die Walther als auch die

Glock nach Mallorca mitzunehmen. Die alte Schusswaffe musste zusammen mit anderem Krimskrams in einem Karton in der Abstellkammer liegen.

Andreas entschied, dass er zu viel Zeit vergeuden würde. Rasch schnappte er sich eine Taschenlampe. Gefolgt von Bob lief er in den Garten. Er leuchtete hinter jeden Baum und Strauch des Grundstücks und rief immer wieder Maries Namen. Ohne Erfolg.

Fünfzehn Minuten später lehnte er erschöpft an der Hauswand. Die Tränen der Verzweiflung konnte er nun nicht mehr zurückhalten. Wo war seine Frau? Waren seine schlimmsten Befürchtungen wahr geworden? Konnte es wirklich sein, dass der Schwedinnen-Mörder Marie entführt hatte? Kurz kam ihm der Gedanke, dass dies die verdiente Strafe für seinen Fehltritt des vergangenen Abends war. Aber er verscheuchte dieses Hirngespinst rasch wieder, denn er musste etwas unternehmen. Er durfte keine wertvolle Zeit mit Selbstmitleid vergeuden. Hastig kramte er sein Handy aus der Hosentasche hervor und wählte mit zittrigen Fingern die Nummer der Polizei.

Kapitel zwanzig

Marie lag auf dem Rücken und starrte an die Felsdecke über ihr. Sie hatte keine Ahnung, wie viele Stunden sie schon so dalag, aber es fühlte sich wie eine Ewigkeit an. Nichts war geschehen, seit sie in diesem Albtraum erwacht war. Niemand war gekommen, und kein einziges Mal hatte irgendein Geräusch die absolute Stille durchbrochen.

Diese vollkommene Leere, gepaart mit kompletter Ungewissheit, wann etwas geschehen würde und was, ließen sie fast wahnsinnig werden. In den vergangenen Stunden hatte sie zahlreiche Panikattacken durchlebt. Schweißausbrüche, Atemnot und Herzrasen gingen nahtlos ineinander über. Aber Marie versuchte beharrlich, nicht vollkommen die Kontrolle über ihre Angst zu verlieren. Immer wieder rief sie sich ins Gedächtnis, was sie in ihrer Vergangenheit schon alles durchgemacht hatte und dass sie auch diesen Albtraum überstehen würde.

Sie erinnerte sich, wie stark sie nach dem schrecklichen Tod ihrer Mutter gewesen war. Es lag Jahre zurück. Damals waren zwei Beamte der Streifenpolizei in ihrem Büro des Kriminalkommissariats erschienen. Sie kannte sie nur flüchtig und konnte sich nicht einmal an ihre Namen erinnern. Aus ihren Mienen hatte sie jedoch sofort geschlossen, dass etwas Schlimmes vorgefallen sein musste. Ihr erster Gedanke hatte Andreas gegolten, mit dem sie gerade erst ein paar Monate verheiratet gewesen war. Einige Sekunden hatte sie die Sorge, dass ihrem Mann etwas zugestoßen sein könnte, fast gelähmt. Aber die

Beamten befreiten sie schnell von dieser Befürchtung, nur um ihr ein anderes Horrorszenario zu schildern. Eine Nachbarin ihrer Eltern hatte die Polizei verständigt, weil, nach der Lautstärke zu urteilen, der Streit zwischen den Hartmanns zu eskalieren drohte. Aber die Beamten und jegliche Hilfe waren zu spät gekommen. Ursula Hartmanns lebloser, mit Messereinstichen übersäter Körper lag in einer Blutlache, als die Polizisten die Tür aufbrachen. Peter Hartmann kniete weinend und völlig unter Schock neben der Leiche seiner Frau. Nur mit Mühe hatten die Beamten das blutige Küchenmesser aus seinem festen Griff befreien und ihm Handschellen anlegen können. Ihr Vater hatte ihre Mutter erstochen.

Im ersten Moment war Marie von Fassungslosigkeit und Schuldgefühlen überwältigt worden. Aber sie machte sich selbst schnell klar, dass sie keine Schuld traf und sie nun endgültig mit dem Kapitel ihrer Eltern abschließen würde. Schon als Teenager hatte Marie sich von dem Wunschgedanken eines harmonischen Familienlebens verabschiedet. Seitdem sie denken konnte, hatten bei ihr zu Hause Geschrei, Schuldzuweisungen und Schläge zwischen ihren Eltern an der Tagesordnung gestanden. Mal war ihre Mutter auf ihren Vater losgegangen, mal war es andersherum gewesen. Immer hatte einer von beiden einen Vorwand gefunden. Als Kind hatte Marie nach jeder Versöhnung ihrer Eltern davon geträumt, dass sich noch alles zum Guten wenden würde. Aber irgendwann war ihr bewusst geworden, dass all ihre Bemühungen, die Streitereien zwischen den beiden zu schlichten, zu nichts führten. Von da an hatte sie beschlossen, ihr eigenes Leben in die Hände zu nehmen, und sich vollkommen von ihrem Zuhause abgekapselt. Sie verbrachte Stunden über Stunden in der Stadtbibliothek und verschlang einen Kriminalroman nach dem anderen. Schon damals stand ihr Entschluss fest, Polizeikommissarin zu werden. Sie wollte unabhängig, mutig und stark sein, und genau dies spiegelte der Beruf einer Polizistin in ihren Augen wider. Ihre Eltern waren so sehr mit sich selbst beschäftigt, dass sie gar nicht bemerkten, dass ihre fünfzehnjährige Tochter kaum mehr zu Hause war.

Nach dem Abitur hatte Marie sich bei der Polizeischule Hamburg beworben. Sie absolvierte erfolgreich den Einstellungstest und trat den Studiengang für den gehobenen Dienst an. Sie begann, abends in einer Kneipe zu jobben, suchte sich ein Zimmer in einer Wohngemeinschaft und konnte endlich ihrem Elternhaus den Rücken kehren. Danach hatte sie ihre Eltern nur noch sehr selten gesehen. Jedes Mal, wenn sie sie besuchte und feststellte, dass sich an ihrer Art des Zusammenlebens kaum etwas geändert hatte, kamen all ihre schlimmen Kindheitserinnerungen hoch, und sie wollte nur weg.

Und dann hatte ein Blutbad alles beendet. Nach dem Tod ihrer Mutter hatte Marie jeglichen Kontakt zu ihrem Vater abgebrochen. Weder war sie zu seiner Gerichtsverhandlung erschienen, noch hatte sie ihn jemals im Gefängnis besucht. Es war ihre Vergangenheit, und mit der hatte sie ein für alle Mal abgeschlossen.

Damals war sie sehr stark gewesen. Sie würde es wieder sein müssen.

Ein Geräusch riss sie aus ihren Erinnerungen. Sekundenschnell setzte sie sich auf und starrte in die Richtung der Tür. Eindeutig machte sich jemand auf der anderen Seite am Schloss zu schaffen. Aufgeregt dachte Marie nach, was sie tun sollte. Doch ehe sie zu irgendeiner Lösung kam, öffnete sich die Eisentür mit einem Quietschen, und ein großer, ganz in Schwarz gekleideter Mann kam zum Vorschein. Sein Gesicht war mit einer Vollkopfmaske bedeckt. Die Maske eines Kindergesichts. Marie stockte der Atem. Sie fixierte ihn, während er langsam näher kam. Nun konnte sie die Maske besser sehen. Sie sah verblüffend echt aus. Es kam ihr wirklich so vor, als würde ein großer Junge vor ihr stehen. Blonde, kurze Haare, grüne Augen, eine Stupsnase, ein lächelnder Mund. Sogar Sommersprossen waren zu erkennen. Doch diese bizarre Erscheinung rief nur noch mehr Panik und Verunsicherung in Marie hervor. Was sollte das alles? Was um Himmels willen hatte er in dieser Aufmachung mit ihr vor?

Sie versuchte abzuschätzen, ob es Sinn machte, sich körperlich gegen ihn zur Wehr zu setzen, kam aber rasch zu dem Schluss, dass er ihr kräftemäßig überlegen war. Wenn sie nur irgendetwas zur Hand hätte, das sie als Waffe benutzen könnte! Aber es gab nichts, und nur mit dem jämmerlichen Nachthemd bekleidet, kam sie sich noch machtloser vor, als sie es sowieso schon war. Wer war dieser Mann, der bis jetzt noch keinen Laut von sich gegeben hatte und sie aus wenigen Metern musterte.

Ihre Atmung beschleunigte sich erneut. Sie musste versuchen, sich ihre Angst vor dem, was passieren könnte, nicht anmerken zu lassen. Aber es erschien ihr als ein Ding der Unmöglichkeit, gelassen aufzutreten. Sie spürte Hitzewallungen, und ihr Mund war staubtrocken.

»Was wollen Sie von mir?«, brachte sie mit kratziger Stimme hervor.

»Keine Sorge, mein Engel. Ich bin so froh, dass du endlich bei mir bist.« Er sprach auf Englisch, und sie konnte einen starken spanischen Akzent ausmachen. Irgendwo in ihrem Unterbewusstsein regte sich etwas. Hatte sie die Stimme zuvor schon einmal gehört? Sie war sich nicht sicher und konnte sie auf die Schnelle nicht einordnen.

Er setzte sich zu ihr auf die Matratze. Erst jetzt fiel Marie das kleine gebundene Buch in seinen Händen auf.

»Ich möchte, dass du mir daraus vorsingst«, sagte er und deutete auf das Büchlein. »Ich weiß, dass du kein Schwedisch sprichst. Aber ich bin mir sicher, dass du die einzig Wahre bist und deine Sache gut machen wirst.«

Marie war sprachlos. Was redete dieser Irre? Sie sollte singen? Mit allem hatte sie gerechnet, aber gewiss nicht damit! Seine Aufforderung war wie eine letzte Bestätigung, mit was für einem gefährlichen Psychopathen sie es zu tun hatte. Trotz der Hitzewallungen bekam sie eine Gänsehaut am ganzen Körper.

»Seite vierundzwanzig. Sie ist mit einem Eselsohr markiert. Bitte singe«, sagte er und legte das Buch neben sie.

Verwirrt griff Marie nach dem Buch und schlug die gewünschte Seite auf. Doch sie sprach kein Wort Schwedisch und hatte nicht die geringste Ahnung, was für eine Melodie zu den Strophen gehörte.

Er musste ihre Unsicherheit bemerkt haben, denn er nahm ihr sanft das Buch aus den Händen. »Also gut, ich mache es dir einmal vor. Aber bitte enttäusch mich nicht, wenn du an der Reihe bist.«

Er begann zu singen. In Maries Ohren klang es wie ein Lied, das man Kindern vorm Zubettgehen vorsang, aber sie verkniff sich jegliche Bemerkung und lauschte stumm seinen melodischen Worten. Da er die Maske weiterhin trug, konnte sie seinen Gesichtsausdruck nicht deuten, aber er schien völlig gefangen von dem dämlichen Lied.

Als er fertig war, überreichte er ihr erneut das Buch.

»Streng dich an. Versuch es, so gut du kannst. Mir ist klar, dass du etwas Übung brauchst, aber du wirst es bestimmt schon bald auswendig kennen.«

Was hatte das zu bedeuten? Wollte dieser Wahnsinnige etwa, dass sie ihm pausenlos diesen Mist vorsang?

»Sing!«, schrie er sie an, und in diesem Moment hatte seine Stimme jegliche Wärme verloren.

Marie wurde bewusst, dass er es erst meinte und gewalttätig werden konnte, wenn sie nicht tat, was er ihr befahl. Sie räusperte sich und begann die unverständlichen Strophen zu lesen. Dabei versuchte sie, ihnen ein wenig von dem eben gehörten Klang zu verleihen. Sie kam sich vollkommen lächerlich vor, aber dem Verrückten schien es zu gefallen, denn er machte es sich neben ihr bequem.

Kurz war sie versucht, seine Unachtsamkeit auszunutzen und ihn mit einem gekonnten Schlag auf den Schädel außer Gefecht zu setzen. Aber sie überlegte zu lange, und die winzige Gelegenheit verstrich. Sie konnte an seiner Haltung erkennen, dass er keinesfalls entspannt war und sie wachsam im Auge behielt.

Als sie endlich die letzte Strophe beendete und das Buch unschlüssig weiter in den Händen hielt, sah sie, wie er den Reißverschluss seiner Gürteltasche öffnete. Ohne sie dabei aus den Augen zu lassen, kramte er zwei kleine Tabletten hervor und hielt sie Marie hin.

»Schuck die hier.«

Marie reagierte nicht.

»Entweder du schluckst sie freiwillig, oder ich muss dich gewaltsam betäuben.«

»Was ist das?«

»Hör zu, Engelchen, tu einfach, was ich dir sage, und es wird dir nichts passieren.«

Nervös versuchte Marie ihre Gedanken zu ordnen. Was sollte sie tun? Wenn sie erneut das Bewusstsein verlor, konnte er mit ihr tun und lassen, was er wollte. Aber was blieb ihr schon anderes übrig. Oder sollte sie doch versuchen, gegen ihn zu kämpfen?

»So, wenn du es nicht machst, dann mach ich es.«

Erneut verschwand seine Hand in der Gürteltasche. Dieses Mal brachte er einen Lappen und ein Fläschchen zum Vorschein.

»Nein«, krächzte Marie. Sie wollte nicht noch einmal mit Chloroform betäubt werden. Dann war es doch besser, die Tabletten zu nehmen.

»Dann schluck sie jetzt!« Er hielt ihr die Pillen direkt vor die Nase.

Resigniert nahm Marie die Tabletten und spülte sie mit einem Schluck aus der Mineralwasserflasche hinunter. Sie versuchte erst gar nicht, sie unter ihrer Zunge zu verstecken. Er würde es mit Sicherheit merken und ihr dann den widerlichen chloroformgetränkten Lappen ins Gesicht drücken.

»Gut gemacht, mein Engel. Und jetzt sing mir das Lied erneut vor.«

Nach einer Weile, als Marie schon nicht mehr zählen konnte, wie oft sie die Strophen wiederholt hatte, konnte sie dem Drang, die Augen zu schließen, keinen Widerstand mehr leisten. Sie hörte auf zu singen. Ihr Körper kippte zur Seite, und sie schlief ein.

Kapitel einundzwanzig

Schieß los«, sagte Silvia.

»Guten Morgen, meine sehr geehrte Kollegin«, sagte Fernando in gewohnt gönnerhaftem Ton am anderen Ende der Leitung. »Ich kann ja verstehen, dass du im Stress bist, aber für eine kurze Begrüßung könntest du dir doch wenigstens Zeit nehmen.«

»Ja, ja, ist schon gut«, erwiderte Silvia. »Also, lieber Kollege, vielen Dank für deinen Anruf! Ich hoffe, dass du gestern einen schönen Sonntagnachmittag hattest und mich heute mit erfreulichen Neuigkeiten anrufst.«

»Ja, die habe ich! Ich kann mir ganz sicher nichts Schöneres vorstellen, als an einem Montagmorgen menschliche Exkremente zu untersuchen.«

»Dann hast du dich vielleicht doch für den falschen Beruf entschieden. Im Übrigen riechen die Leichen, die du tagtäglich auf deinem Tisch liegen hast, auch nicht besser als irgendwelche Ausscheidungen.«

»Also gut, eins zu null für dich. Wie immer ist es mir eine Freude, mich mit dir zu unterhalten. Aber kommen wir zur Sache. Die Exkrementspuren, die wir an der Innenseite des Schlauchbootes gefunden haben, stimmen mit Anna Alvarssons DNA überein. Also können wir davon ausgehen, dass unser Mann das Schlauchboot dazu genutzt hat, die Tote zu transportieren, um sie anschließend den Fischen zum Fraß vorzuwerfen.«

»Das sind durchaus gute Neuigkeiten!«, erwiderte Silvia.

»Und was hast du sonst noch herausfinden können? Irgendeinen Erfolg, was die Fingerabdrücke angeht?«

»Leider nein. Das war vielleicht ein Matsch an Abdrücken! Ein komplettes Durcheinander, und absolut nichts Brauchbares dabei.«

»Und was ist mit den Haaren?«

»Das lange blonde gehört eindeutig Anna Alvarsson. Was das kürzere angeht, haben wir keine Übereinstimmung in unserer Datenbank gefunden«, sagte Fernando.

»Von dem alten Fischer kann es auf jeden Fall nicht stammen, er hatte ja kein einziges Haar mehr auf seinem kahlen Schädel. Wäre es möglich, dass uns die DNA des Täters vorliegt?«

»So weit würde ich mich aber nicht aus dem Fenster lehnen«, entgegnete Fernando. »Das Schlauchboot ist von einer Menge verschiedener Fingerabdrücke übersät, und dieses kurze blonde Haar könnte auch von irgendeinem der unzähligen Badegäste stammen.«

»Ist mir schon klar. Sonst noch irgendetwas?«

»Nein, das ist alles.«

»Okay. Vielen Dank, dass du der Sache oberste Priorität geschenkt hast. Wir hören voneinander.« Silvia beendete das Gespräch.

Sie überlegte einen Moment. Was hatten sie in der Hand? Sie wussten nun, dass der Mörder Anna Alvarssons Leiche auf dem Schlauchboot transportiert und sie dann irgendwo vor Cala Tuent ins Meer geworfen hatte. Zwar hatten sie keine Spuren von Charlotte Danielsson auf dem Boot gefunden, aber es war gut möglich, dass der Täter auch sein erstes Opfer auf diese Weise losgeworden war.

Der alte Fischer hatte ausgesagt, dass er immer donnerstags nach Sóller fuhr und sein Schlauchboot dann in der Nacht von Donnerstag auf Freitag unbeobachtet an dem kleinen Steg lag. Der Mörder hätte den alten Fischer nur ein wenig zu beobachten brauchen, um dessen Gewohnheiten ausfindig zu machen und festzustellen, wann er ungestört die Frauenleichen abtransportieren konnte.

Wenn sie davon ausgingen, dass er seine Opfer in einer Höhle im Tramuntana-Gebirge festhielt, bevor er sie erdrosselte, konnten sie es nun vielleicht wagen, die Suche ein wenig auf die Bergregion rund um Cala Tuent einzugrenzen. Silvia war bewusst, dass es genauso gut möglich war, dass der Täter eine längere Autofahrt in Kauf nahm und sich sein Versteck vielleicht weit entfernt von der Bucht befand, womöglich in Deià oder Valldemossa. Aber irgendwo mussten sie ja mit der Suche beginnen.

Am frühen Morgen hatten Silvia und Ramón den Polizeichef über die Neuigkeiten in Kenntnis gesetzt. Andreu war froh, endlich ein wenig in dem Fall voranzukommen, und hatte Silvias Vorschlag, Suchtrupps in die Berge zu schicken, um nach versteckten Höhlen Ausschau zu halten, zugestimmt. Silvia hatte umgehend ein kleines Team zusammengestellt, dem sie und Ramón noch an diesem Vormittag Anweisungen erteilen mussten.

Gerade als sie sich ihrem Computerbildschirm widmen wollte, auf dem sie Drohnenbilder des Tramuntana-Gebirges zusammengestellt hatte, läutete das Telefon auf ihrem Schreibtisch erneut. Sie nahm nach dem ersten Klingelton ab.

»Ja?«

»Silvia, ich habe hier einen Beamten der Policía Local von Sóller am Apparat, der mit Ramón oder dir sprechen will. Ramón ist eben raus, sich einen Kaffee holen. Kann ich ihn dir durchstellen?«, fragte Maria Antonia.

Wenn die Polizei aus Sóller sich meldete, dann ging es entweder darum, dass sie auf irgendetwas im Zusammenhang mit dem Fall gestoßen waren oder dass womöglich eine weitere Frau verschwunden war. Silvia hoffte inständig, dass es sich um die erste Alternative handelte.

»Stell ihn durch.«

»Mach ich sofort.«

Nach wenigen Sekunden vernahm Silvia in der Leitung eine Männerstimme mit diesem so speziellen Akzent, der in Sóller gesprochen wurde. »Bon dia, Comisaria Fiol. Mein Name ist Carlos Puig. Ein Kollege und ich sind gestern am späten Abend auf die Finca eines Deutschen hier in Sóller gerufen worden. Und ehrlich gesagt, glaube ich zwar kaum, dass es etwas mit Ihrem Fall der toten Schwedinnen zu tun hat, aber ich dachte, es wäre besser, wenn ich Ihnen zur Vorsicht doch Bescheid gebe.«

Bei Silvia begannen die Alarmglocken zu läuten. »Worum geht es, Herr Puig?«, fragte sie, wobei sie die Ungeduld in ihrer Stimme kaum verbergen konnte.

»Der Deutsche, einen Moment bitte …«

Silvia hörte Papierrascheln.

»Ah ja, Andreas Lindner ist sein Name … also Herr Lindner war ziemlich alarmiert, als er uns anrief. Und als wir dann auf die Finca gefahren sind, die ein wenig außerhalb Sóllers liegt, haben wir den Mann sehr aufgelöst vorgefunden. Er hat uns berichtet, dass er von einem Arbeitswochenende in Deutschland zurückgekehrt und seine Frau spurlos verschwunden ist.«

»Und Sie haben bis jetzt gewartet, uns Bescheid zu geben?«, unterbrach Silvia fassungslos die Ausführungen des Beamten.

»Lassen Sie mich doch erst einmal ausreden, Señora Fiol.« Unmut mischte sich in die bisher zurückhaltende und ein wenig unsichere Stimme des Beamten. Sivia sagte nichts und wartete, dass Herr Puig weitersprach.

»Also, nichts deutet darauf hin, dass Marie Lindner – so heißt die Frau – einem Gewaltverbrechen zum Opfer gefallen ist. Wahrscheinlich hatten die Lindners einen Streit, und sie übernachtet einfach bei einer Freundin. Glauben Sie mir, Señora Comisaria, solche Fälle von Ehestreitigkeiten stehen bei uns an der Tagesordnung, und dann sind die hinterlassenen Männer oder Frauen immer außer sich vor Sorge. Außerdem sind die Lindners Deutsche, und Sie wissen ja, wie nervös die Capquadrats reagieren, wenn irgendwas ein wenig von dem abweicht, was sie gewohnt sind.« Er lachte. »Sollen wir denn immer direkt die Policía Nacional verständigen, wenn wir zu einem scheinbaren Fall von Eheproblemen gerufen werden?«

Silvia hätte ihn erwürgen können. Warum hatten sie den Fall nicht bereits gestern Nacht gemeldet? Falls man Marie Lindner entführt hatte, waren womöglich wichtige Spuren verwischt, wenn der Mann und die Beamten achtlos in dem Haus und auf dem Grundstück herumgelaufen waren.

Am liebsten hätte sie in den Hörer geschrien, aber sie rief sich zur Ruhe. Es brachte nichts, die Policía Local, die sichtlich inkompetent gehandelt hatte, gegen sie aufzubringen. Und erst recht als Frau musste sie sich zusammenreißen. Zu oft hatte sie sich in der Vergangenheit durch ihr direktes und impulsives Auftreten ältere Polizisten, die seit Jahren im Dienst waren und immer noch den Polizeiberuf als Männerdomäne ansahen, zu Feinden gemacht.

Silvia atmete tief durch. »Aber irgendetwas scheint Sie ja selbst an dem Verschwinden der Deutschen zu beunruhigen, sonst hätten Sie sich ja nicht bei uns gemeldet.«

»Na ja, ihr Auto stand halt noch vor dem Haus.« Herr Puig räusperte sich. »Aber ihr Handy war nicht mehr da, und definitiv ist niemand in das Häuschen eingebrochen. Wir haben das Türschloss und alle Fenster überprüft. Wahrscheinlich hat eine Freundin sie abgeholt, und deshalb hat sie das Fahrzeug stehen lassen.«

»Fehlen Kleidungsstücke der Vermissten?«, warf Silvia ein.

»Nein. Das ist einer der Gründe, warum der Ehemann so aufgebracht war. Und Herr Lindner meinte auch, dass seine Frau niemals ihren Hund allein zurücklassen würde ... « Herr Puig stockte, als er merkte, dass er sich selbst eine Falle gestellt hatte.

»Es war ein Hund im Haus?«, fragte Silvia.

»Ja, so ein Labradormischling, aber ich denke nicht, dass das ein Anhaltspunkt für eine Entführung darstellt. Mein Gott, dann hat sie den Hund eben ein paar Tage zu Hause gelassen, weil sie ihn nicht mit zu ihrer Freundin nehmen wollte.«

Silvia konnte ihre Verärgerung über die Erklärungen des Polizisten nicht mehr zurückhalten. »Hören Sie, es gab bereits zwei Vermisstenfälle von Ausländerinnen in den vergangenen Wochen in Ihrer Gemeinde, und Sie wissen genauso gut wie ich, wie die geendet haben!«

»Señora Comisaria, wie ich schon sagte, scheint dieser Fall nicht das Geringste mit den toten Schwedinnen gemein zu haben. Die Lindners sind keine Schweden. Sie haben weder einen kleinen Sohn, noch wohnen sie in einem Ferienhaus als Touristen. Es handelt sich um Residenten, die eine alte Finca in ein Landhotel umbauen wollen.« Die Gereiztheit in seiner Stimme war nicht zu überhören. »Ich wollte Ihnen einfach nur Bescheid geben. Aber wenn ich gewusst hätte, dass ich mir deshalb eine Standpauke einfange ...«

Silvia wusste, dass es keinen Sinn machte, weiter mit dem Solleric zu streiten. Die Gemeindepolizei hatte eindeutig fahrlässig gehandelt, indem sie den Fall nicht schon in der vergangenen Nacht gemeldet hatten. Aber es war nicht mehr zu ändern, und sie durften keine weitere Zeit verlieren.

»Okay, geben Sie mir einfach die Adresse und Telefonnummer von diesem Herrn Lindner. Wir kümmern uns um die Sache.«

Erneut hörte sie Papierrascheln am anderen Ende der Leitung. Dann gab ihr der Beamte die Daten durch.

Widerwillig bedankte Silvia sich bei Herrn Puig und beendete das Telefonat.

Nachdem sie aufgelegt hatte, verharrte sie einen Augenblick auf ihrem Platz und versuchte, das eben Gehörte einzuschätzen. Eine Minute später sprang sie auf und knallte die Bürotür hinter sich zu. Sie würde Ramón in der Bar unten, in der er immer seinen viel zu starken Kaffee trank, abfangen und mit ihm zusammen Andreas Lindner auf schnellstem Wege einen Besuch abstatten. Den Deutschen konnten sie auch vom Auto aus anrufen und ihm ihr Erscheinen ankündigen.

Kapitel zweiundzwanzig

Benommen griff Marie nach einer der Wasserflaschen, die neben dem Bett standen, und leerte gierig deren halben Inhalt. Dann erst wurde ihr wieder völlig klar, wo sie sich befand. Schemenhaft kamen Erinnerungen an die Strophen des schwedischen Liedes zurück. Dann war sie irgendwann weggekippt.

Höchstwahrscheinlich handelte es sich bei den Tabletten, die sie hatte schlucken müssen, um ein hoch dosiertes Schlafmittel. Wie viel Zeit mochte seitdem vergangen sein? War es Tag oder Nacht? Sie wusste es nicht. Aber die beängstigendste Frage, die sie nicht beantworten konnte, war: Was hatte er mit ihr während der dunklen Stunden angestellt? Immer noch trug sie das Leinennachthemd und die Baumwollunterhose. Sie begann, jeden Zentimeter ihres Körpers zu begutachten, konnte jedoch nichts entdecken, was auf eine Vergewaltigung oder andere Verletzungen hinwies.

Was sollte das alles? Die Ungewissheit brachte sie fast um den Verstand. Warum musste sie dies alles erneut durchmachen? Hatte die furchtbare Nacht vor einem Jahr ihr Leben nicht schon genug zerstört? War es ihr Schicksal, dass Männer sie erst betäubten und dann ihre kranken Fantasien an ihr auslebten, ohne dass sie je den leisesten Schimmer hatte, was während ihrer Bewusstlosigkeit geschah?

Sie zwang sich, die düsteren Gedanken und die erneut aufkommende Panik beiseitezuschieben und ihre Konzentration darauf zu richten, aus diesem Verschlag zu gelangen.

Seiner Statur nach machte der Verrückte einen kräftigen Eindruck. Aber Marie hatte nicht feststellen können, ob er eine Waffe bei sich trug. In der Gürteltasche, aus der er die Tabletten und das Chloroform geholt hatte, konnte problemlos ein Messer oder eine kleine Pistole Platz finden. Sollte sie trotzdem riskieren, ihm aufzulauern, wenn er ein zweites Mal den Verschlag betrat? Was blieb ihr schon anderes übrig? Wollte sie, dass er seine gestörten Fantasien an ihr ausspielte, ohne sich zur Gegenwehr zu setzen? Wo würde das hinführen?

Wenn es sich bei ihm wirklich um denselben Mann handelte, der die schwedischen Touristinnen ermordet hatte, dann stand ihr wahrscheinlich das gleiche Schicksal wie diesen armen Frauen bevor, und man würde schon bald ihre Leiche aus den Gewässern nahe Puerto de Sóller ziehen. Aber wieso hatte er sie ausgewählt? Sie hatte kaum etwas mit den vorherigen Opfern gemein. Und wie war es ihm überhaupt gelungen, unbemerkt in ihr Haus einzudringen? Marie stellte fest, dass sie sich diese Frage noch gar nicht gestellt hatte.

Sie entsann sich gut, alle Türen und Fenster sorgfältig verschlossen zu haben, nachdem sie ins Haus gegangen war, und dass sie noch ein paar Stunden im Wohnzimmer gelesen hatte. Und wie hatte er es geschafft, Bob zu betäuben? Ihr armer Hund hatte noch die Kraft gehabt, sie zu warnen, aber es hatte ihr nichts genützt. Marie sandte ein Stoßgebet Richtung Himmel, dass es Bob gut ging und er nicht an der Sedierung gestorben war.

Sie rechnete nach. Es war wahrscheinlich, dass sie bereits zwei Nächte in diesem Loch ausharrte. Bestimmt hatte Andreas ihr Verschwinden schon der Polizei gemeldet. Wie musste er sich gefühlt haben, als er nach seinem Arbeitswochenende erschöpft auf der Finca angekommen war und sie nicht vorgefunden hatte? Wie sie ihn kannte, war er bestimmt außer sich vor Sorge – und dazu hatte er diesmal auch allen Grund. Würde sie ihn je wiedersehen?

Sie erinnerte sich an ihr erstes Aufeinandertreffen. Marie war in die Notaufnahme eingeliefert worden. Während eines Einsatzes bei einer Drogenrazzia hatte sie eine Schussverletzung an der Schulter erlitten. Der große, junge Chirurg, der ihre Operation durchführte, hatte mit seiner ruhigen, einfühlsamen Art sofort ihr Vertrauen geweckt. Jeden Morgen spürte Marie eine immer größer werdende Nervosität, wenn der Arzt an ihr Krankenbett zur Visite kam. Am Tag vor ihrer Entlassung fand sie einen kleinen gelben Zettel in ihrer Nachttischschublade mit der Botschaft: »Ich würde mich freuen, dich außerhalb dieser vier Wände wiederzusehen, sobald es dir besser geht.« Darunter standen sein Name und seine Telefonnummer. Marie hatte ein paar Tage abgewartet, dann hatte sie ihn mit gewaltigem Herzklopfen angerufen. Nach nur wenigen Verabredungen stand für beide fest, ihren Lebenspartner gefunden zu haben. Ein paar Monate später zogen sie zusammen und heirateten im darauffolgenden Sommer. Sie hatten eine wunderbare Ehe geführt, bis zu jener Nacht vor einem Jahr, die Maries Leben vollkommen aus der Bahn geworfen hatte. Und jetzt, da sie endlich auf dem Weg der Besserung gewesen war, fand sie sich in diesem schrecklichen Albtraum wieder.

Ein stechender Sehnsuchtsschmerz nach Andreas durchfuhr sie. Doch sie wollte sich auf keinen Fall von Selbstmitleid und Trauer überwältigen lassen. Wenn die Polizei bereits nach ihr suchte, hatte sie vielleicht eine Chance, aus ihrem Gefängnis zu entkommen. Aber sie durfte nicht untätig herumsitzen und nur darauf vertrauen, bald gefunden zu werden. Ihr musste etwas einfallen, und das so schnell wie möglich.

Kapitel dreiundzwanzig

Andreas hatte in der vergangenen Nacht kein Auge zugetan, zu groß war seine Sorge um Marie. Er war sich sicher, dass sie nicht aus freien Stücken das Haus verlassen hatte, wie es ihm die örtlichen Beamten am Vorabend zu erklären versucht hatten. Warum auch hätte sie das tun sollen? Niemals wäre seine Frau einfach verschwunden und hätte ihren geliebten Hund zurückgelassen.

Überdies hatte Andreas, bevor die Polizisten eingetroffen waren, das Haus abgesucht und schnell festgestellt, dass sich Maries Kleidungsstücke und Hygieneartikel allesamt am gewohnten Platz befanden.

Seine Frau war eindeutig Opfer eines Verbrechens geworden, und er konnte nur hoffen, dass es sich bei dem Täter nicht um den Mörder der Schwedinnen handelte. Aber wer sollte sonst hinter ihrem Verschwinden stecken? Sie kannten kaum jemanden auf Mallorca, und Marie hatte, von ein paar Einkaufstouren nach Palma einmal abgesehen, die Finca in den vergangenen Wochen nur selten verlassen.

Zusammengesunken saß er am Küchentisch und starrte auf den Kaffee, den er sich lustlos vor ein paar Stunden gekocht hatte und der mittlerweile bestimmt eiskalt war. Erst vor wenigen Tagen hatte er genau hier mit Marie gesessen und ihr zur Vorsicht geraten, nachdem er den Zeitungsartikel über die Leiche der zweiten Schwedin gelesen hatte. Sie hatte seine Sorge für vollkommen lächerlich abgetan und sich sicher gefühlt. Aber er kannte Marie und wusste, dass sie bestimmt nicht leichtsinnig gehandelt hatte. Seit ihrer Vergewaltigung war sie noch vorsichtiger gewesen, als sie es durch ihren ehemaligen Beruf sowieso schon war. Niemals wäre sie zu Bett gegangen, ohne vorher zu überprüfen, dass alle Türen und Fenster verschlossen waren.

Die trägen Beamten der Policía Local hatten jedoch bei ihrem kurzen Rundgang nichts feststellen können, was auf einen Einbruch hindeutete. Das Türschloss war unversehrt und keines der Fenster eingeschlagen. Bevor sie gegangen waren, hatten sie versprochen, sich am kommenden Tag bei ihm zu melden, und tatsächlich hatte vor zehn Minuten endlich sein Handy geklingelt und eine unbekannte Nummer angezeigt. Zwar war es nicht dieser Herr Puig gewesen, aber eine Kommissarin der Policía Nacional hatte sich gemeldet und ihm mitgeteilt, dass sie sich auf dem Weg zu ihm befände und er das Haus nicht verlassen solle.

In der vergangenen Nacht, als er wie ein Tiger durch die leeren Räume des Hauses geschlichen war und zur Beruhigung drei Cognacs hinuntergekippt hatte, war ihm mehr als einmal der Gedanke durch den Kopf gegangen, direkt die Staatspolizei anzurufen. Nun waren sie ihm Gott sei Dank zuvorgekommen.

Zwar war es kein gutes Zeichen, dass die Kommissare aus Palma ihm einen persönlichen Besuch abstatten wollten, denn es deutete darauf hin, dass auch sie Maries Verschwinden als besorgniserregend betrachteten. Aber wenigstens regte sich etwas, und er musste nicht mehr nur tatenlos herumsitzen.

Am frühen Morgen waren wie immer zum Wochenanfang die Bauarbeiter auf der Finca erschienen, um ihren Tätigkeiten im Haupthaus nachzugehen. Andreas hatte nur ein paar flüchtige Worte mit ihnen gewechselt und sich zurück in seine vier Wände verkrochen. Draußen hörte er einen Wagen vorfahren, und durch das Küchenfenster sah er, wie aus einem silbernen Opel Astra zwei Gestalten ausstiegen.

Die Frau, ein wenig jünger und deutlich kleiner als Marie, trug eine schwarze Jeans und eine helle Bluse. Ihre dunklen Haare hatte sie zu einem hohen Pferdeschwanz gebunden. Sie ging aufrecht, und selbst aus einiger Entfernung konnte Andreas ihren entschlossenen Gesichtsausdruck erkennen. Der Mann, ungefähr zehn Jahre älter und korpulent, wischte sich mit einem Taschentuch den Schweiß von der Stirn.

Andreas beneidete die beiden nicht, bei diesen Temperaturen in langer Kleidung rumlaufen zu müssen. Sie machten einen recht kompetenten Eindruck, weswegen er hoffte, dass sie sich der Sache annahmen und schnell einen Suchtrupp in die Umgebung sandten. Er stand auf und ging zur Haustür, um sie in Empfang zu nehmen. Bob, der die ganze Zeit wachsam neben ihm gesessen hatte, folgte Andreas und schnupperte aufgeregt an den Kommissaren, als diese eintraten.

»Bob, lass das«, sagte Andreas. »Buenos días, bitte entschuldigen Sie.«

Der Hund gehorchte und setzte sich neben sein Herrchen.

»Ist schon in Ordnung«, sagte der stämmige Mann. »Buenos días, Herr Lindner. Mein Name ist Ramón Colom, Comisario der Policía Nacional.« Er reichte Andreas die Hand. »Und das ist meine Kollegin, Comisaria Silvia Fiol.«

Andreas schüttelte der Kommissarin ebenfalls die Hand und bat die beiden in die Küche, wo er ihnen etwas zu trinken anbot.

»Für ein kaltes Wasser wäre ich Ihnen dankbar«, sagte der Kommissar.

Nachdem sie sich gesetzt hatten und Andreas eine Flasche Mineralwasser und zwei Gläser vor den Beamten platziert hatte, war es die Frau, die das Wort ergriff. »Herr Lindner, ist es in Ordnung für Sie, wenn wir das Gespräch auf Spanisch führen, oder bevorzugen Sie es, wenn wir Englisch miteinander sprechen?«

Dies war eine der wenigen Gelegenheiten, bei denen er eine solche Frage von Mallorquinern gestellt bekam, deren Englischkenntnisse meistens doch sehr zu wünschen übrig ließen.

»Spanisch ist schon okay. Ich habe in Südamerika studiert und dort die Sprache einigermaßen gelernt«, sagte Andreas.

»Herr Lindner, vorneweg möchten wir uns entschuldigen, dass wir erst jetzt zu Ihnen kommen. Leider hat es ein paar interne Koordinierungsprobleme gegeben, und wir wurden erst vor wenigen Stunden über das Verschwinden Ihrer Frau unterrichtet«, sagte die Kommissarin, wobei sie ihm direkt in die Augen schaute. Andreas erkannte sofort, dass sie die Sache ernst nahmen und ihm aufrichtig zuhören würden.

»Ja, ich war schon am Überlegen, Sie direkt zu kontaktieren. Irgendwie schienen Ihre Kollegen von der örtlichen Polizei das Verschwinden meiner Frau auf die leichte Schulter zu nehmen. Aber nun sind Sie ja hier.« Er nahm einen Schluck von dem kalten Kaffee, der immer noch vor ihm stand, um seinen trockenen Mund zu befeuchten.

»Bitte erzählen Sie uns zusammenfassend, was am gestrigen Abend vorgefallen ist, nachdem Sie hier angekommen sind«, sagte der Kommissar.

In wenigen Sätzen fasste Andreas die Geschehnisse des Vortags zusammen. Als er ihnen von Maries verschwundener Pistole erzählte, unterbrach Comisaria Fiol ihn und wollte mehr über die Waffe wissen. An ihrem Gesichtsausdruck konnte Andreas ablesen, dass die Beamten von der Gemeindepolizei dieses Detail offensichtlich nicht an die Policía Nacional weitergegeben hatten. Nachdem er seine Ausführungen beendet hatte, baten die Kommissare ihn, sich im Haus umsehen zu dürfen.

»In etwa einer halben Stunde wird ein Team der Spurensicherung eintreffen«, sagte Comisaria Fiol, als sie zehn Minuten später erneut die Küche betraten. »Haben Sie vergangene Nacht in Ihrem Bett geschlafen, oder befindet es sich noch in demselben Zustand, wie Sie es gestern vorgefunden haben? Und war seitdem außer den Beamten der Policía Local noch eine weitere Person im Haus?«

»Wie Sie sich sicher denken können, habe ich erst gar nicht versucht zu schlafen«, sagte Andreas. »Demnach ist das Bett unberührt. Ich habe auch sonst so gut wie kaum etwas angefasst, da ich auf eine polizeiliche Untersuchung gehofft habe. Und nein, außer mir hat in den vergangenen vierzehn Stunden niemand das Haus aufgesucht.«

»Gut.« Comisario Colom sah ihn eindringlich an. »Herr Lindner, haben Sie eine Ahnung – auch wenn es nur der kleinste Verdacht ist –, wer hinter dem Verschwinden Ihrer Frau stecken könnte?«

Andreas atmete tief aus. »Leider nein, ich habe mir die halbe Nacht darüber den Kopf zerbrochen. Wir wohnen ja noch nicht lange hier und kennen deswegen kaum jemanden. Bis auf die Bauarbeiter, Klempner, Elektriker und Gärtner, die sich nebenan im Haupthaus die Klinke in die Hand geben, haben wir keinen Besuch erhalten.«

»Gibt es Ihres Wissens nach Personen, die Sie als Feinde bezeichnen könnten, auch aus Ihrer Vergangenheit in Deutschland?«, fragte die Kommissarin.

»Nein. In Hamburg haben meine Frau und ich ein ganz normales Leben geführt. Wir hatten unseren kleinen Freundeskreis und haben uns fast ausschließlich auf unsere jeweiligen Karrieren konzentriert. Meine Frau war ebenfalls wie Sie

Kriminalkommissarin, und ich bin, wie Sie ja bereits wissen, Chirurg.«

»Warum haben Sie Ihre Berufe einfach so an den Nagel gehängt und widmen sich nun etwas völlig anderem?«, hakte Comisaria Fiol nach.

Andreas bemerkte, wie ihr Kollege sie stirnrunzelnd ansah. Der Kommissar hielt es eindeutig für unnötig, in diesem Fall in Maries Vergangenheit herumzuwühlen, und Andreas teilte seine Ansicht. Aber er entschloss sich, ehrlich mit den Polizeibeamten zu sein und Maries Vergewaltigung zur Sprache zu bringen.

»Meiner Frau wurden vor einem Jahr in einer Hamburger Diskothek Drogen in ihr Getränk gemischt. Auf dem Nachhauseweg wurde sie bewusstlos und wachte erst Stunden später halb nackt auf einem Kinderspielplatz auf. Die medizinische Untersuchung ergab, dass sie Opfer einer Vergewaltigung geworden war. Marie kam nicht damit klar, dass gerade ihr als hochkompetenter Polizistin so etwas passiert war. Irgendwann ging es ihr so schlecht, dass wir beschlossen haben, Deutschland zu verlassen und einen kompletten Neuanfang in einem fremden Land zu wagen. Und hier sind wir nun. Bis gestern dachte ich auch, dass wir die richtige Entscheidung getroffen hatten und endlich Licht am Ende des Tunnels aufblitzen würde. Und nun das …« Er hielt kurz inne, um den Kloß in seinem Hals hinunterzuschlucken. »Ich glaube kaum, dass dieser Vorfall irgendetwas mit ihrem jetzigen Verschwinden zu tun hat, aber ich wollte aufrichtig zu Ihnen sein. Ich will mir gar nicht ausmalen, was meine Frau gerade durchmachen muss, falls sie noch am Leben ist.«

Etwas betreten hatten die Kommissare seinen Schilderungen gelauscht. Comisaria Fiol räusperte sich. »Es tut mir wirklich leid, was Ihnen zugestoßen ist, und wir sind Ihnen für die Ehrlichkeit dankbar.« Sie nahm einen Schluck von ihrem Wasser, bevor sie weitersprach. »Wie erklären Sie sich, dass jemand gewaltlos in Ihr Haus eindringen konnte? Wäre es möglich, dass Ihre Frau dem Täter aus freien Stücken die Tür geöffnet hat, weil sie ihn vielleicht kannte?«

Andreas rieb sich das stoppelige Kinn. »Darüber habe ich mir ebenfalls den Kopf zerbrochen. Vielleicht waren wir zu unvorsichtig. Wir hatten einen Ersatzschlüssel unter einem Blumentopf vor dem Haus versteckt, wie so viele Hausbesitzer. In der vergangenen Woche habe ich zweimal von dem Schlüssel Gebrauch gemacht und ihn danach wieder an der gleichen Stelle platziert. Wenn also jemand das Haus beobachtet haben sollte, dann war es ihm ein Leichtes, den Schlüssel rasch ausfindig zu machen und lautlos ins Haus einzudringen. Natürlich ist das nur eine Vermutung, und mir wird ganz schlecht bei dem Gedanken, dass sich ein Fremder auf diese Weise Zugang in unser Heim verschaffen konnte.« Er sah einen Moment nachdenklich aus dem Küchenfenster. »Aber es könnte eine Erklärung sein, denn Marie würde keinem Fremden einfach so die Tür aufmachen.«

»Auch nicht tagsüber?«, warf Colom ein.

»Ich bin mir ziemlich sicher, dass das, was immer auch vorgefallen ist, mitten in der Nacht passiert sein muss. Darauf deutet das zerwühlte Bett ja hin.« Andreas Augen wurden feucht, und er senkte den Blick. »Marie macht immer direkt nach dem Aufstehen das Bett. Das ist so eine Angewohnheit von ihr. Sie ist zwar nicht pingelig, aber sie ist der Meinung, dass das Zimmer dann gleich viel ordentlicher aussieht.«

»Haben Sie denn nachgesehen, ob der Schlüssel noch an seiner Stelle ist?«, fragte Comisaria Fiol.

»Ja, er liegt wie immer unter dem dritten Blumentopf. Aber der Täter könnte ihn ja auch wieder zurückgelegt haben«, sagte Andreas. »Ich habe nichts angefasst. Vielleicht sind ja noch Fingerabdrücke zu finden – falls er keine Handschuhe getragen hat.«

»Offenbar haben Sie sich ausgiebig mit der Sache befasst und alles Nötige getan, um uns unsere Arbeit zu erleichtern und keine Spuren zu verwischen«, bemerkte Comisaria Fiol. Aufmunternd lächelte sie ihn an.

»Wie gesagt, meine Frau war ebenfalls jahrelang Kriminalkommissarin. Ein wenig von ihrer Arbeit habe ich natürlich aufgeschnappt.«

»Warum sind Sie so sicher, dass jemand in Ihr Haus eingedrungen ist, Herr Lindner?«, fragte Colom. »Könnte es nicht sein, dass Ihre Frau irgendetwas außerhalb des Hauses gehört oder beobachtet hat? Daraufhin hat sie sich ihre Pistole und ihr Handy geschnappt und ist rausgegangen, um nachzusehen?«

»Marie wäre nicht allein rausgegangen. Sie hätte auf jeden Fall Bob mitgenommen.« Andreas schaute zu dem Hund, der die Ohren spitzte, weil er seinen Namen gehört hatte. »Meine Frau hätte ihn nicht im Haus zurückgelassen.«

»Ich verstehe«, sagte Colom.

»Da Sie gerade von Ihrem Hund sprechen … «, warf Comisaria Fiol ein. »Hätte Bob einen möglichen Einbrecher nicht angegriffen?«

»Ja, das ist auch etwas, das ich mir nicht erklären kann. Bob würde mit Sicherheit auf jemanden losgehen, der sein Frauchen bedroht. Weggesperrt war er ja nicht, denn er hat direkt hinter der Haustür auf mich gewartet und war vollkommen außer sich.«

»Er hat also auch nicht einen betäubten Eindruck auf Sie gemacht, als Sie nach Hause kamen?«, fragte der Kommissar.

»Ganz im Gegenteil. Er war sehr unruhig und hat ununterbrochen gebellt.« Andreas nahm seine Brille ab und rieb sich die Augen. »Aber natürlich könnte es sein, dass der Täter ihm in der Nacht zuvor ein Beruhigungsmittel verabreicht hat. Die Wirkung solcher Medikamente hält in der Regel ja nicht länger als acht bis zehn Stunden an.«

Es klopfte ein paarmal an der Haustür, und Bob sprang wie auf Kommando auf.

»Das müssen die Kollegen von der Spurensicherung sein«, sagte Comisaria Fiol.

Dankbar für die Unterbrechung, da er den Tränen nahe war, stand Andreas auf und ging in den Flur, um die Beamten einzulassen. Er betete im Stillen, dass sie brauchbare Spuren fanden und diesem Horrorszenario rasch ein Ende gesetzt wurde.

Kapitel vierundzwanzig

Silvia streifte ihre Schuhe ab und warf sie achtlos in eine Ecke des Flurs. Barfuß ging sie in die Küche und nahm ein Bier aus dem Kühlschrank. Danach schlurfte sie ins Wohnzimmer und ließ sich erschöpft auf das alte Ledersofa fallen.

Was für ein Tag! Sie war fix und fertig. Nach dem Besuch auf der Finca der Lindners waren Ramón und sie zurück aufs Revier gefahren und hatten den Mitarbeitern der Spurensicherung das Haus und Grundstück des Ehepaares zur Inspektion überlassen. Sie hatten in der Kantine des Polizeipräsidiums kurz zu Mittag gegessen, danach hatte sie sich zusammen mit einem siebenköpfigen Sondereinsatzteam Karten und Drohnenaufnahmen des Tramuntana-Gebirges angesehen. Gemeinsam hatten sie umgehend einen Einsatzplan aufgestellt.

Die Männer waren noch am selben Nachmittag aufgebrochen, um die Höhlen rund um das Gebiet von Cala Tuent nach einem möglichen Versteck des Täters abzusuchen. Vor einer guten Stunde hatte Silvia den Einsatzleiter des Sonderkommandos angerufen. Dieser teilte ihr mit, in den drei Höhlen, die sie bis zum Abend inspiziert hatten, auf nichts Auffälliges gestoßen zu sein.

Was die Ergebnisse der Forensiker anging, so mussten sie sich bis morgen gedulden. Sie nahm einen Schluck von dem kalten Bier und scrollte die Textnachrichten ihres privaten Handys herunter. In der WhatsApp-Gruppe ihrer Freundinnen aus Campos waren achtzehn neue Nachrichten eingegangen. Silvia öffnete sie, verlor aber schon bald das Interesse.

Babyfotos von dem Neugeborenen ihrer Freundin Aina, die vor ein paar Tagen entbunden hatte, sowie zahlreiche Glückwünsche und »Ahhhs«, »Ohhhhs« und Herzchen-Emojis vom Rest der Gruppe.

Silvia machte sich weder etwas aus Babys noch den anderen Kinderfotos, die ihre Freundinnen fast täglich posteten, aber natürlich schickte sie das obligatorische »Wie süß« gefolgt von einem Smiley. Ihre Mütter-Freundinnen aus Campos wussten, dass Silvia das Thema Kinderwunsch nicht für sich selbst in Betracht zog, aber ein wenig gespielte Herzlichkeit musste von ihrer Seite schon kommen, wenn sie es sich nicht ganz mit ihrem Bekanntenkreis verscherzen wollte.

Wieder einmal dachte sie, dass ihre Freundinnen und sie in komplett verschiedenen Welten lebten. Sie konnte den Wunsch nach dem Gründen einer Familie und der damit verbundenen Lebenserfüllung einfach nicht nachvollziehen. Die Selbstaufgabe und das Zurückstecken jeglicher beruflichen Ziele, zumindest auf kurze Sicht, übten nicht die geringste Anziehungskraft auf Silvia aus.

Aber vielleicht war sie auch nur die »Komische«, wie ihre Familie und einige Freundinnen sie oft nannten. Diejenige, die sich lieber in komplizierte Kriminalfälle stürzte, als einen Sinn darin zu sehen, mit Ehemann und Kindern an einem Sonntagnachmittag an der Strandpromenade spazieren zu gehen.

Zwar keimte in Silvia oft der Wunsch auf, einen Lebenspartner an ihrer Seite zu wissen, mit dem sie sich austauschen und der ihre Sichtweise auf die Welt nachvollziehen konnte. Aber es war ihr niemals in den Sinn gekommen, sich fortzupflanzen. Gewiss hätte sie, so chaotisch, wie sie in ihrem privaten

Leben war, eine beispiellos schlechte Mutter abgegeben. Sie gewann der Idee, ein Kind großzuziehen, einfach nichts ab. Diese Einstellung war für sie kein Egotrip, bei dem sie ihre Karriere nicht mit einer Schwangerschaft gefährdete. Vielmehr war es das Nichtvorhandensein der so oft zitierten biologischen Uhr. Sie war nie in Versuchung gewesen, sich rasch einen geeigneten Partner zu angeln, um ein neues Lebewesen in die Welt zu setzen. Sie war, wie sie war, einige mochten sie, andere weniger, aber sie konnte morgens mit dem Gefühl in den Spiegel blicken, genau das zu tun, was sie wollte, und nicht das, was die Gesellschaft vielleicht von ihr erwartete.

Sie schloss die App auf ihrem Smartphone und sah, dass ebenfalls ein verpasster Anruf von ihrem Vater eingegangen war. Es war 22:30 Uhr, und Silvia wusste, dass Jaume nie vor Mitternacht zu Bett ging. Sie beschloss, ihn anzurufen, denn es war schon fast eine Woche vergangen, seitdem sie miteinander telefoniert hatten, und Silvia tauschte sich gern mit ihm aus. Ihr Vater war ein hervorragender Zuhörer und einer der wenigen, der wahres Interesse an ihrer Arbeit zeigten. Ihr war bewusst, dass sie ihm manchmal etwas zu viel erzählte, was ihre Ermittlungen anging, aber sie konnte die Hand dafür ins Feuer legen, dass er jedes Detail für sich behielt und mit niemandem über ihre Arbeit sprach.

Sie leerte das Bier und drückte die Rückruftaste. Nach dem zweiten Klingelton nahm er ab.

»Hallo, mein Schatz, schön, dass du zurückrufst«, sagte Jaume mit seiner gewohnt ruhigen Stimme. »Du bist bestimmt vollkommen gestresst mit diesem furchtbaren Schwedinnen-Mord. Ich wollte eigentlich nur ein bisschen mit dir plaudern, aber ich kann verstehen, wenn du völlig fertig bist und sofort ins Bett willst.«

»Hallo, Papa, ist schon gut. Du hast recht, ich bin gerade

erst nach Hause gekommen, und das Wochenende war auch vollgepackt mit Arbeit. Aber was die Schlafzeiten angeht, bin ich leider ganz nach dir gekommen. Du weißt doch, dass ich vor Mitternacht nie ein Auge zutue.«

»Wie sieht es denn aus? Habt ihr irgendwelche Anhaltspunkte? Die Presse spricht ja schon von einem Serientäter, der es auf junge schwedische Mütter abgesehen hat.«

Am Morgen hatte der Polizeipräsident eine Pressekonferenz abgehalten. Der seit Tagen gehegte Verdacht der Medien, dass die zwei toten Frauen demselben Mörder zum Opfer gefallen waren, hatte sich bestätigt. Daraufhin hatten die Telefonleitungen auf dem Revier nicht stillgestanden. Maria Antonia und die anderen Sekretärinnen hatten alle Hände voll damit zu tun gehabt, neugierige Reporter, die auf Insiderinformationen hofften, abzuwimmeln.

Den ganzen Tag über liefen im Radio und auf den lokalen Fernsehkanälen Programme, die sich mit den Morden in Sóller beschäftigten, ohne dabei irgendetwas Aufschlussreiches zu berichten. Wie lange würden sie es wohl vor der Presse geheim halten können, dass eine weitere Ausländerin spurlos verschwunden war?

Bevor sie mit Ramón die Finca der Lindners verlassen hatte und zurückgefahren war, hatten sie Andreas Lindner deutlich gemacht, dass er vorerst mit niemandem über die Angelegenheit reden sollte. Wenn es sich denn um denselben Täter handelte, konnte dies das Leben seiner Frau gefährden.

Der Deutsche hatte zwar nicht den Eindruck gemacht, mediales Interesse auf sich ziehen zu wollen, aber lange würden seine Geduld und sein Vertrauen in die Arbeit der Polizei wohl nicht anhalten – dazu war er verständlicherweise zu besorgt um das Leben seiner Frau. Und wenn erst einmal an die Öffentlichkeit drang, dass eine dritte Ausländerin entführt worden war, dann war die Massenhysterie, die sich sowieso schon abzeichnete, nicht mehr aufzuhalten. Nicht nur schwedische Touristen wären in Panik versetzt, auch Deutsche und alle anderen Ausländer, die auf der Insel Urlaub machten oder entschieden hatten, nach Mallorca auszuwandern.

Silvia wollte sich gar nicht ausmalen, was dies für die Tourismusbranche der Insel bedeuten würde. Sie beschloss, ihrem Vater vorerst nichts von der dritten Vermissten zu erzählen, und berichtete anstelle dessen ein wenig von ihren Ermittlungsarbeiten.

»Heute hat ein Suchtrupp damit begonnen, Höhlen in der Umgebung von Cala Tuent nach einem möglichen Versteck des Täters abzusuchen. Die Forensiker haben in den Haaren der zweiten Leiche Moospartikel gefunden, die anscheinend ausschließlich in Höhlen wachsen. Aber du weißt ja, wie groß das Tramuntana-Gebirge ist und wie viele versteckte Höhlen es entlang des ganzen Bergzugs gibt.« Silvia seufzte. »Keine Ahnung, ob uns das irgendein Stück weiterbringen wird.«

»Hmmm, verstehe … Hast du mal überlegt, den alten Marcelí anzurufen?«

»Wen?«

»Du hast ihn ein paarmal bei Geburtstagen von Xim gesehen, aber das liegt wirklich schon Jahre zurück, du kannst dich bestimmt kaum an ihn erinnern. Marcelí war der beste Freund deines verstorbenen Großvaters und in seiner Jugend einer der gerissensten Schmuggler der Nordwestküste. Wenn sich jemand im Tramuntana-Gebirge und mit versteckten Höhlen auskennt, dann er. Ich kann dir seine Nummer raussuchen, wenn du möchtest. Er wohnt seit ein paar Jahren mit seiner Frau Magdalena in Palmanyola. Eine Tante hat ihm dort ein kleines Häuschen vererbt.«

»Das wäre vielleicht wirklich einen Versuch wert«, sagte Silvia nachdenklich.

»Moment, ich hol eben mein altes Telefonbuch, dort müsste seine Nummer notiert sein.«

Silvia hörte, wie ihr Vater von einem Raum in den anderen ging, sie vernahm Fernsehgeräusche, und wie er mit jemandem sprach, wahrscheinlich mit ihrer Mutter, die sich eine ihrer Talkshows ansah. Dann herrschte wieder Stille. Nach ein paar Sekunden sprach Jaume erneut ins Telefon.

»Ich soll dich ganz lieb von deiner Mutter grüßen. Sie fragt, wann du mal wieder zum Essen kommst.«

»Danke, gleichfalls. Sobald ich etwas weniger um die Ohren habe, komm ich vorbei. Versprochen!«

»Ah, hier ist sie … Hast du was zum Schreiben?«

»Ja, schieß los.«

»971 617 23 72, das ist seine Festnetznummer in Palmanyola. Jetzt ist es wohl schon zu spät, ihn anzurufen, aber an deiner Stelle würde ich es ruhig morgen früh versuchen. Er ist zwar mittlerweile über achtzig, aber als ich ihn das letzte Mal vor ein paar Monaten gesehen habe, war er noch genauso humorvoll wie in seinen besten Jahren.«

»Super, vielen Dank. Vielleicht kann er uns ja wirklich ein wenig helfen und kennt Verstecke, die gar nicht auf unseren Karten auftauchen.«

»Ja, einen Versuch ist es allemal wert.«

»Ist sonst alles gut bei euch?«, fragte Silvia.

»Ja, alles wie immer. Ich lese und schreibe viel, und deine Mutter guckt ihre Fernsehshows oder besucht ihre Schwestern.«

Ihr Vater arbeitete immer noch als Dozent für moderne Geschichte an der Universität der Balearen und veröffentlichte hin und wieder Artikel in Fachmagazinen. Das Interesse ihrer Mutter dagegen galt größtenteils Klatschzeitschriften und Tratsch aus dem Dorf. Silvia hatte nie richtig verstanden, wie ein so gebildeter Mann mit einer doch eher gewöhnlichen Frau, wie es ihre Mutter war, eine so lange und durchaus als harmonisch zu bezeichnende Ehe führen konnte. Aber vielleicht führte der Freiraum, den sie sich schon immer gelassen hatten und den Silvia oft für Desinteresse aneinander gehalten hatte, dazu, dass sie sich gegenseitig respektierten.

»Gut. Dann mache ich mich mal langsam bettfertig, morgen steht wieder ein langer Tag an«, sagte sie. »Ich melde mich in den nächsten Tagen bei dir.«

»Viel Glück, und bitte pass auf dich auf!«

»Mache ich. Gute Nacht, Papa.«

Kapitel fünfundzwanzig

Fröhlich summend rührte er in seinem Kakao. In der vergangenen Nacht hatte er fantastisch geschlafen. Ganze sieben Stunden am Stück. Er konnte sich gar nicht mehr erinnern, wann er das letzte Mal nicht mitten in der Nacht wach geworden war und ruhelos in seinem Bett gelegen hatte. Was für ein wunderschönes Lebensgefühl war es, ausgeruht zu sein! Voller Energie zu erwachen, ohne die latenten Kopfschmerzen und die schreckliche bleierne Müdigkeit. Er war erholt zur Arbeit gefahren und hatte seine Aufgaben mit Enthusiasmus verrichtet.

Wie selbstverständlich die Menschen doch ihren täglichen Schlaf hinnahmen. Schon als Kind und später als Jugendlicher hatte er unter den Auswirkungen seines anhaltenden Schlafmangels gelitten. Wenn er manchmal mitbekam, wie Leute sich darüber beschwerten, eine vereinzelte Nacht nicht gut geschlafen zu haben, keimte stets blanke Wut in ihm auf. Was wussten sie schon, wie es war, seit über zehn Jahren keinen erholsamen Schlaf zu finden? Endlos darauf zu warten, für eine kurze Weile in einen Dämmerzustand zu fallen, nur um gleich darauf aus einem der unzähligen Albträume aufzuschrecken und bereits in den frühen Morgenstunden mit Grauen der Bewältigung des bevorstehenden Tages entgegenzuschauen.

Nicht ohne Grund wurde Schlafentzug in manchen Ländern immer noch als Foltermethode eingesetzt. Leider wusste er nur zu gut, welches Ausmaß die Folgen unzähliger wach gelegener Nächte auf Körper und Seele hatten.

Das Einschlafen am Abend war seit seinem zehnten Lebensjahr eine Qual. Aber das weitaus Schlimmste war das Erwachen nur wenige Stunden später, mitten in der Nacht. Wenn er es endlich geschafft hatte, in den Schlaf zu finden, weckten ihn nach spätestens zwei oder drei Stunden seine Albträume, und dann war es ihm fast unmöglich, zur Ruhe zu kommen. Jahr für Jahr war er gegen 4:00 Uhr morgens aufgewacht und hatte endlose dunkle Stunden damit verbracht, gegen seine Angst und die gleichzeitige Erschöpfung anzukämpfen.

Alles hatte er ausprobiert. Wenn er Berichte im Internet über Schlafhygiene oder ähnlich unwirksame Tipps las, konnte er nur den Kopf schütteln. Die Autoren dieser Artikel hatten keinen blassen Schimmer, was wirkliche Insomnie bedeutete. Sonst wüssten sie, dass eine kühle Raumtemperatur, ein leichtes Abendessen und ein Schaumbad mit Lavendelessenz nicht das Geringste gegen das ratternde Gedankenkarussell einer schlafgestörten Person ausrichten konnten. Er hatte von Baldrian über Melatonin bis hin zu unzähligen Teesorten alles getestet. Yoga, autogenes Training, Atemübungen, nichts hatte seine Unruhe eindämmen können. Irgendwann hatte er damit begonnen, die Schlaf- und Beruhigungstabletten zu schlucken, die ihm zahlreichen Ärzte in den vergangenen Jahren verschrieben hatten. Hoch dosiertes Antihistamin, Valium, Lorazepam, Lormetazepam, sogar sedierende Antidepressiva hatte er ausprobiert. Aber nicht einmal die teilweise sehr starken Tabletten hatten bewirken können, dass er mehr als vier Stunden am Stück schlief.

Nun jedoch hatte er endlich seine Rettung gefunden. Schon mit Charlotte und Anna hatte er gemerkt, dass er von Nacht zu Nacht entspannter wurde. Marie aber war die Krönung. Dank ihr würden all seine Wunden verheilen und die schlimmen Jahre für immer der Vergangenheit angehören. Sie brauchte zwar noch ein wenig Übung mit dem Singen, aber schon bald würde sie die Strophen auswendig können.

Nachdem sie mithilfe der Tabletten am vergangenen Abend eingeschlafen war, hatte er sich in ihre Arme gekuschelt und sie lange betrachtet. Wie schön sie war. Das kurze blonde Haar, die hohen Wangenknochen, die schmalen, halb geöffneten Lippen. Sie war das Ebenbild seiner jahrelangen Fantasie.

Er hatte ihr ganzes Gesicht mit zärtlichen Küssen bedeckt und ihr von seinen Albträumen erzählt. Nach ein paar Stunden hatte er sie friedlich schlafend auf der Matratze zurückgelassen. Bevor er sich auf den Nachhauseweg gemacht hatte, stellte er ihr eine mit Nudelsalat gefüllte Tupperdose und zwei weitere Mineralwasserflaschen hin. Dann hatte er den Eimer, der ihr als Toilette diente, außerhalb der Grotte geleert und ihn erneut an seinen Platz gestellt.

Von Glückgefühlen durchströmt, war er nach Hause gefahren, wo er innerhalb von Minuten in einen tiefen, erholsamen Schlaf gefallen war.

Er hob den Blick und schaute auf die Wanduhr seiner spärlich möblierten Küche. Es war Zeit, sich auf den Weg zu machen, um einen weiteren wundervollen Abend mit seinem Engel zu verbringen. Er trank seinen Kakao aus und wusch die Tasse gewissenhaft ab, bevor er sie wieder an ihren gewohnten Platz stellte. Immer noch die geliebte Melodie summend, ging er in den Flur und nahm die bereitliegende Tasche von der Kommode. Dann griff er nach dem Autoschlüssel und trat aus seiner Wohnung hinaus in die dunkle Nacht.

Kapitel sechsundzwanzig

Marie hatte keine Ahnung, wie spät es war. Es waren endlose Stunden vergangen, seit sie aus dem komaartigen Schlaf erwacht war. Wenn der Verrückte mit der Kindermaske sie abends betäubt hatte, dann konnte es nun durchaus erneut Abend sein. Sie rechnete nach. Er hatte sie in der Nacht von Samstag auf Sonntag aus ihrem Haus entführt. Somit müsste es jetzt Montagabend sein. Aber natürlich waren all dies nur Vermutungen. Sie wusste nicht, wie lange sie geschlafen hatte. Es konnten genauso gut nur wenige Stunden vergangen sein. Und eigentlich hatte es auch keine Bedeutung für ihre gegenwärtige Situation. Das Wichtige war, dass sie nun einen Plan hatte, wenn er erneut erschien und es sich auf der Matratze neben ihr gemütlich machte, während sie ihm das komische Lied vorsang. Die Idee war ihr gekommen, als sie von dem Nudelgericht gegessen hatte, das er ihr irgendwann hingestellt haben musste, nachdem sie bewusstlos geworden war. Wenn sie es geschickt anstellte, könnte es ihr gelingen, ihn zu überwältigen.

Der Griff des Aluminiumlöffels, den er ihr als einziges Besteckstück neben die Tupperdose gelegt hatte, konnte ihr als Waffe dienen. Wenn er sich neben sie legte, würde sie versuchen, rasch mit dem Löffel auf seinen Hals einzustechen. Das Komplizierte an der Sache war jedoch, dass sie dadurch, dass er eine Maske trug, seinen Gesichtsausdruck nicht deuten konnte. Daher würde sie nicht genau wissen, wann er sich neben ihr entspannte. Sie würde es anhand seiner Körperhaltung einschätzen müssen.

Es war ein riskanter Plan, aber was blieb ihr schon anderes übrig? Wenn sie nur brav tat, was er ihr befahl, und auf Hilfe von außerhalb hoffte, würde sie womöglich eine Ewigkeit in diesem Loch verbringen, ohne zu wissen, was er mit ihr anstellte, sobald es schwarz um sie herum wurde. Oder aber er tötete sie, bevor irgendjemand sie hier fand.

Sie hatte darüber nachgedacht, warum er die Maske trug. Wenn er nicht erkannt werden wollte, bestand vielleicht die Hoffnung, dass er sie irgendwann laufen ließ. Aber wenn es sich um den Mörder der Schwedinnen handelte, dann ging die Wahrscheinlichkeit, dass sie lebend aus diesem Albtraum herauskam, gegen null. Sie musste es riskieren zu fliehen.

Der Löffel lag bereits seit Stunden griffbereit unter dem Kopfkissen, das ihr am nächsten war.

Sie stand auf, um den Eimer in der Ecke zu benutzen. Auch diesen musste der Verrückte in der vergangenen Nacht geleert haben.

Während sie vornübergebeugt auf dem Eimer hockte, hörte sie das Schloss auf der anderen Seite der Tür rasseln. Er war zurück. Schnell zog Marie den Slip hoch und kroch auf die linke Seite der Matratze, wo sie den Löffel versteckt hatte. Ihre Nerven lagen blank, und sie hörte, wie ihr das Herz bis zum Hals schlug.

Jetzt bloß keine Panikattacke, sagte sie in Gedanken zu sich selbst, während die Eisentür sich langsam öffnete. *Ich bin Polizistin. Ich bin imstande, diesen Irren niederzustechen und zu fliehen.*

Er trat in den Raum, und genau wie am Vortag ließ er die Tür offen stehen. Marie war erleichtert. Hätte er die Tür mit dem Vorhängeschloss von der Innenseite verschlossen und den Schlüssel eingesteckt, wäre ihr Plan wesentlich schwieriger durchzuführen gewesen.

Von ihrer sitzenden Position aus sah sie zu ihm auf. Er stand reglos vor der Matratze und schien sie ebenfalls durchdringend anzusehen. Erneut bedeckte die gruselige Kindermaske vollkommen seinen Kopf. Aber Marie konnte zwischen dem langärmeligen, schwarzen T-Shirt und dem Ansatz der Maske ein wenig von seinem Hals erkennen. Genau dort musste sie den Stiel des Löffels platzieren, um ihn außer Gefecht zu setzen.

»Mein Engelchen, ich hoffe, du hast gestern Nacht genauso gut geschlafen wie ich«, sagte er und kam langsam auf sie zu.

In den vergangenen Stunden hatte Marie sich den Kopf darüber zerbrochen, ob sie seine Stimme schon einmal zuvor gehört hatte. Aber genau wie jetzt klang sie irgendwie vertraut, aber sie schaffte es nicht, sie einzuordnen. Eindeutig handelte es sich bei dem Irren um einen Spanier, aber trotz des starken Akzents sprach er recht gut Englisch. Vielleicht hatte sie seine Stimme zuvor schon einmal auf Spanisch gehört und hatte deshalb Schwierigkeiten, sie auf Englisch wiederzuerkennen.

»Bitte sing mir vor.« Er reichte ihr das Buch und machte es sich neben ihr bequem.

Marie nahm das Buch und schlug es auf Seite vierundzwanzig auf. Sie hustete ein paarmal, um sich ihre Nervosität nicht anmerken zu lassen, bevor sie begann, Strophe um Strophe vorzutragen.

Es hatte den Anschein, dass er zur Ruhe kam und sich immer mehr entspannte. Trotz der Maske konnte Marie erkennen, dass sein Gesicht nicht mehr direkt auf sie gerichtet war. Sie durfte diesen Moment der Unachtsamkeit nicht verstreichen lassen, denn sicherlich würde er ihr schon bald erneut die Beruhigungstabletten vor die Nase halten, und dann wäre jede Gelegenheit, ihn niederzustechen, vorbei. Sie musste rasch handeln.

Mit dem Liederbuch in der linken Hand tat sie so, als müsste sie sich mit der rechten am Rücken kratzen. Er schien nichts zu bemerken und verweilte in seiner Position. Blitzschnell griff sie nach dem Löffel unter dem Kopfkissen. Er versuchte sich aufzusetzen, aber sie war schneller und stieß mit aller Kraft zu. Der Stiel drang unter die dünne Haut seines Halses, schaffte es jedoch nicht tief genug, um die Halsschlagader zu treffen. Trotzdem war er verletzt und begann vor Schmerzen zu schreien.

Ohne einen weiteren Gedanken zu vergeuden, sprang Marie auf und rannte aus dem Raum.

In der Dunkelheit konnte sie kaum etwas erkennen und musste beide Arme ausstrecken, um nicht gegen die Steinmauern des tunnelartigen Ganges zu stoßen. Nach wenigen Metern stieß sie mit ihren Fingern an die Sprossen einer Strickleiter, die von einer schwach auszumachenden Öffnung über ihr herabhing. Hinter ihr konnte sie die Schreie ihres Entführers hören.

»Du verdammtes Miststück, das wirst du mir büßen! Glaub bloß nicht, dass du mir entkommst!«

Er war ihr bereits dicht auf den Fersen, und ihre Angst ließ sie kaum Luft bekommen. Hastig erklomm sie eine wackelige Sprosse nach der anderen. Als sie endlich oben ankam und sich auf den grasbewachsenen Boden zog, fühlte sie ein Ziehen an den Sprossen. Er hatte ebenfalls die Leiter erreicht. Ihr blieb ein minimaler Vorsprung.

Sie richtete sich auf und sah sich eilig um. Im hellen Mondlicht erkannte sie ein paar Bäume auf der sonst nur mit Gras bewachsenen Lichtung. Sie hatte keine Ahnung, wo sie war und in welche Richtung sie laufen sollte. Aber es blieb ihr keine Zeit für Überlegungen. Er war schon auf halber Höhe der Leiter, und auch wenn er nur mühsam vorankam, würde er sie in weniger als einer Minute erreicht haben.

Sie lief in die Richtung, in der sie ein paar Pinienbäume ausmachte. Je mehr Vegetation sie zwischen sich und ihn bringen konnte, desto schwerer würde es ihm fallen, sie zu finden. Steine und Äste stachen in ihre nackten Fußsohlen. Die Schmerzen ignorierend, rannte sie zwischen Büschen und Bäumen immer weiter.

Nach einer Weile, die ihr wie eine Ewigkeit vorkam, blieb sie kurz stehen. Aufgeregt rang sie nach Atem und lauschte, ob er sich immer noch hinter ihr befand. Ihr rasender Herzschlag ließ sie kaum ein anderes Geräusch um sie herum ausmachen. Sie versuchte, die Luft anzuhalten, und da hörte sie ein Knirschen ganz in ihrer Nähe. Sie hatte es also nicht geschafft, ihn abzuhängen.

Voller Angst lief sie weiter, doch schon nach wenigen Metern verfing sich der Saum ihres Nachthemds in einem der Büsche. Sie fiel zu Boden, konnte sich jedoch wieder aufraffen. Aber der Stoff des verdammten Nachthemdes hatte sich noch immer an den Ästen verfangen. Sie riss hefig daran und schaffte es, sich zu befreien.

Als sie sich endlich wieder in Gang setzen wollte, packte eine Hand sie grob am Schopf. Wie ein Stromstoß durchfuhr blanke Panik ihren Körper und ließ sie erstarren. Keine zwei Sekunden später spürte sie, wie er ihr unsanft einen feuchten Lappen ins Gesicht drückte.

»Ich hab dir doch gesagt, dass ich dich kriegen würde, du hinterhältige kleine Schlampe.« Sie hörte, wie er sie beschimpfte, während ihr langsam die Sinne schwanden. »Dabei hatte ich so große Hoffnungen in dich gesetzt. Alles hätte ich für dich getan. Und als Zeichen der Dankbarkeit läufst du mir davon. Du bist genau wie alle …« Seine letzten Worte drangen nicht mehr zu ihr durch, denn erneut wurde alles schwarz um sie herum.

Kapitel siebenundzwanzig

Mit den Nerven am Ende, schlug Andreas die Bettdecke zurück und stand auf. Natürlich war er nicht imstande gewesen zu schlafen, sondern hatte die vergangenen Stunden nur damit verbracht, sich unruhig von einer Seite auf die andere zu wälzen. In seinem Kopf spielte sich eine entsetzliche Szene nach der anderen ab, was Maries Zustand anging.

Er machte Licht und ging in die Küche. Bob, der neben dem Bett auf dem Flickenteppich geschlafen hatte, erhob sich und folgte seinem Herrchen schläfrig. Die große Wanduhr zeigte 1:45 Uhr an. Seit über vierzig Stunden war er nun wach, und die Nacht davor in Hamburg war auch nicht gerade erholsam gewesen. Er hatte versucht, jeden Gedanken an den Abend mit Sandra vollkommen aus seinem Kopf zu verbannen. Schuldgefühle konnte er sich auch noch zur Genüge machen, wenn Marie wieder heil bei ihm war. Aber es war ihm nicht wirklich gelungen. Immer wieder spielten sich vor seinem inneren Auge die Bilder im Auto seiner Arbeitskollegin ab. Wenn er daran dachte, dass vielleicht genau zum gleichen Zeitpunkt, als er verschwitzt in den Armen einer anderen Frau gelegen hatte, Marie auf brutale Weise aus ihrem Haus entführt worden war, empfand er einen solchen Ekel vor sich selbst, dass es ihn fast wahnsinnig machte.

Am Nachmittag hatte er das Grübeln und Herumsitzen nicht mehr ausgehalten und war mit Bob in die Berge gelaufen. Auch wenn er wusste, dass es nichts brachte und er bestimmt nicht seine Frau irgendwo unter einem Olivenbaum sitzend vorfinden würde, so tat ihm die Bewegung doch gut.

Die Kommissare hatten ihm versichert, dass noch am selben Tag ein Sondereinsatzkommando mit der Suche nach Marie beginnen würde. Außerdem hatten sie ihm versprochen, sich sofort zu melden, wenn ihnen der Befund der Spurensicherung vorlag. Andreas konnte vorerst nichts anderes tun, als zu warten. Es machte ihn verrückt, aber was sollte er schon ausrichten?

Er sah zu der Cognacflasche, die halb leer auf der Küchenanrichte stand. Wenn er den nächsten Tag überstehen wollte, dann musste er dringend ein paar Stunden schlafen. Er nahm ein Glas aus dem Wandschrank und goss es halb voll. Dann kippte er es in einem Zug hinunter. Da er den ganzen Tag über fast nichts gegessen hatte, spürte er deutlich, wie der brennende Alkohol sich wohlig in seinem leeren Magen ausbreitete. Er goss sich nach und nahm einen weiteren großen Schluck, bevor er sich an den Küchentisch setzte und begann, Bobs weiches Fell zu streicheln.

»Wenn du doch nur sprechen könntest …«, redete er auf den Hund ein. »Was ist hier passiert? Wer hat Marie entführt? Was hat das Arschloch mit dir gemacht, dass du dein Frauchen nicht verteidigt hast?« Er konnte die Tränen nicht mehr zurückhalten. Bob sah ihn aufmerksam an. Dann legte er seine Vorderpfoten auf die Knie seines Herrchens und begann, dessen Gesicht abzuschlecken.

Andreas musste lachen. »Ist gut, Bob. Ich hör ja auf, rumzuheulen. Komm, lass uns ins Bett gehen, und wir versuchen ein paar Stunden zu schlafen.« Sanft schob er den Hund von sich. Er trank den letzten Schluck Cognac, dann löschte er das Küchenlicht und ging mit Bob ins Schlafzimmer.

Kapitel achtundzwanzig

Fast wäre sie ihm entkommen. Dieses verdammte Miststück hatte ihn auf heimtückische Weise hintergangen. Sie hatte den Moment, auf den er sich sehnlichst den ganzen Tag gefreut hatte, um endlich ein wenig neben ihr zu entspannen, schamlos ausgenutzt und ihn heftig attackiert.

Er verzog schmerzhaft das Gesicht, während er die Wunde an seinem Hals mit warmem Leitungswasser säuberte. Vor zehn Minuten war er endlich völlig erschöpft zu Hause angekommen. Es hatte ihn höchste Anstrengung gekostet, den Körper der betäubten Hure erneut in die Grotte zu schaffen.

Ein Glück, dass sie sich mit dem Nachthemd in einem der Büsche verfangen hatte und gestürzt war. Denn sie war wesentlich fitter und schneller, als er es erwartet hatte.

Aber nun war sie Gott sei Dank wieder, wo sie hingehörte. Und morgen Abend konnte sie sich auf etwas gefasst machen. Mit ihrer heutigen Aktion hatte sie ihm eindeutig bewiesen, dass sie nicht die Auserwählte war, für die er sie gehalten hatte. Sie war kein Engel, sie war ein Dämon. Genau wie sein Vater hatte sie ihn verraten, hatte ihn allein zurücklassen wollen.

Es war an einem regnerischen Sommerabend passiert. Er war zwölf gewesen und hatte den ganzen Nachmittag in der Grotte verbracht. Als er das Häuschen in den Bergen betrat, in dem sein Vater und er lebten, hatte er sich sofort gewundert, Gerard nicht wie gewohnt vollkommen betrunken auf dem alten Sofa im Wohnzimmer anzutreffen. Sein Vater griff täglich zur Flasche, und in den Abendstunden war er meistens vollkommen unzurechnungsfähig.

»Papa, Papa? Wo bist du?«, hatte er gerufen, aber keine Antwort erhalten.

Er war in die alte Küche gegangen, wo sich Berge von benutztem Geschirr in der Spüle stapelten. Aber bis auf ein paar Fliegen, die auf den Resten einer Tiefkühlpizza saßen, war auch hier niemand. Er musste dringend zur Toilette, aber zuerst wollte er seinen Vater finden. Er klopfte ein paarmal gegen die verschlossene Holztür seines Schlafzimmers. Gerard mochte es nicht, gestört zu werden, wenn er schlief, aber für eine Siesta war es definitiv schon viel zu spät. Da er keine Antwort erhielt, beschloss er, die Tür trotzdem zu öffnen. Zögerlich drückte er die Klinke hinunter. Ein leises Quietschen erklang, dann sah er das Innere des vom Abendlicht erhellten Zimmers. Von der Decke baumelte der leblose Körper seines Vaters. Gerards Gesicht hing schlaff auf seiner Brust, aber seine Augen waren weit aufgerissen. Ein umgekippter Holzstuhl lag unter seinen Beinen, und ein bestialischer Kotgeruch nahm den ganzen Raum ein.

Er erinnerte sich, keinen Ton hervorgebracht zu haben. Er hatte einfach so dagestanden und auf seinen toten Vater gestarrt, während der warme Urin an seinen Beinen herunterlief. Dann war die Erkenntnis über ihn hereingebrochen: Sein Vater hatte ihn einfach allein zurückgelassen. Wut und Zorn hatten sich in seine anfängliche Trauer gemischt. Gerard war ein Feigling gewesen, der seinen einzigen Sohn verraten hatte.

Und jetzt hatte diese durchtriebene Hexe ihm das Gleiche antun wollen. Es war klar, dass sie dafür mit dem Tod bezahlen musste. Aber vorher würde er sie leiden lassen. Auf sie wartete nicht ein so rasches Ende, wie es ihre Vorgängerinnen erfahren hatten. Sie würde für das, was sie ihm angetan hatte, büßen.

Er betrachtete konzentriert die nun saubere Wunde. Sie war circa einen Zentimeter tief, blutete aber kaum noch. Er hoffte, dass sie, auch ohne genäht werden zu müssen, gut verheilen würde. Vorsichtshalber tupfte er ein wenig antibiotische Salbe auf den Schnitt und legte ein Wattepad unter das große Pflaster, mit dem er sie bedeckte. Dann nahm er eine Amoxicillin-Tablette, um der Gefahr einer Infektion vorzubeugen.

Natürlich war es sein eigener Fehler gewesen, ihr ein Metallstück als Besteck zu hinterlassen. Er hatte sie einfach zu gut behandelt, ihr zu viele Annehmlichkeiten geboten. Aber das würde sich morgen radikal ändern. Sie würde ihr blaues Wunder erleben, wenn sie erkannte, wozu er wirklich fähig war.

Kapitel neunundzwanzig

Silvia hatte bis 9:00 Uhr gewartet, dann hatte sie die Festnetznummer des pensionierten Schmugglers gewählt. Der alte Mann hatte sich sofort an sie erinnert und ihr vorgeschlagen, direkt bei ihm zu Hause vorbeizukommen. Er besaß noch unzählige alte Karten von versteckten Routen des Tramuntana-Gebirges und meinte, er könne ihr sicherlich auch mit dem komplexen Höhlensystem weiterhelfen. Keine halbe Stunde später war Silvia ins Auto gestiegen und Richtung Palmanyola aufgebrochen.

Sie setzte den Blinker und verließ die Landstraße, die die Dörfer Bunyola und Sóller mit Palma verband, um in die beschauliche Ortschaft Palmanyolas abzubiegen. Rund um Palma gab es zahlreiche dieser Ciudades Dormitorio, der sogenannten Schlafstädtchen. Wie der Name schon sagte, handelte es sich hierbei um Ansammlungen frei stehender Eigenheime, deren Einwohner meist den ganzen Tag in der Hauptstadt ihrem beruflichen Alltag nachgingen und nur zum Schlafen in die ruhiger gelegenen Vorstädte fuhren.

Silvia hatte den Reiz, der diese kleinen Ortschaften auf so viele ihrer Landsleute ausübte, nie so recht nachvollziehen können. Ihrer Meinung nach wohnte man entweder in der Stadt mit all dem Verkehr und Trubel, aber mit einem gleichzeitig auch ansprechenderen Freizeitangebot und besseren Einkaufs- und Ausgehmöglichkeiten. Oder aber man wählte ein schönes Dorf mit Charakter, umgeben von Natur, und verzichtete damit auf die Annehmlichkeiten der Großstadt.

Die Ciudades Dormitorio hingegen boten weder den Charme eines Dorflebens noch die Vorteile Palmas.

Aber Silvia war es mehr als gewohnt, dass ihre eigenen Vorstellungen nicht mit denen ihrer Mitmenschen übereinstimmten. Wahrscheinlich war es für viele Familien mit kleinen Kindern, die nicht wollten, dass ihre Sprösslinge zwischen Asphalt und Autos aufwuchsen, und die trotzdem durch ihren Beruf in der Nähe Palmas wohnen mussten, einfach die beste Alternative.

Sie fuhr in die Calle de las Margaritas, wobei sie belustigt feststellte, dass alle Straßen Palmanyolas nach Blumen benannt waren, und hielt vor der Nummer 22, wie Marcelí es ihr am Telefon beschrieben hatte. An einem Dienstagmorgen war es entsprechend ruhig in der Umgebung, und sie hörte nur weit entferntes Hundegebell, als sie aus ihrem Wagen stieg.

Der alte Schmuggler wartete bereits vor dem einstöckigen Häuschen, das von einem kleinen Garten umgeben war, in dem Oleander und rote Geranien wuchsen. Silvia erkannte ihn auf der Stelle wieder. Es war mindestens fünfzehn Jahre her, dass sie den einst besten Freund ihres verstorbenen Großvaters zuletzt gesehen hatte. Aber sofort erinnerte sie sich an den großen Mann mit der Hakennase und der für sein Alter ungewöhnlich vollen Haarpracht.

»Silvia! Wie schön, dich zu sehen«, begrüßte sie Marcelí. »Das ist ja Jahre her ... Ich kann mich noch gut an das kleine, freche Mädchen erinnern, das seine Mutter auf allen Feiern zur Weißglut getrieben hat. Und jetzt bist du eine erwachsene Frau und obendrein noch Comisaria bei der Policía Nacional. Ich habe mich ja noch nie so recht mit den Staatshütern verstanden, aber dein Opa wäre sehr stolz auf dich gewesen. Schade, dass der Gute uns so früh verlassen hat.«

»Bon dia, Marcelí«, unterbrach Silvia seinen Redefluss.

»Ich muss gestehen, dass du mir nicht direkt in den Sinn gekommen bist, als dich mein Vater gestern als Höhlenexperten angepriesen hat. Aber jetzt, da ich dich sehe, kommen doch ein paar Erinnerungen hoch.«

»Ja, ich habe direkt die kleine Silvia wiedererkannt! Und du trägst noch immer deine schönen Haare zu dem hohen Pferdeschwanz.« Marcelí lächelte sie an.

Silvia erwiderte sein Lächeln. »Vielen lieben Dank, dass du dir so schnell Zeit für mich genommen hast. Ich verspreche, mich kurz zu halten und dich nicht mit Fragen zu bombardieren.«

»Ach red keinen Quatsch, Xims Enkelin ist bei uns immer willkommen«, sagte Marcelí. »In meiner Jugend bin ich der Staatsgewalt gern aus dem Weg gegangen, aber als Rentner hat man ja nicht so viel zu tun. Da ist sogar ein Polizeibesuch eine willkommene Abwechslung. Aber komm doch erst mal rein.« Mit einer einladenden Handbewegung bat er Silvia ins Innere des Hauses.

»Es ist noch Kaffee vom Frühstück da. Möchtest du einen?«, fuhr er mit seinem Redeschwall fort. »Magdalena macht einen vorzüglich starken Kaffee. Wir trinken jeden Morgen ein paar Tassen zusammen. Auch wenn der Hausarzt seit Jahren deshalb mit uns schimpft. Er ist der Meinung, dass ein ekeliger Kamillentee für unseren Blutdruck erheblich besser wäre als das ganze Koffein. Aber wir lassen uns unseren morgendlichen Genuss nicht verbieten.« Marcelí lachte herzlich. »Schade nur, dass meine Frau dienstags immer mit dem Bus nach Palma fährt – sie hat ihren festen wöchentlichen Friseurtermin und besucht danach noch eine Cousine, die in der Stadt wohnt. Magdalena hätte sich bestimmt gefreut, dich nach so vielen Jahren zu sehen … Aber genug der Schwätzerei, möchtest du eine Tasse?«

»Nein danke, Marcelí, ich hatte schon zwei Cortados, bevor ich gekommen bin, das reicht mir erst mal«, sagte Silvia.

»Na gut, dann lass uns doch ins Esszimmer gehen. Ich hab da schon ein paar Karten auf dem Tisch für dich ausgelegt.«

Sie ging hinter dem alten Mann den engen Flur entlang, an dessen Wänden zahlreiche kleine Ölgemälde hingen, die Fischerboote, Küsten- und Berglandschaften zeigten. Sie passierten ein gemütliches Wohnzimmer, bevor Marcelí sie in ein altmodisch eingerichtetes Esszimmer lotste.

Silvia staunte nicht schlecht, als sie Landkarten über Landkarten auf dem großen Holztisch erspähte. Die Mehrzahl war von Hand gezeichnet, und man konnte ihnen ihr hohes Alter deutlich ansehen. Etwas überfordert blieb sie vor dem Papierhaufen stehen, aber Marcelí machte sich umgehend an die Arbeit, ihr alles ausführlich zu erklären.

Eine gute Stunde später war Silvia bestens über das Höhlen- und Grottensystem rund um Cala Tuent, Sa Calobra und Puerto de Sóller informiert. Es besaß eine bewegte Geschichte. Während der Franco-Diktatur hatten es die mallorquinischen Schmuggler genutzt, um rare Waren wie Tabak, Schnaps und Zucker auf der Insel illegal in Umlauf zu bringen.

»Wow, ich bin beeindruckt, dass du dich noch an so vieles von früher erinnerst!«, sagte Silvia. »Es ist schon verrückt: Vor fünfzig Jahren wärst du als Schmuggler ins Gefängnis gewandert oder womöglich hingerichtet worden. Und jetzt erweist du dich als eine so wertvolle Quelle in unseren polizeilichen Ermittlungen.«

»Danke, danke, meine Liebe, aber bis jetzt habe ich ja noch zu gar nichts beigetragen. Das Moos, das du erwähnt hast, könnte schon darauf hindeuten, dass man die ermordeten Frauen in einer Grotte oder Höhle gefangen gehalten hat.

Aber wie gesagt, Silvia: Das sind alles Vermutungen. Ich bin kein Experte und war seit Jahrzehnten nicht mehr dort. Euer Täter könnte sich ja auch irgendwo in den Bergen ein Versteck eingerichtet haben. Vielleicht hat sich das Moos nur in den Haaren der Toten verfangen, als er sie über den Waldboden gezogen hat.«

»Du hättest einen ausgezeichneten Ermittler abgegeben, Marcelí. Natürlich wissen wir, dass wir uns bei dieser ganzen Suche auf sehr dünnem Eis bewegen. Aber ehrlich gesagt haben wir leider so wenig in der Hand, dass die Suche in den Bergen unsere erste Anlaufstelle ist. Der Polizeichef sitzt uns im Nacken, da er die Tourismussaison gefährdet sieht. Die Presse macht die Bevölkerung verrückt, und wenn wir nicht bald etwas Brauchbares liefern, droht ein Medienchaos auf der Insel auszubrechen. Daher müssen wir uns an diesen Strohhalm klammern.« Silvia stand auf und strich sich die Hose glatt. »Und ich versichere dir nochmals, dass du mir ungemein geholfen hast, die Arbeit des Suchtrupps effektiver zu koordinieren.«

»Na gut, dann nehme ich den Dank natürlich gerne an.« Marcelí erhob sich ebenfalls. »Aber ich muss dir sagen, dass es mir eine Freude war, mit jemandem, der wirklich zuhört, über all das zu sprechen, was vor Jahrzehnten passiert ist. Magdalena redet nicht so gern über meine damalige Schmugglerei, sie ist sehr religiös, weißt du. Und was meine Söhne, Enkel und Urenkel angeht, die interessieren sich nur für moderne Sachen, nicht für die Vergangenheit. Wer nimmt denn heute noch eine alte Karte oder selbst ein gebundenes Buch zur Hand? Wichtig sind ihnen nur diese Tablets, Videospiele und natürlich die schicken Mobiltelefone. An den Feiertagen streite ich mich immerfort mit meinen Kindern und Enkeln, dass sie ein Vermögen für all diesen Kram ausgeben, der im kommenden Jahr sowieso wieder durch ein moderneres Teil ersetzt wird …« Resigniert hob Marcelí die Hände. »Aber es ist, wie es ist, nicht wahr?«

»Ja, den technologischen Fortschritt kann wohl keiner mehr aufhalten …«, sagte Silvia geistesabwesend. Wie auf Befehl begann das Diensthandy in ihrer Hosentasche zu klingeln. »Wenn man vom Teufel spricht … Entschuldige mich einen Augenblick, Marcelí.«

Sie nahm das Gespräch entgegen, während sie in den Flur ging. »Hallo, Ramón. Gibt es Neuigkeiten?«

»Hallo, Silvia. Ja, eben hat Josep angerufen.«

»Und? Hat er irgendwo im Haus der Lindners oder an dem Ersatzschlüssel fremde Fingerabdrücke feststellen können?«

»Nein, aber damit hatten wir ja gerechnet«, sagte Ramón. »Die gute Neuigkeit – wenn man es denn so nennen kann – ist, dass er ein kurzes dunkelblondes Haar gefunden hat, das eindeutig mit dem aus dem Schlauchboot übereinstimmt.«

»Das heißt, wir können nun wirklich davon ausgehen, dass die Deutsche von dem Mörder der Schwedinnen entführt worden ist«, erwiderte Silvia. »Und dass unser Mann dunkelblond ist.«

»Ja, danach sieht es leider aus. Die Wahrscheinlichkeit, dass sich ein und dieselbe Person sowohl auf dem Schlauchboot als auch im Haus der Lindners aufgehalten hat und es sich hierbei nicht um den Täter handelt, geht damit gegen null.«

»Also gut, dann haben wir jetzt wenigstens Gewissheit. Hat er sonst noch irgendetwas gefunden, was uns weiterhelfen könnte?«

»Nein, der Täter muss Handschuhe getragen haben und auch sonst ziemlich vorsichtig vorgegangen sein.«

»Was ist mit Reifenspuren rund um das Grundstück?«, fragte Silvia.

»Auch da sieht es ziemlich hoffnungslos aus. Fast überall liegt Kies, der es erschwert, Spuren zu finden, und obendrein herrscht auf der Finca ja ein reges Treiben – zahlreiche Fahrzeuge von all den Handwerkern, die tagtäglich auf dem Anwesen herumspazieren …« Ramón seufzte. »Aber erzähl, wie läuft es bei dir? Kann uns der alte Schmuggler irgendwie weiterbringen?«

»In gewisser Weise schon. Ich hatte ja selbst kaum damit gerechnet, dass mein Abstecher nach Palmanyola etwas bringen würde. Aber Marcelí hat ein außerordentliches Gedächtnis und eine umfassende Kenntnis der Serra de Tramuntana. Wir können nun systematischer bei der Suche vorgehen.«

»Verstehe, das hört sich doch ganz gut an«, erwiderte Ramón.

»Ja, und da wir gerade beim Thema sind: Ich glaube, das Beste ist, wenn ich von hier aus direkt weiter in die Berge fahre und mich dort mit dem Suchteam treffe. Dann kann ich ihnen gleich die neuen Informationen überbringen und einen koordinierteren Suchplan mit ihnen ausarbeiten. Was meinst du?«

»Ja, das ist auf jeden Fall besser, als wenn sie planlos in den Bergen herumirren«, sagte Ramón. »Ich hoffe nur, dass wir uns mit unseren Thesen nicht komplett verrennen. Letztendlich sind sie ja doch sehr vage. Brauchst du mich vor Ort?«

»Nein, keine Sorge, du musst bei dieser Hitze nicht auch noch durch die Natur streifen«, erwiderte Silvia.

»Gut, Andreu hat sich nämlich eben auch schon wieder bei mir gemeldet. Er will so schnell wie möglich einen Bericht über den aktuellen Stand auf seinem Schreibtisch sehen. Die Presseleute und die Hoteliers der Insel rücken ihm bestimmt tierisch auf die Pelle.«

»Das Schreiben überlasse ich dir liebend gern. Aber sieh

mal das Gute: Du kannst inzwischen die Klimaanlage in deinem Büro ungestört auf volle Kanne stellen.«

»Haha, sehr witzig«, gab Ramón zurück. »Melde dich, wenn es etwas Neues gibt.«

»Geht klar. Bis später.« Silvia beendete das Gespräch und ging zurück ins Esszimmer, um sich von Marcelí zu verabschieden.

Kapitel dreißig

Hmmm … also die Grotte hier haben wir schon gestern Nachmittag abgesucht und nichts Nennenswertes gefunden. Aber auf dieser Karte sieht es ja so aus, als wären etwas weiter westlich noch zwei weitere, etwas kleinere, von deren Existenz wir gar nicht wussten.« Biel Barceló, der Leiter des Sondereinsatzkommandos, fuhr mit dem Zeigefinger über die Karte, die Silvia vor ihm auf der Motorhaube ihres Dienstwagens ausgebreitet hatte.

»Dann lassen Sie uns doch systematisch vorgehen und erst diese kleineren Höhlen absuchen, bevor wir höher steigen«, sagte Silvia.

Barceló sah sie skeptisch an. »Wenn Sie meinen … Der Plan für heute Nachmittag war eigentlich, uns die anderen Höhlen hier vorzunehmen.« Er deutete auf einen Punkt etwas weiter oben auf der Karte. »Aber wir können die Route natürlich ändern, wenn Sie darauf bestehen.«

»Ja, erst sollten wir uns vergewissern, dass diese Gegend hier abgeklärt ist, bevor wir uns weiter hocharbeiten.«

»Gut, meine Jungs beenden nur noch ihre Mittagspause, und dann machen wir uns direkt auf den Weg.«

»Ich komme mit«, sagte Silvia.

Der Einsatzleiter musterte sie einen Augenblick.

»Wie Sie wollen, Señora Comisaria, aber Ihre Arbeitskleidung hat nicht gerade Bergsteigerqualitäten.« Er deutete auf Silvias Schuhe, die man zwar nicht als Pumps bezeichnen konnte, die aber doch kleine Absätze besaßen.

»Das lassen Sie mal meine Sorge sein. Ich bin es gewohnt, auf diesen Tretern zu laufen. Und außerdem sieht es nicht danach aus, als müssten wir sonderlich kraxeln, um in die Grotten zu gelangen. Mit den Fahrzeugen kommen wir ganz in die Nähe.«

»Na gut, in zehn Minuten geht es los«, sagte Barceló und ging auf die Gruppe Männer zu, die unter einem alten Olivenbaum ihr mitgebrachtes Mittagessen verzehrten.

Deren Anblick rief ein Knurren in Silvias Magen hervor. Erst jetzt bemerkte sie, dass sie den ganzen Tag noch nichts gegessen hatte. Immer wenn sie konzentriert an einem Fall arbeitete, vergaß sie vollkommen, Nahrung zu sich zu nehmen. Aber bevor sie den Marsch antrat, war es sicherlich nicht verkehrt, etwas zu essen. Nicht auszudenken, wenn sie sich die Blöße gäbe, vor der Gruppe Männer umzukippen.

Sie öffnete die Beifahrertür des Opel Astras, und wie erwartet lag im Handschuhfach Ramóns überdimensionale Tüte Quelitas. Ihr Kollege stopfte die salzigen Kekse zu jeder erdenklichen Tageszeit in sich hinein. Kein Wunder, dass seine unzähligen Diätversuche immer aufs Neue fehlschlugen. Aber in diesem Moment war Silvia froh, sich irgendetwas Essbares in den Mund schieben zu können.

Hastig aß sie ein paar Kekse und spülte das trockene Gebäck mit einem Schluck aus der lauwarmen Mineralwasserflasche, die sie hinter dem Fahrersitz fand, hinunter. Dann streifte sie sich ihr Outfit glatt, und ging erhobenen Hauptes auf die Männergruppe zu.

Kapitel einunddreißig

»Chef, hier hängt ein Kleiderfetzen!«, rief einer der Männer in Silvias und Biel Barcelós Richtung.

Eine halbe Stunde hatten sie gebraucht, um zu der ersten Grotte zu gelangen und diese rasch abzusuchen, bevor sie wieder ans Tageslicht traten. Nun befanden sie sich inmitten eines kleinen Pinienwaldes, der keinen richtigen Pfad aufwies, und in dem sich ein Busch an den anderen reihte.

Silvia musste sich eingestehen, dass der Leiter des Sondereinsatzkommandos mit seiner Bemerkung über ihre Schuhe nicht ganz falschgelegen hatte. Aber sie unterdrückte vehement jeglichen Impuls, sich zu beklagen, während sie sich ihren Weg durch das Gestrüpp bahnte.

Als sie den jungen Mann erreichten, sahen sie sofort, was dessen Aufmerksamkeit auf sich gezogen hatte. An einem Busch hing ein handgroßer weißer Fetzen. Ehe Barceló etwas sagen konnte, griff Silvia nach dem Stoffstück. Augenblicklich richteten sich ihre Nackenhaare auf.

Es war eindeutig der gleiche Stoff, aus dem die Nachthemden der toten Schwedinnen bestanden. Entweder es handelte sich um einen gewaltigen Zufall, oder aber eine der entführten Frauen, vielleicht sogar der Täter selbst, war genau an dieser Stelle vorbeigekommen.

»Rufen Sie die Männer dort hinten hierher«, sagte Silvia. »Wir müssen vorsichtig vorangehen. Es kann sein, dass wir uns ganz in der Nähe des Ortes befinden, an dem sich unser Täter aufhält.«

»Was meinen Sie, Señora Fiol?«, fragte Barceló.

»Wie Sie wissen, waren die Leichen der Schwedinnen nur in Leinennachthemden gehüllt. Nun, ich bin mir zu neunzig Prozent sicher, dass das hier genau der Stoff ist, aus dem diese Gewänder angefertigt waren.« Silvia blickte auf den Fetzen in ihrer Hand.

»Das heißt, Sie ziehen in Betracht, dass er die Leichen hierhergetragen hat und das Nachthemd eines der Opfer an dem Busch hängen geblieben ist?«, fragte Barceló, während er einem seiner Männer ein Zeichen gab, den Rest der Gruppe herbeizurufen.

Silvia dachte einen Augenblick nach, bevor sie antwortete. »Nein, das halte ich für unwahrscheinlich. Die Nachthemden der Toten wurden eingehend untersucht. Das Fehlen eines Stoffstücks wäre uns sofort ins Auge gefallen. Außerdem befand sich der Fetzen auf einer Höhe des Gestrüpps, die eher darauf hindeutet, dass die Person aufrecht ging, als sie in dem Busch hängen blieb. Ich muss umgehend die Spurensicherung informieren, sich diese Stelle näher anzusehen. Und wir sollten nicht wie wild alle hier herumtreten. Es kann gut sein, dass wir gerade wichtige Hinweise vernichten.«

Sie entfernten sich ein paar Meter von dem Fundort, und Barceló bat seine Männer, einen Moment zu warten, bevor sie die Suche wieder aufnahmen. Dann wandte er sich erneut an Silvia, die soeben ihr Telefonat mit der Spurensicherung beendet hatte.

»So, jetzt erklären Sie mir bitte, was genau Sie vorhaben und woher dieser Stofffetzen kommen soll, wenn die Toten ein unversehrtes Nachthemd trugen.«

»Ich spiele mit dem Gedanken, dass eine der Frauen vielleicht geflüchtet ist und sich in dem Gebüsch verfangen hat«, sagte Silvia.

»Aber wenn eine es geschafft hätte zu fliehen, dann läge sie ja nun nicht im Leichenschauhaus. Oder meinen Sie vielleicht, dass es die Deutsche sein könnte, die hierhergelaufen ist?«

»Das wäre eine Möglichkeit und durchaus die wünschenswerte. Aber es könnte auch sein, dass einer der Schwedinnen die Flucht gelungen ist und der Mörder sie einholen konnte. Vielleicht hat er ihr ein anderes Nachthemd angezogen, bevor wir sie tot gefunden haben.« Silvia fuhr sich mit den Fingern über ihre Stirnnarbe. »Wie dem auch sei, auf jeden Fall könnte es einen Hinweis darauf geben, dass die Frauen – oder zumindest eine von ihnen – ganz in der Nähe gefangen gehalten wurden. Daher sollten wir umgehend und mit allerhöchster Vorsicht die Grotte ausfindig machen, die sowieso als nächste auf unserem Plan steht.«

»Und was ist mit der Spurensicherung?«, fragte Barceló, der Silvias Ausführungen mit einem mehr als skeptischen Blick gelauscht hatte.

»Die werden mindestens eine Stunde brauchen, bis sie hier sind. Sie wissen ja selbst, wie weit wir hier oben von der Hauptstadt entfernt sind. Ich halte es für das Beste, zwei Ihrer Männer hier zurückzulassen, um auf die Forensiker zu warten. Sie, der Rest der Gruppe und ich nehmen uns die Grotte vor. Der Eingang kann ja nicht mehr weit entfernt sein.«

»Okay, was immer Sie für richtig halten, Señora Comisaria«, sagte Barceló. Silvia konnte seiner Stimme einen gewissen Argwohn entnehmen, den sie jedoch geflissentlich ignorierte. Dies war nun wirklich nicht der Moment für Kompetenzgerangel. Je schneller sie handelten, desto besser.

Sie gingen auf den Rest des Suchteams zu, und Barceló gab Silvias Anweisungen an seine Männer weiter.

Keine zehn Minuten später lichtete sich der Pinienwald. Eine kahlere, nur mit etwas Gestrüpp bewachsene Ebene kam zum Vorschein.

»Also, nach der Karte muss der Einstieg zur Grotte irgendwo hier sein. Sie ist eindeutig auf dieser Lichtung markiert«, sagte Barceló und faltete die Zeichnung Marcelís zusammen.

Mittlerweile war es später Nachmittag, aber die Hitze hatte nur unmerklich nachgelassen. Silvias Bluse war komplett durchschwitzt, und sie war heilfroh, dass Ramón nicht an dieser Aktion teilnahm. Sie wollte sich gar nicht ausmalen, wie ihr Kollege sich im Sekundentakt über die entsetzlichen Temperaturen beschwert hätte. Die Männer des Suchkommandos hingegen hatten kaum einen Mucks von sich gegeben. Es war ihnen anzusehen, dass sie auf solche Einsätze vorbereitet und in guter körperlicher Verfassung waren.

Sie teilten sich in zwei Gruppen zu je drei Personen auf, um nach dem Einstieg zu suchen. Eine halbe Stunde später hatten sie jedoch noch immer nichts gefunden. Silvia schaute angespannt auf ihre Armbanduhr. 17:30 Uhr. Ein paar Stunden hatten sie noch, bevor sie sich mangels Sonnenlichts auf den Rückweg machen mussten.

»Lassen Sie mich noch einmal auf die Karte schauen«, bat sie den Einsatzleiter, der gerade dabei war, sich eine Zigarette anzuzünden.

Barceló griff mit der freien Hand in seine rechte Gesäßtasche und überreichte Silvia die gefaltete Karte.

»Wie ich schon sagte, Señora Comisaria: Auf der Skizze sieht es ganz danach aus, als ob die Grotte sich auf dieser Lichtung befindet, aber an welcher Stelle genau, ist nicht auszumachen.«

Bevor Silvia ihm recht geben konnte, rief einer der Männer der anderen Gruppe sie herbei. Barceló schnippte seine nicht einmal zur Hälfte aufgerauchte Zigarette auf den Boden und trat sie mit der Schuhsohle aus, bevor er hastig auf seinen Kollegen zuging. Silvia warf einen raschen Blick auf die Kippe, um sicherzugehen, dass sie nicht mehr brannte. Dann folgte sie dem Einsatzleiter.

Schnell begriffen sie, was die Aufmerksamkeit des Mannes auf sich gezogen hatte. Sie standen vor einem etwa zwei mal zwei Meter großen Holzbrett, das zum Teil mit Kies und Gras bedeckt war. Wenn man nicht gezielt nach einer Öffnung suchte, fiel es einem zufällig vorbeikommenden Wanderer sicherlich nicht ins Auge. Nun war allen Beteiligten die Anspannung deutlich anzumerken. Die getarnte Holzplatte wies klar darauf hin, dass sich darunter irgendetwas verbarg.

»Die Platte sieht nicht sonderlich schwer oder verankert aus«, sagte einer der Männer. »Sollen wir sie hochheben?«

»Ja, lassen Sie uns sofort überprüfen, ob das der Einstieg zu der gesuchten Grotte ist«, sagte Silvia.

Wie erwartet, ließ sich die Holzplatte leicht entfernen, und ein dunkles Loch kam darunter zum Vorschein. Silvia hielt schlagartig die Luft an, als ihr Blick auf die zusammengerollte Hängeleiter fiel, die an einer Seite der Öffnung befestigt war.

»Sieh mal einer an«, sagte Barceló und kratzte sich am Kopf.

»Okay, alle mal herhören«, sagte Silvia bemüht leise. »Vielleicht stehen wir gerade vor dem Einstieg des gesuchten Verstecks.« Sie fuhr sich mit der Zunge über die trockenen Lippen. »Falls dem so ist, können wir wegen der zusammengerollten Strickleiter davon ausgehen, dass der Entführer sich nicht da unten aufhält. Aber wir müssen trotzdem vorsichtig sein. Zwei von uns werden hier oben bleiben und Wache halten, für den Fall, dass der Täter zurückkehrt. Außerdem muss die Zentrale umgehend informiert werden.«

Barceló nickte nachdenklich. Dann teilte er seine Männer auf.

»Bitte geben Sie mir eine Taschenlampe«, sagte Silvia, während sie ihre Pistole überprüfte. »Ich gehe vor.«

»Wie Sie meinen«, sagte Barceló und überreichte ihr eine kleine Taschenlampe, die Silvia in ihrer Hosentasche verstaute.

»Na, dann mal los!«, sagte sie und ließ die Hängeleiter hinunterfallen.

Kapitel zweiunddreißig

Die Angst hatte Marie fest im Griff, und sie hatte es aufgegeben, dagegen anzukämpfen.

Seitdem sie in dem Verschlag aufgewacht war und die Benebelung der Betäubung langsam von ihr abfiel, hatte eine Panikattacke nach der anderen von ihr Besitz ergriffen. Sie war sich nun sicher, dass sie ihrem Peiniger hilflos ausgeliefert war. Ein zweites Mal würde es ihr bestimmt nicht gelingen, ihn zu überwältigen und aus diesem Loch zu entkommen.

Von nun an würde er mehr als wachsam sein, ihr keinen Millimeter über den Weg trauen, und wer wusste schon, welche Strafe sich sein krankes Hirn für sie ausgeklügelt hatte.

Oder aber – und dieser Gedanke war ihr zunehmend in den Sinn gekommen und hatte ihre panikbedingte Atemnot noch verstärkt – er würde sie direkt töten. Wenn er wirklich der Mörder der Schwedinnen war, dann hatte er mit Sicherheit nicht die geringsten Skrupel, sie einfach zu erwürgen und den Fischen zum Fraß vorzuwerfen.

Marie hatte keine Ahnung, was diesen Verrückten antrieb. Doch was sein bisheriges Verhalten anging – die Verpflegung, das Vorsingen und das Ausbleiben jeglicher Gewalt, zumindest solange sie bei Bewusstsein war –, ließ sie erahnen, dass er irgendeine Art intimer Beziehung zu ihr hatte aufbauen wollen. Nun aber hatte sie sein Vertrauen gänzlich zerstört.

Vielleicht würde er ihr eine zweite Chance einräumen, wenn es ihr gelang, einen freundlichen und unterwürfigen Zugang zu ihm zu finden. Dann blieb ihr die Chance, auf eine

Unachtsamkeit von seiner Seite aus zu warten. Wahrscheinlicher war es jedoch, dass er kurzen Prozess mit ihr machte und ihre Leiche schon bald unter der Erde lag.

Sie war beinahe entkommen, hatte bereits Freiheit geatmet. Obwohl sie keine Schuhe getragen hatte, war sie schnell gewesen und hätte es durchaus schaffen können, ihn abzuhängen. Aber dann hatte ihr das unwegsame Gelände einen Streich gespielt, und sie war gestürzt. Ausgerechnet sie, die jeden Tag ihre Laufeinheiten inmitten dichter Natur absolvierte.

Eine neue Panikattacke rollte über sie hinweg. Mit geschlossenen Augen und keuchendem Atem ließ sie sich auf die Matratze fallen. Wenn sie doch nur ein paar Tabletten zur Hand hätte! Ein, zwei Valium würden ihr durchzudrehen drohendes Gehirn etwas eindämmen und diesen furchtbaren Albtraum ein klein wenig abdämpfen. Aber sie hatte keine Medikamente. Jetzt verfluchte sie ihre eigene Ungeduld darüber, autogenes Training und Atemübungen stets als reine Zeitverschwendung abgestempelt zu haben.

Sie kämpfte mit der Ohnmacht, als sie ganz plötzlich ein Geräusch hinter der Eisentür vernahm. Stimmen. Was hatte das zu bedeuten? War der Irre etwa mit einem Partner zurückgekehrt? Auf diese Idee war sie noch gar nicht gekommen. Hatte er womöglich einen Komplizen?

»Hier ist die Polizei! Ist da jemand hinter der Tür?«

Marie wollte ihren Ohren nicht trauen. Hatte sie diese auf Englisch ausgesprochenen Worte gerade geträumt? War ihr verzweifelter Verstand schon so weit, dass sie Wahnvorstellungen hatte?

Nun wurde heftig gegen die Tür geklopft, und das bildete sie sich eindeutig nicht ein.

»Hallo! Können Sie mich hören?«, fragte die Frauenstimme jetzt noch etwas lauter.

»Ja! Ich bin hier!«, brachte sie endlich mit erstaunlich fester Stimme heraus. »Mein Name ist Marie Lindner, ich wurde entführt und werde hier gefangen gehalten.«

»Frau Lindner, hier ist die Policía Nacional. Wir haben nach Ihnen gesucht. Wir werden so schnell wie möglich die Tür aufbrechen.«

Die Tränen, die Marie so lange hatte zurückhalten können, schossen ihr nun schlagartig in die Augen. Sie gab sich vollkommen der Erleichterung hin, die sie überwältigte.

Kapitel dreiunddreißig

Gerade als er den Fernseher ausschalten wollte, um sich auf den Weg zu machen und der Schlampe ihre gerechte Strafe zu erteilen, sah er das Nachrichten-Banner am unteren Bildschirmrand aufleuchten. Die grellen weißen Buchstaben bohrten sich schmerzhaft wie Nadeln in seinen Kopf.

»Policía Nacional hat Versteck des Schwedinnen-Mörders ausfindig gemacht. Allen Anschein nach befand sich ein weiteres Opfer in der Grotte, in der er die Frauen vor ihrem Tod gefangen hielt. Weitere Meldungen folgen in Kürze.«

Er traute seinen Augen nicht. Wieder und immer wieder las er den über den Bildschirm ziehenden Schriftzug. Wie hatte dies passieren können? Woher wusste die Polizei, in welcher Umgebung sie suchen musste? Die Presse hatte in dieser Hinsicht während der vergangenen Tage nichts verlauten lassen.

Welchen Fehler hatte er begangen? Sosehr er sich auch anstrengte, es kam ihm nichts in den Sinn. Aber es war geschehen, und nun konnte er nur hoffen, dass sie keine Spuren fanden, die auf seine Person hindeuteten.

Er war immer äußerst vorsichtig vorgegangen, hatte Handschuhe und lange Kleidung getragen. Und auch wenn sie ein Haar oder irgendetwas anderes aufspürten, anhand dessen sie seine DNA bestimmen konnten, so bedeutete dies noch lange nicht, dass sie ihn überführten. Nie zuvor in seinem Leben war er straffällig geworden, und seine Identität war in keiner Datenbank vermerkt.

Erschöpft ließ er sich in den großen Sessel vor dem Fernseher fallen. Die Stimmen der Nachrichtensprecher drangen nicht mehr zu ihm durch. Langsam begriff er, was der Fund der Grotte für Auswirkungen auf seine gesamte Existenz hatte. In seinen Gedanken machte sich immer mehr eine einzige Frage breit: Was für einen Sinn hatte es, weiterzumachen? Sein lebenslanger Rückzugsort, der ihm all die schrecklichen Jahre Zuflucht gegeben hatte, war von Polizisten belagert. Nie mehr konnte er zurück in seine geliebte Grotte. Er konnte mit seinem Versuch, die Heilung seiner Insomnie in einer Frau zu finden, nicht fortfahren. Aber wenn Marie, das Ebenbild seiner Fantasie, ihn so hatte hintergehen können, dann war er vielleicht sowieso auf dem falschen Weg gewesen. Er musste einsehen, dass sie alle selbstsüchtige Huren waren und ihn niemals erlösen würden.

Was sollte er tun? Nichts ergab mehr Sinn. Sein wahres Zuhause, die tröstende Grotte, war zerstört, und seine quälenden Schlafstörungen würden ihn ohne die Frauen erneut durch die Hölle schicken. Vielleicht war er in all den Jahren, in denen er verbissen dagegen gekämpft hatte, wie sein Vater zu enden, auf dem falschen Weg gewesen. Vielleicht stellte der selbst gewählte Tod wirklich die wahre Erlösung dar.

Je mehr er darüber nachdachte, desto wohler begann er sich zu fühlen. Er konnte alldem jederzeit ein Ende setzen. Er hatte keinen kleinen Sohn, den er im Stich lassen würde, wie es sein Vater getan hatte. Niemand würde sich verraten fühlen, wenn er den Freitod wählte.

Ein Lächeln zeichnete sich auf seinen Lippen ab. Er war frei! Eine Sache musste er jedoch vorher noch zu Ende bringen. Die deutsche Schlampe durfte nicht ungeschoren davonkommen. Für ihren Verrat an ihm musste sie büßen.

Kapitel vierunddreißig

»Ich kann es nicht fassen! Wo zum Teufel kam der verdammte Reporter auf einmal her?«, stieß Silvia hervor und knallte die Autotür zu.

»Jetzt beruhige dich! Wir können es sowieso nicht mehr ändern«, sagte Ramón, während er den Motor des Opel Astras startete und den Wagen von der Schotterpiste auf die Landstraße manövrierte.

Stunden waren vergangen, seit sie Marie Lindner aus dem in die Grotte eingebauten Verschlag befreit hatten. Die Spurensicherung und etliche Beamte sowohl der Policía Local als auch der Policía Nacional hatten die komplette Umgebung abgesperrt, um nach Hinweisen auf den Täter zu suchen.

Silvia hatte strikte Anweisungen gegeben, vorerst nicht die Presse zu informieren. Sie hoffte auf eine baldige Rückkehr des Mannes zu seinem Versteck. Den Schilderungen des Opfers nach zu urteilen, war es wahrscheinlich, dass er ihr einen weiteren Besuch abstatten wollte. Daher hatte die Kommissarin zahlreiche Polizeikontrollen entlang der Hauptstraße positioniert, von der aus die Schotterpiste abging.

Aber irgendjemand hatte anscheinend seinen Mund nicht halten können, denn nach nur wenigen Stunden hatte der Polizeichef sie angerufen und ihr mitgeteilt, dass in den Fernsehnachrichten bereits über einen gefundenen Tatort spekuliert wurde. Wenig später hatten die Beamten an den Straßenkontrollen alle Hände voll damit zu tun gehabt, Kamerateams und Schaulustige zu verscheuchen.

Und irgendwie hatte dieser Reporter von IB3 es trotzdem geschafft, sich Zutritt zu der abgesperrten Zone zu verschaffen. Die Beamten hatten ihn zwar sofort festgenommen und seine Kamera beschlagnahmt, aber da war es bereits zu spät gewesen. Die Chance, dass sich der Mörder trotz des ganzen Rummels noch blicken ließ, ging gegen null.

Schließlich hatten Silvia und Ramón beschlossen, die Spurensicherung und die örtlichen Beamten am Tatort zurückzulassen und aufs Revier nach Palma zu fahren, um Marie Lindner einer detaillierten Befragung zu unterziehen.

Soeben hatten sie die Bergstraße und etliche Polizeikontrollen hinter sich gelassen und fuhren nun Richtung Tunnel, hinaus aus Sóller. Im Fahrzeug, das ihnen folgte, saßen Marie und Andreas Lindner, eine Psychologin, die ebenso wie Marie Lindners Mann zum Tatort gerufen worden war, um dem Opfer beizustehen, sowie ein uniformierter Beamter der Policía Nacional.

»Es ist zum Verrücktwerden!«, sagte Silvia grimmig »Da finden wir die Deutsche, es geht ihr den Umständen entsprechend gut, und trotzdem haben wir immer noch nicht die leiseste Ahnung, wer hinter der ganzen Sache steckt.«

»Jetzt sieh doch einmal das Gute!«, erwiderte Ramón. »Du hast heute ganze Arbeit geleistet und die Frau höchstwahrscheinlich vor dem Tod bewahrt.«

»Aber dort draußen läuft weiterhin ein Mörder rum!«

»Lass uns erst einmal abwarten, was das Gespräch mit Frau Lindner bringt. Am Tatort stand sie noch ziemlich unter Schock. Vielleicht kann sie sich ja, sobald sie zur Ruhe gekommen ist und sich vollkommen sicher fühlt, doch an etwas erinnern, das zur Identifizierung des Täters beiträgt.«

Am Tatort hatte die kurze Befragung des Opfers leider keine erhofften Erkenntnisse über das Aussehen des Mörders erbracht. Die Deutsche sagte aus, der Mann habe eine Maske getragen. Sie habe ihn weder an seiner Stimme noch an seiner Statur erkannt.

Silvia hoffte, dass ihr Kollege recht behielt und eine umfangreiche Aussage von Marie Lindner sie doch noch auf die richtige Fährte führen würde.

Kapitel fünfunddreißig

Andreas lehnte an der Kopfleiste des breiten Hotelbettes und beobachtete durch die offen stehende Badezimmertür, wie Marie sich die Zähne putzte.

Vor einer halben Stunde hatten die Kommissare sie endlich entlassen, und zwei Beamte, die nun vor ihrem Zimmer Wache hielten, hatten sie in das nahe gelegene Hotel gefahren. Alle Beteiligten waren sich einig gewesen, dass es das Beste für sie war, die Nacht in einem Hotel zu verbringen. Erst am kommenden Tag würden sie zurück auf die Finca fahren. Zwei Polizisten, deren Aufgabe es war, das Haus der Lindners bis zur Überführung des Täters zu überwachen, würden sie begleiten.

Die Freude und Erleichterung, die Andreas in dem Moment verspürt hatte, als Comisaria Fiol ihn am Nachmittag angerufen und ihm mitgeteilt hatte, dass Marie gefunden worden war und es ihr den Umständen entsprechend gut ging, würde er bis an sein Lebensende nicht vergessen.

Ein Beamter hatte ihn wenig später auf der Finca abgeholt und ihn zu dem Tatort gefahren, an dem seine Frau solch furchtbare Tage und Nächte hatte durchstehen müssen. Als er endlich an der abgesperrten Zone ankam, wurde Marie gerade im Krankenwagen einer ersten Untersuchung unterzogen. Überglücklich waren sie sich in die Arme gefallen, und Andreas hatte rasch festgestellt, dass sie körperlich unversehrt war.

Sie hatten kaum Zeit gehabt, mehr als ein paar ungestörte

Worte miteinander zu wechseln. Die Kommissare hatten Marie in Gegenwart einer Psychologin unzählige Fragen gestellt, und sie war im Krankenhaus von Palma gründlich untersucht worden. Glücklicherweise stellte sich heraus, dass ihr Entführer sie nicht sexuell missbraucht hatte. Danach waren sie zum Polizeirevier gefahren, und Marie hatte weitere Fragen beantworten müssen.

In einen flauschigen Bademantel gehüllt kam Marie aus dem Bad und setzte sich zu Andreas auf das Bett. Sofort griff er nach ihrer Hand.

»Du kannst dir einfach nicht vorstellen, wie glücklich ich gerade bin«, sagte er und strich ihr eine Haarsträhne aus dem Gesicht.

Marie atmete tief durch. »Mein Gott, ich steh immer noch unter Schock. Als ich in der Grotte auf einmal die Stimme von Comisaria Fiol gehört habe und sie sagte, dass sie von der Polizei sei, konnte ich im ersten Moment meinen Ohren nicht trauen.« Sie schloss einen Moment lang die Augen. »Andreas, ich glaube, er hätte mich noch in dieser Nacht getötet, wenn die Polizei nicht gekommen wäre.« Sie wischte sich eine Träne aus den Augenwinkeln.

Andreas nahm ihr Gesicht in beide Hände. »Jetzt bist du in Sicherheit, Schatz.« Aber die Tatsache, dass der Täter sich noch auf freiem Fuß befand und Marie ihn nicht hatte identifizieren können, beunruhigte ihn sehr. »Hör mal, vielleicht ist es das Beste, wenn wir vorerst woanders hinziehen. Lass uns für ein paar Wochen nach Hamburg fahren, oder wohin du möchtest. Hauptsache, weit weg von diesem Geisteskranken.«

Marie nahm sanft seine Hände von ihren Wangen und sah ihn eindringlich an. »Nein, ich werde nicht schon wieder vor einem Albtraum davonlaufen. Wir haben hier begonnen, uns etwas Neues aufzubauen. Er hat schon genug angerichtet, aber er wird nicht auch noch unser Projekt zerstören. Wir müssen auf der Finca weitermachen, Andreas. Die Bauarbeiten laufen in vollem Gang, und es wäre eine Niederlage, jetzt einfach alles abzubrechen.« Sie begann sich mit einer Hand den Nacken zu massieren. »Außerdem will ich hier sein und der Polizei helfen, das Arschloch schnellstmöglich zu finden.«

Wieder einmal bewunderte Andreas ihre Stärke und Willenskraft. »Schatz, auch wenn ich es nicht für die beste Lösung halte, werden wir es so machen, wie du es möchtest.«

»Ist meine Ersatzpistole noch zu Hause? Oder haben die Polizisten sie mitgenommen, als sie das Haus durchsucht haben?«, fragte Marie.

»Ich habe ihnen nichts von deiner alten Glock gesagt. Die lag ja sowieso nur in einem Karton mit zig Krimkrams in der Abstellkammer. Dort haben sie gar nicht nachgesehen, und ich dachte, es wäre besser, eine Pistole zu Hause zu haben. Sie liegt geladen in der Nachttischschublade in unserem Schlafzimmer.«

»Ich werde sie bei mir tragen, bis der Verrückte endlich geschnappt ist«, sagte Marie mit fester Stimme.

»Ja, das beruhigt mich etwas. Ich glaube zwar kaum, dass er dir erneut nahe kommen wird, aber sicher ist sicher.« Er zog sie zu sich und küsste sie auf den Mund. Bilder von ihm und Sandra kreuzten durch seinen Kopf, und prompt überfiel ihn erneut das schlechte Gewissen. Krampfhaft versuchte er, die lästigen Schuldgefühle beiseitezuschieben, und umarmte Marie noch etwas fester.

Einige Minuten saßen sie einfach so da, ohne dass einer etwas sagte. Dann löste Marie sich aus der Umarmung und schaute ihn an.

»Wie geht es Bob? Hattest du Tomeu Bescheid gesagt, dass wir über Nacht in Palma bleiben?«

»Ja, ich habe ihn vorhin vom Revier aus angerufen und ihn gebeten, Bob über Nacht bei sich zu behalten.«

Als die Polizei Andreas abgeholt hatte, um ihn zur Grotte zu bringen, hatte er den Bauleiter gebeten, sich während seiner Abwesenheit um den Hund zu kümmern.

»Ich freue mich so darauf, ihn morgen endlich wiederzusehen. Ich hatte solche Angst, dass der Irre ihn womöglich vergiftet hätte.«

»Bob geht es blendend. Und ich bin mir sicher, er wird vor Freude außer sich sein, wenn er dich morgen sieht.« Andreas lächelte sie an. »Komm, lass uns versuchen ein paar Stunden zu schlafen. Das wird dir guttun.«

»Ja, wir sollten es wenigstens versuchen.« Sie zog den Bademantel aus und legte sich dicht neben ihn. »Du siehst noch müder und erschöpfter aus als ich selbst.«

Er legte den Arm um sie und küsste ihren Haaransatz. Dann löschte er mit der freien Hand das Licht.

Kapitel sechsunddreißig

Silvia legte entmutigt den Hörer auf die Gabel. Es war eine kurze Nacht gewesen, und seit dem frühen Morgen waren Ramón und sie schon wieder auf den Beinen. Ihr Kollege war vor ein paar Stunden erneut Richtung Sóller gefahren, wo die Spurensicherung das gesamte Gelände rund um die Grotte herum absuchte.

Wie erwartet, hatten sie Fingerabdrücke und Haare sowohl von Charlotte Danielsson als auch von Anna Alvarsson in dem Verschlag vorgefunden. Somit konnten sie nun mit Sicherheit bestätigen, dass es sich bei dem Mann, der Marie Linder gekidnappt hatte, um den Schwedinnen-Mörder handelte. Gott sei Dank sahen sie sich nicht mit zwei verschiedenen Tätern konfrontiert.

Überdies waren in der Grotte vereinzelte kurze dunkelblonde Haare entdeckt worden, die mit denen im Schlauchboot und in dem Haus der Lindners übereinstimmten. Da die DNA jedoch nicht in ihrer Datenbank aufzufinden war, brachte sie dies auch nicht viel weiter.

Für den Nachmittag hatten sie eine Speichelprobe aller Handwerker, die auf der Finca der Lindners tätig waren, angeordnet. Dies hatten Ramón und sie schon am gestrigen Tag vorgehabt, aber dann waren ihnen die Befreiung der Deutschen und das darauffolgende Chaos mit der Presse dazwischengekommen.

Silvia schaute auf ihre Aufgabenliste. Als Nächstes stand an, Frederick Danielsson anzurufen. Soeben hatte sie ein relativ erfolgloses Telefonat mit Olaf Alvarsson beendet. Nun war der Witwer der ersten Toten an der Reihe. Zwar versprach sie sich auch von diesem Gespräch nicht viel, aber sie musste vorankommen.

Beide Witwer hatten schon am gestrigen Abend auf dem Revier angerufen, nachdem die Nachricht über den Fund der Grotte und die Befreiung Marie Lindners auf allen Fernsehkanälen gesendet worden war. Silvia und Ramón hatten keine Zeit für ein Telefonat gehabt, und Maria Antonia hatte den Männern ausgerichtet, dass die Kommissare sich am nächsten Tag bei ihnen melden würden.

Das Detail mit dem Vorsingen, das Marie ihnen gestern Nacht ausführlich geschildert hatte, ging Silvia einfach nicht mehr aus dem Kopf. Es war das Merkwürdigste, was Ramón und sie in ihrer gesamten Laufbahn gehört hatten. Da entführte ein Serienkiller seine Opfer, und nicht nur, dass er sie anscheinend recht gut verpflegte, obendrein schien sein größtes Anliegen darin zu bestehen, dass ihm seine Opfer ein schwedisches Lied vorsangen. Dabei trug er eine Vollkopfmaske mit dem Gesicht eines Kindes. Was sollte das? Dieses Verhalten ergab für sie einfach keinen Sinn.

Olaf Alvarsson hatte ziemlich irritiert reagiert, als Silvia ihn vor wenigen Augenblicken gefragt hatte, ob ihm irgendein spezieller Zusammenhang zwischen seiner verstorbenen Frau und dem schwedischen Kinderlied einfiele. Er hatte ihre Frage verneint und gesagt, dass sie ihrem Sohn nur sehr selten etwas vorgesungen hatten. Wenn es vorgekommen war, dann war meist er derjenige gewesen, der dies getan hatte, und nicht seine verstorbene Frau.

Je schneller sie das Gespräch mit Charlotte Danielssons Witwer hinter sich brachte, desto eher konnte sie sich anderem widmen. Sie atmete tief durch und wählte die schwedische Nummer.

»Danielsson.«

»Herr Danielsson, hier spricht Comisaria Silvia Fiol.«

»Señora Fiol.« Seine Stimme klang aufgeregt. »Ich habe in den Nachrichten gesehen, dass Sie das Versteck gefunden haben, in dem meine Frau gefangen gehalten wurde! Aber Sie konnten den Täter nicht fassen?«

»Ja, Herr Danielsson, wir haben den Tatort sichergestellt und die Frau, die er zu dem Zeitpunkt gefangen hielt, befreien können. Aber leider war der Täter nicht an Ort und Stelle.« Silvia räusperte sich. »Hören Sie, ich möchte Sie eine Sache in Bezug auf Charlotte fragen.«

»Ja, natürlich.«

»Kommt Ihnen irgendetwas bei dem Begriff ›schwedisches Kinderlied‹ im Zusammenhang mit Ihrer Frau in den Sinn?«

»Kinderlied?«

»Ja. Moment, ich spiele Ihnen die ungefähre Melodie vor«, sagte Silvia. Sie legte den Lautsprecher ihres Handys, auf das Marie Lindner am Vorabend mehr schlecht als recht ein paar Strophen des Liedes gesungen hatte, an die Telefonmuschel.

Keine fünf Sekunden später schrie Frederick Danielsson in den Hörer. »Comisaria Fiol! Ja, ich erkenne es! Meine Frau hat unserem kleinen Sohn jeden Mittag und jeden Abend vorm Schlafengehen dieses Lied vorgesungen. Aber wieso in aller Welt wollen Sie das wissen?«

»Es ist so, dass …«

»Moment, mir ist gerade etwas eingefallen! Oh, mein Gott!«, unterbrach sie Frederick Danielsson.

Silvias Puls beschleunigte sich. »Was ist Ihnen eingefallen, Herr Danielsson?«

»Es war am ersten oder zweiten Tag, an dem wir auf Mallorca waren. Ich lag am Pool, und meine Frau brachte Jan ins Bett, weil es Zeit für seinen Mittagsschlaf war. Wie immer sang sie ihm dieses Lied vor, und man konnte ihre Stimme gut durch die offenen Fenster hören. Jetzt erinnere ich mich, wie merkwürdig diese Angelegenheit im Nachhinein ist, aber in dem Moment habe ich mir gar nichts dabei gedacht und weiter in meinem Buch gelesen.«

»Welche Angelegenheit, Herr Danielsson?«, fragte Silvia. Sie hatte Mühe, ihre Ungeduld zu verbergen.

»Im Garten des Hauses, das an unseres grenzte, war ein Gärtner gerade dabei, die Pflanzen zu gießen. Aber als er die Stimme meiner Frau hörte, hat er abrupt innegehalten. Erst hat er wie paralysiert gewirkt, aber dann hat er mit erhobenem Kopf und geschlossenen Augen der Melodie gelauscht. Es wirkte irgendwie lustig, und ich habe ihn ein paar Momente lang beobachtet, aber dann ist er einen Schritt vorgetreten, und seine Gestalt wurde von der Hecke verborgen, die die beiden Häuser trennt.« Er holte tief Luft. »Denken Sie, dass er etwas mit dem Verschwinden und dem Tod meiner Frau zu tun hat?«

Silvia durchfuhr ein Adrenalinschub. Sie vermied es jedoch, auf die Frage des Witwers einzugehen. »Herr Danielsson, es ist äußerst wichtig, dass Sie versuchen, sich an diesen Gärtner zu erinnern. Wie hat er ausgesehen?«

»Okay, lassen Sie mich kurz nachdenken … Also, er hatte eine Uniform an, ich glaube dunkelgrün …«

»Welche Haar- und Augenfarbe hatte er?«, unterbrach sie ihn. »War er eher groß oder klein, kräftig oder schlaksig?«

»Er war blond … na ja, nicht so blond wie meine Frau, aber für einen Spanier doch recht hell, ich würde sagen, dunkelblond. Was seine Augenfarbe angeht, habe ich keine Ahnung, aber die hätte ich sowieso nicht erkannt, dafür war er dann doch zu weit entfernt. Er war normal groß, also für einen Mallorquiner eher groß, über eins achtzig würde ich schätzen. Und bezüglich seines Körperbaus kann ich Ihnen leider nicht weiterhelfen. Wie gesagt trug er eine Uniform, aber dick war er definitiv nicht.«

»Fällt Ihnen sonst noch etwas ein? Haben Sie ihn in den folgenden Tagen wiedergesehen? Ist er Ihnen irgendwo anders über den Weg gelaufen, irgendwo außerhalb des Ferienhauses?«

»Nein, ich kann mich nicht erinnern, ihm nach dieser Sache je wieder begegnet zu sein, weder im Garten des Nachbarhauses noch sonst irgendwo. Wahrscheinlich habe ich die Angelegenheit auch deshalb relativ schnell wieder vergessen. Aber können Sie mir jetzt bitte erklären, was genau es mit dem Kinderlied auf sich hat?«

Silvia fasste Maries Schilderungen in wenigen Sätzen zusammen.

»Oh, mein Gott, dann könnte dieser merkwürdige Gärtner ja wirklich hinter allem stecken. Und ich habe sein sonderbares Verhalten auch noch lustig gefunden, ohne mir weiter etwas dabei zu denken! Wenn ich doch nur etwas unternommen hätte!«

»Herr Danielsson, machen Sie sich bitte keine Vorwürfe«, erwiderte Silvia. »Niemand hätte sich über dieses Verhalten irgendwelche beunruhigenden Gedanken gemacht. Es tut mir leid, aber ich muss das Gespräch jetzt beenden. Wir müssen diesen Gärtner schnellstmöglich ausfindig machen. Haben Sie besten Dank für Ihr Bemühen, Sie haben uns sehr weitergeholfen. Ich melde mich bei Ihnen, sobald mir neue Erkenntnisse vorliegen.«

Sie beendete das Telefonat. Hastig blätterte sie durch den Ordner, in dem Maria Antonia fein säuberlich alle Unterlagen zum Fall Charlotte Danielsson abgeheftet hatte. Ein Glück, dass wenigstens ihre Sekretärin über einen ausgeprägten Ordnungssinn verfügte. Ohne sie wären Ramón und Silvia wohl mehr als einmal in ihrem Papierchaos versunken.

Wenige Augenblicke später fand sie, was sie suchte: die Anschrift des Ferienhauses, in dem Familie Danielsson während ihres Mallorca-Aufenthaltes gewohnt hatte. Sie gab den Straßennamen in das Computerprogramm ein und notierte sich den Namen und die Telefonnummer des Mannes, dem das von Frederick Danielsson erwähnte Nachbarhaus gehörte. Dann griff sie erneut nach dem Hörer, um sich bei diesem Herrn Estarelles nach dessen Gärtner zu erkundigen.

Wie die meisten Sollerics war Herr Estarelles nicht sehr gesprächig. In knappen Sätzen teilte er Silvia mit, dass sich eine Firma namens »Tot Llest« um die Reinigung und Instandhaltung seines Ferienhauses kümmere und er keine Ahnung habe, welches Reinigungspersonal oder welcher Gärtner sich wann auf dem Anwesen aufhielt. Aber er konnte Silvia wenigstens die Nummer einer Kontaktperson namens Aurora Oliver geben.

Die junge Frau meldete sich nach dem ersten Klingelton und bat Silvia um einem Moment Geduld, da sie in ihrem Terminkalender nachschlagen musste, welcher Gärtner sich in der von der Kommissarin genannten Woche um das Anwesen von Herrn Estarelles gekümmert hatte.

»Ah ja, hier ist es. Bernat Vives Lindström war in besagter Woche am Dienstag von 14 bis 17 Uhr bei Herrn Estarelles tätig.«

»Lindström? Können Sie den zweiten Nachnamen bitte buchstabieren, Frau Oliver?«

»L-I-N-D-S-T-R-O-M … Ah, auf dem O sind diese zwei komischen Punkte, die oft in den nordeuropäischen Sprachen benutzt werden.«

»Danke. Kennen Sie den Mann persönlich?«

»Ich habe ihn ein paarmal kurz bei Rundgängen gesehen, ein eher stiller Typ, aber unsere Kunden sind immer äußerst zufrieden mit seiner Arbeit.«

»Ist er Schwede?«

»Nein, soweit ich weiß, ist er Solleric. Mit mir hat er auf jeden Fall akzentfreies Mallorquí gesprochen.«

»Ist er zurzeit auf einem Anwesen beschäftigt, das Ihr Unternehmen betreut?«, fragte Silvia.

»Einen Moment ... Also bis nächste Woche steht er nicht auf meinem Plan, das wäre dann am kommenden Montag bei der Familie Seguí. Soweit mir bekannt ist, arbeitet Bernat allerdings auch freiberuflich und direkt für Privatpersonen. Aber, wo er gerade ist, kann ich Ihnen leider nicht sagen, ich kenne ihn ja kaum.«

»Okay, vielen Dank für Ihre Hilfe, Frau Oliver. Wir melden uns noch einmal, falls wir weitere Fragen haben. Auf Wiederhören.«

Sie hatten endlich einen Namen! Mit fliegenden Fingern gab Silvia »Lindström« bei Google ein. Sofort sah sie, dass ihre Vermutung, dass es sich um einen schwedischen Nachnamen handelte, zutraf. Was zum Teufel hatte das alles zu bedeuten? Sie gab den vollständigen Namen ins Polizeiregister, aber außer dem Geburtsdatum und der Anschrift des Sollerics war nichts weiter vermerkt.

Zum gefühlt zwanzigsten Mal an diesem Tag griff sie nach dem Telefonhörer. Nun, um Marie Lindner anzurufen. Sie ließ es ein Dutzend Mal klingeln, aber die Deutsche nahm nicht ab. Silvia wählte Andreas Lindners Handynummer.

»Lindner.«

»Hola, Herr Lindner. Hören Sie, es ist wichtig: Arbeitet ein Mann namens Bernat Vives Lindström bei Ihnen auf der Finca als Gärtner?«

»Also, der Nachname sagt mir jetzt gerade nichts, aber ja, einer der Männer, der sich um das Grundstück kümmert, heißt Bernat. Er …«

»Ist er im Moment auf der Finca?«, unterbrach Silvia den Deutschen.

»Ich habe ihn vor ein paar Stunden gesehen, jetzt gerade bin ich aber kurz im Haupthaus …«

»Wo ist Ihre Frau? Ich habe versucht, sie zu erreichen.«

»Sie ist im Häuschen. Ich war bis vor zehn Minuten bei ihr. Und gehe auch sofort zurück, ich musste nur kurz etwas in einem der Gästezimmer überprüfen …«

»Herr Lindner, gehen Sie umgehend zu Ihrer Frau und verriegeln Sie alle Türen und Fenster. Ich rufe sofort meine Kollegen, die bei Ihnen Wache halten an, damit sie nach dem Gärtner suchen. Ich kann es nicht mit Sicherheit sagen, aber es könnte sein, dass Bernat Vives Lindström unser Mann ist«, sagte Silvia.

»Was? Der schüchterne junge Typ, der seine Arbeit immer so gewissenhaft erledigt, soll meine Frau entführt haben? Also ich weiß …«

»Herr Lindner, ich meine es ernst!«, sagte Silvia eindringlich. »Tun Sie sofort, was ich gesagt habe. Ich bin schon auf dem Weg zu Ihnen.«

Sie legte auf, schnappte sich ihr Handy und stürzte aus dem Büro. Während sie die Treppe hinunterrannte, telefonierte sie mit den Beamten auf der Finca. Auf dem Weg zu ihrem Wagen unterrichtete sie Ramón und bat ihn, so schnell wie möglich auf das Anwesen der Lindners zu kommen.

Kapitel siebenunddreißig

Marie zündete sich eine zweite Zigarette mit dem Rest der ersten an und nahm einen tiefen Zug. Sie war angespannter und beunruhigter, als sie es nach außen hin zur Schau trug.

Aber sie hatte ja auch allen Grund zur Nervosität. Sie war erst gestern aus den Fängen eines Serienkillers befreit worden. Zu allem Überfluss lief dieser Wahnsinnige auch noch auf freiem Fuß irgendwo hier in der Gegend herum, und niemand schien eine rechte Ahnung zu haben, um wen es sich handeln könnte.

Nachdenklich schaute sie dem Rauch der Zigarette nach und ließ sich noch etwas tiefer in den Terrassenstuhl sinken. Sie spürte Bobs warmes Fell an ihren Füßen. Der Hund war ihr nicht von der Seite gewichen, seit sie am Morgen auf der Finca angekommen waren. Nun lag er ausgestreckt unter dem Steintisch und schnarchte leise.

Zum Glück hatten Andreas und sie in der vergangenen Nacht ein paar Stunden schlafen können. Trotz ihres tief sitzenden Schocks war sie todmüde gewesen und rasch in Andreas' Armen eingeschlafen. Die lange Befragung der Kommissare hatte sie vollkommen erschöpft. Aber ihr war bewusst gewesen, wie wichtig ihre umgehende Aussage war. Je mehr Zeit verstrich, desto weniger würde sie sich an Details erinnern, die den Ermittlern vielleicht weiterhelfen konnten.

Comisaria Fiol war ihr vom ersten Moment an sympathisch gewesen. Die kleine, dunkelhaarige Polizistin strotzte nur so vor Energie und Tatendrang. Marie wusste, dass sie dem Fall oberste Priorität zuschrieb und nicht aufgeben würde, bis der Täter gefasst war. Sie hoffte nur, dass dies schnell passierte und sie nicht wochen- oder sogar monatelang in Angst leben musste.

Bobs ruckartige Bewegung und sein darauffolgendes lautes Knurren ließen sie plötzlich erstarren. Sie drehte den Kopf zur Seite und konnte ihren Augen nicht trauen. Die halb aufgerauchte Zigarette fiel ihr aus der Hand. *Er* stand keine zwei Meter von ihr entfernt und zielte mit ihrer eigenen Walther auf sie. Nun erkannte Marie ihn. Sie konnte es kaum glauben. Es war Bernat, der junge Gärtner, dessen Anwesenheit kaum je einer wahrnahm. Nur ein- oder zweimal hatte sie ein paar Worte in gebrochenem Spanisch mit ihm gewechselt. Bernat hatte sich stets an Andreas gewandt, wenn er ihnen etwas mitteilen wollte.

»Du dachtest wohl, du würdest mich nie wiedersehen. Aber für das, was du mir angetan hast, darfst du nicht ungestraft davonkommen.« Er starrte sie wie hypnotisiert an. Sein Blick war so auf sie fixiert, dass er die Glock, die vor Marie auf dem Terrassentisch lag, gar nicht bemerkte.

Bob knurrte jetzt noch lauter. Marie packte ihn am Halsband.

»Ja, halte mir bloß den Köter vom Leib. Zwinge mich nicht, ihn zu erschießen. Der Hund hat mir nichts getan. Ganz im Gegensatz zu dir.« Der blanke Wahnsinn blitzte in seinen Augen auf. »Du dreckige Hure hast mich verraten, bist vor mir weggerannt, genau wie Elin.«

Angestrengt dachte Marie nach, was sie tun sollte. Nach der Glock zu greifen war aus ihrer Position zu gefährlich. Seine Pistole war direkt auf sie gerichtet. Sie musste versuchen, ihn am Reden zu halten. In wenigen Minuten würden bestimmt die Polizisten wieder auf ihrem Rundgang vorbeikommen.

Ihre Gedanken überschlugen sich. Was hatte er eben gesagt? Er hatte einen Namen genannt, den sie zu keinem Zeitpunkt im Zusammenhang mit dem Fall gehört hatte. Die ermordeten Schwedinnen hießen Charlotte und Anna. Aber er hatte gerade »Elin« gesagt.

»Wer ist Elin?«, fragte sie mit erstickter Stimme.

»Das ist die Hure, die alles zerstört hat. Alles!« Sein Blick wurde noch wütender. »Wir waren eine so glückliche Familie.« Unversehens mischte sich Trauer in Bernats Stimme. »Elin war meine Mama. Mein Papa und ich haben sie abgöttisch geliebt. Sie kam aus Schweden und war Künstlerin. Sie fehlt mir so sehr …« Marie erkannte, dass seine Augen feucht wurden. »Ein paarmal nahm sie mich auf einen ihrer Ausflüge mit, und ich durfte zusehen, wie sie die Landschaft malte … Aber das Schönste an ihr war ihre Stimme. Sie hörte sich an wie ein Engel. Abends zog sie immer das weiße Nachthemd an und sang mir manchmal stundenlang vor. Wir hatten kaum Geld, aber das war egal, wir waren glücklich. Das dachte ich jedenfalls …« Die Trauer verflog aus seiner Stimme, und seine Augen wurden wieder zornig. »Sie verließ uns einfach. An einem Frühlingstag, ich war gerade zehn Jahre alt geworden. Sie hinterließ nur einen beschissenen Zettel, auf dem stand, dass sie sich selbst verwirklichen musste und ihr dieses Leben nicht reichte.« Weiterhin zielte er mit der Pistole direkt auf Maries Brust. In keinem Moment wich sein Blick von ihr. »Am Abend noch hatte sie mich mit meinem Lieblings-Gutenachtlied in den Schlaf gesungen, und am nächsten Morgen war sie verschwunden. Ich habe sie nie wiedergesehen.«

Im Inneren des Hauses begann Maries Handy zu klingeln. Aber auch das brachte ihn nicht dazu, sich umzudrehen und Marie die Chance zu geben, ihn mit der Glock niederzuschießen. Wenn es Andreas oder die Polizei war, die sie zu erreichen versuchten, dann würde es sie sicherlich beunruhigen, dass Marie nicht abnahm, und sie würden bald im Haus oder im Garten nachsehen. Sie musste Zeit gewinnen.

»Das tut mir sehr leid, Bernat, wirklich.« Sie befeuchtete mit der Zunge ihre staubtrockenen Lippen. »Erzähl mir mehr von Elin. Wie sah sie aus?«

»Wie sie aussah?«, schrie er sie an.

Marie erschrak. Das war definitiv nicht die richtige Frage gewesen. Aber glücklicherweise sprach er schon weiter.

»Gottverdammt, sie hat genauso wie du ausgesehen!« Schweiß lief ihm über die Schläfen. »Ich wollte ja eigentlich nur eine Schwedin, die mir jeden Abend mein geliebtes Lied vorsingt. Sie sollte mich endlich von den schrecklichen Schlafstörungen befreien, die ich seit Mamas Verschwinden Nacht für Nacht durchleide.« Er schwitzte jetzt so sehr, dass kleine Tropfen von seinem Gesicht auf den Steinboden tropften. Aber er war so gefangen in seiner Wut, dass er es gar nicht bemerkte. »Als ich Charlotte an einem Nachmittag *mein* Lied in einem Ferienhaus singen hörte, kamen mit einem Schlag alle Erinnerungen zurück. Ich begriff, dass ich diese Frau haben musste.«

Bob knurrte weiterhin, aber Marie hielt ihn fest am Halsband.

»Aber dann entpuppte sich Charlotte als eine hysterische Schlampe. Schon bald konnte ich ihr Gekreische und ihre ewigen Beschimpfungen nicht mehr ertragen.«

»Und Anna?«, brachte Marie mühsam heraus.

»Ja, Anna! Ich brauchte einfach eine andere Schwedin und habe mir die erstbeste genommen. Glücklicherweise wimmelt es ja in den Ferienhäusern hier nur so von schwedischen Familien.« Ein kurzes Lächeln huschte über seine Lippen. »Anna war toll, eine sehr liebe … Aber dann musstest du mir ja über den Weg laufen.« Erneut war sein Gesicht von Hass erfüllt. »Du könntest Elins Zwillingsschwester sein, so ähnlich siehst du ihr. Und ich war so blind und habe mich von diesem Trugbild blenden lassen.« Seine Augen funkelten vor blankem Abscheu. »Du hast mein Leben zerstört. Ich hätte alles für dich getan, und du bist von mir davongelaufen, genau wie damals erst Mama und dann Papa. Dafür wirst du bezahlen. Du wirst sterben, und ich werde dir folgen. Dann kann ich endlich für immer friedlich schlafen.«

Er kam noch ein wenig näher auf sie zu.

»Bernat, warte!«, stieß Marie, die ihre Angst kaum mehr zügeln konnte, hervor. Ihre Gedanken rasten. Sie musste irgendwie erneut Trauer in ihm auslösen. »Hast du jemals versucht, Elin wiederzufinden?«

Bernat stutzte einen Augenblick lang. Da hörte sie plötzlich, wie die Haustür zugeschlagen wurde.

»Marie! Wo bist du?«, schrie Andreas aus dem Flur.

Im selben Moment erschienen die zwei bewaffneten Polizisten an der Gartenmauer.

Bernat drehte sich kurz in Richtung der Terrassentür, um einen Blick ins Innere des Hauses zu werfen. Marie nutzte die Sekunde seiner Unaufmerksamkeit und ließ Bob los. Gleichzeitig griff sie nach ihrer Glock und schoss. Das Projektil traf Bernats rechten Oberschenkel. Der junge Mann sah sie vollkommen entgeistert an. Die Walther fiel aus seiner Hand und landete zu Maries Füßen. Dann brach er mit einem lauten Schrei zusammen. Bob, den der Schreck über den ohrenbetäubend lauten Schuss an seinem Platz gehalten hatte, stürzte sich nun wie wild auf ihn und verbiss sich in Bernats linken Arm. Marie rief ihren Hund nicht sofort zurück. Ein paar Schmerzen durfte er diesem Verrückten ruhig zufügen.

»Und dies ist Ihr Zimmer«, sagte Marie und öffnete die dunkle Holztür.

»Wow, das sieht ja toll aus! Und so viel Licht!«, sagte Julianne Winkler.

»Ja, und Sie weihen es sozusagen ein.«

»Wir Glückspilze. Wie viele Gäste sind denn zurzeit im Haus?«

»Wir haben gestern erst eröffnet. Außer Ihnen ist noch ein amerikanisches und ein deutsches Paar da. Und ab nächstem Donnerstag sind wir über die gesamten Osterferien komplett belegt.«

»Na, das nenne ich ja einen guten Auftakt«, sagte Gerald Winkler.

»Ja, wir können uns nicht beklagen«, sagte Marie. »Dann lasse ich Sie mal in Ruhe auspacken. Bitte melden Sie sich, wenn Sie irgendetwas brauchen. Unten an der Rezeption ist immer jemand.«

»Vielen Dank, Frau Lindner«, erwiderte Juliane Winkler. »Ich bin mir sicher, wir werden eine wunderbare Woche in dieser großartigen Umgebung verbringen.«

Marie verließ das Zimmer und ging die Treppe zur Eingangshalle hinunter. Andreas stand hinter dem Rezeptionstresen und war in einen Stapel Rechnungen vertieft. Bob lag neben ihm auf dem Fliesenboden und hob den Kopf, als er sein Frauchen erblickte.

»Ich brauch unbedingt noch einen Kaffee«, sagte Marie. »Soll ich dir auch einen machen, Schatz?«

»Ja, gerne«, sagte Andreas, ohne von den Papieren aufzublicken.

Marie ging in die große Küche des Haupthauses und schaltete die Espressomaschine ein.

Andreas und sie hatten einige sehr stressige Wochen hinter sich. Unzählige Arbeiten waren bis wenige Tage vor dem Eröffnungstermin noch nicht erledigt worden, und alles hatte unter Hochdruck fertiggestellt werden müssen.

Aber nun war es geschafft, und so weit lief alles den Umständen entsprechend gut. Sie selbst sah sich noch nicht recht in der Rolle der gut gelaunten Gastgeberin. Immer noch kreisten ihr ab und an wehmütige Erinnerungen an ihren früheren Beruf durch den Kopf. Ihre Gesamtverfassung aber hatte sich deutlich gebessert. Sie fühlte sich wohl in ihrer neuen Heimat, und langsam fielen die grausamen Erinnerungen des vergangenen Sommers von ihr ab.

Während der Gerichtsverhandlung hatte Bernat unentwegt versucht, mit seiner traurigen Lebensgeschichte ein mildes Urteil bei den Geschworenen zu erzielen. Glücklicherweise hatten sich die neun Männer und Frauen nicht von seinen Tränen beeinflussen lassen und verurteilten ihn zu fünfundzwanzig Jahren Haft. Nur eine Woche später jedoch hatte Bernat sich das Leben auf die gleiche Weise wie sein Vater genommen. Die Gefängniswärter fanden ihn erhängt in seiner Zelle.

Der Medienrummel um den Fall beherrschte nicht nur die mallorquinische, sondern auch die gesamte europäische Presse während der Sommermonate. Ständig zeigten die Fernsehsender Reportagen, und die Zeitungen veröffentlichten reißerische Artikel. Dutzende Male wurde Marie angerufen und um Interviews gebeten, die sie vehement ablehnte. Sie wollte die schrecklichen Geschehnisse so schnell wie möglich vergessen. Zum Glück nahmen die Arbeiten auf dem Anwesen sie so in Anspruch, dass sie kaum Zeit fand, ihren finsteren

Gedanken nachzuhängen. Außerdem begann sie eine Therapie bei einem hervorragenden Psychologen in Palma, der ihr half, all ihre traumatischen Erlebnisse Stück für Stück zu verarbeiten. Es war auch seiner Hilfe zu verdanken, dass Marie sich Andreas endlich wieder hatte körperlich annähern können. Zwar war es ein langer, steiniger Weg, aber sie sah mit Zuversicht in die Zukunft.

Das Handy in ihrer Gesäßtasche begann zu vibrieren, als sie gerade dabei war, zwei Tassen unter die Espressomaschine zu stellen. Das Display zeigte eine Festnetznummer aus Palma an. Rasch drückte sie auf den grünen Knopf, um das Gespräch entgegenzunehmen.

»Hallo?«

»Frau Lindner? Hier spricht Comisaria Silvia Fiol. Wie geht es Ihnen?«

Marie war überrascht, denn es waren schon einige Monate vergangen, seitdem sie zuletzt mit der sympathischen Kommissarin gesprochen hatte.

»Hallo, Señora Fiol. Gut, vielen Dank der Nachfrage. Wir haben vor ein paar Tagen unser Landhotel eröffnet und hatten einiges um die Ohren, aber jetzt ist endlich alles fertig.«

»Das freut mich.« Die Kommissarin machte eine kurze Pause, bevor sie weitersprach. »Also, ich wollte Sie fragen, ob Sie Interesse hätten, uns bei einem Fall unter die Arme zu greifen. Es geht um ein ermordetes deutsches Rentnerpaar in Paguera. Wir gehen davon aus, dass es sich bei dem Täter um einen der Söhne handelt. Ihr Fachwissen und besonders Ihre Deutschkenntnisse könnten uns von erheblicher Hilfe sein. Was halten Sie davon, wenn wir Sie als externe Mitarbeiterin in den Fall miteinbeziehen?«

Marie hatte mit allem gerechnet, aber gewiss nicht mit einem Angebot der Policía Nacional, an einem Mordfall mitzuwirken. Ein schlagartiges Glücksgefühl überfiel sie, und sie brauchte einige Augenblicke, um der Comisaria zu antworten.

»Frau Lindner, sind Sie noch in der Leitung?«

»Ja, entschuldigen Sie ...«

»Es ist nur ein Angebot. Wenn es Ihnen unangenehm ist, vergessen Sie einfach, was ich gesagt habe.«

»Nein, nein. Es interessiert mich absolut!«

»Super, das freut mich wirklich! Was halten Sie davon, morgen Vormittag so gegen elf Uhr auf dem Revier vorbeizukommen? Dann können wir alle Einzelheiten besprechen.«

»Das passt mir ausgezeichnet.«

»Perfekt, dann sehen wir uns morgen!«

»Bis morgen, Frau Fiol.«

»Bitte nennen Sie mich Silvia.«

»Bis morgen, Silvia.«